崖っ
嬢は

騎士
に気づかない

日向そら

fairy kiss

この作品はフィクションです。
実際の人物・団体・事件などに一切関係ありません。

崖っぷち令嬢は騎士様の求愛に気づかない

一、巷《ちまた》で噂《うわさ》のプレイボーイ

「――え？　ルチア・クルーイ・リムンス嬢……？　ああ、あの田舎……いえ長閑《のどか》なリムンス領の……それは、まぁ……随分遠いところから」

王城でも一番大きな広間の豪奢《ごうしゃ》なシャンデリアの下で、目の前の少女のフルネームを呟《つぶや》いた青年は、瞬時に興味を失ったとでもいうように、明らかに声のトーンを落とした。

失礼極まりない態度に苛立《いらだ》ちつつも、名指しされたルチアはそれを顔には出さずに、にこやかな笑みを張りつけ、あざとく小さく首を傾《かし》げてみせる。ほんのり淡く染まった男性の頬に、心の中で、よしっと拳を握り締め、慎重に口を開いた。

「ええ。けれど最近は道も整備されて、馬車でも十日ほどで王都に着くことができ――」

「十日もかかるんですか……⁉」

（ハイ！　撃沈！）

ルチアの渾身《こんしん》のフォローはどうやら失敗したらしい。なんちゃら子爵と名乗っていた青年は、顔を引き攣《つ》らせ、「そういえば用事が……」と、そそくさとルチアから離れていった。なんという逃げ足の速さだろうか。無防備な背中に矢を射かけたくなるのは、ルチアが田舎娘らしく、害獣退治も含めた狩猟が得意だからかもしれない。ちなみに、伯爵令嬢らしからぬことだが、数年前まで指南役から剣や弓まで一通り習っていたので、確実に仕留める自信はある。

「………」

左右に首を動かせば、あれほど群がっていた男性は誰一人として残っていない。舌打ちしたい気分で、なんちゃら子爵の小さくなっていく背中を薄目で見送り、ルチアは彼に言えなかった言葉の続きを心の中で叫んだ。

（そう、十日なのよ！　五年前までは馬車も通れない道ばかりで、二十日以上かかっていたんだから、むしろ半分になったなんてすごい、って感心して欲しかったんだけどね！　リムンス領《うち》を未開のジャングルの如く評されますけど、いくらなんでも失礼じゃない⁉）

そう、ルチアの生家であるリムンス家は、ゼクルワ国の西の端に領地を持つ、れっきとした伯爵家である。しかし何もない広大な外海に面し、領地の半分はほぼ森という、外敵もいない代わりに資源もないド田舎だった。たまに野盗や害獣が出た時には、領主自らが日雇い傭兵《ようへい》と兼業農家のおじさんで構成されたなんちゃって領主団の先頭に立つような規模であり、領民との距離も近い。つまり端的に言えば、爵位だけは高い貧乏貴族なのである。

四年前に跡取りになる弟スタークが生まれたものの、産後の経過が悪く、領主夫人であった母親はそれからすぐに亡くなってしまった。そんな事情でルチアは昔から仕えてくれている数少ないメイド達と、慣れない子育てや家政に青春を費やし数年。とうとう今年からスタークの領主教育も始まり、ようやく肩の荷が下りたところだった。

きっかけは雪の降り積もる季節。領民でもある幼馴染《おさななじ》みの出産祝いに、滋養に良いとされる野兎《のうさぎ》を手に見舞いに行ったルチアは、真っ赤な顔で元気に泣く赤ん坊を見て、スタークが生まれた時のことを思い出した。そしてひとしきり懐かしんだ後《のち》、決意したのである。

——そうだ、結婚しよう、と。

気づけばルチアも十八歳。次に自分にできることといえば、領地や家の利益に繋《つな》がる結婚に違いない。持参金はリムンス領の財政上難しいので、できれば婿入りしてくれる下位の貴族の次男や三男がいいだろう。もしくは領地の経営にアドバイスし、資金援助をしてくれそうな商人の息子や、森を開拓する時に必要になるであろう、ちゃんとしたリムンス領主団の礎になりそうな騎士もいい。

幸いなことに、ルチアはぼんやりとした亜麻色の髪と、焦げ茶色の瞳こそ地味なものの、結婚するまでは社交界の薔薇《ばら》と呼ばれていたらしい母親の、そこそこ整った顔立ちを受け継いでいる。領民の幼馴染み達や、家族同然の使用人が普段言うように、大人しく黙ってさえいれば、自分にだって求婚者の一人や二人、現れるに違いない。

そしてルチアはすぐに行動を起こした。屋敷の細々とした采配や有事の際の備蓄のチェック、できうる限りの用事を片づけ、少ない使用人に仕事を振り、足りない分は僅かばかりの装飾品を売り払い、掃除婦や下働きを雇った。そして最大の難関、「行かないで!」と泣き縋《すが》る可愛《かわい》い弟を家の為《ため》だからと三日三晩かけ説得し、一番付き合いの長い信頼できるメイドに世話を任せたのである。

そして最後に、領地経営にかかりきりで忙しく、ちょうど不在で屋敷にいなかった父親に手紙を書いた。その返事が届く前に王都へ向かったのは、母親が亡くなってから少々過保護になってしまった父親に反対されるのが分かっていたからだ。

滞在先は、かねてから「デビュタントはまだなの？」と気を揉《も》み、何度も王都に来るようにと誘ってくれていた、母方の叔母の嫁入り先であるブルクハウス男爵家。

到着してからはすぐに、かつて良家の子女の礼儀作法の教師として名を馳《は》せていたらしい叔母から一か月の厳しい指導を受け、先月ルチアは社交界デビューを迎えた。「デビュタント」とはいっても、昔とは違い、年齢が決められているわけでもなく、大々的に名乗りやファーストダンスがあるわけでもない。ただ招待された王城の舞踏会に誰かのパートナーとして、出席するだけである。

そうしてルチアが参加したのは、叔父がコネまで使い、張り切って出席状をもぎ取ってくれた王宮の夜会だった。ルチアは初めて見る巨大な王城の大広間、壁から天井まで施された金の装飾の隙間を縫うように飾られた数々の名画や、人の数と華やかさに圧倒され、終始口が開きっぱなしだった。緊張して食事の味すら覚えていないが、叔父の知り合い数人に紹介され、なんとかあたりさわりのないお喋《しゃべ》りをしながら過ごし、どうにか無事に屋敷まで戻ることができた。

それから少しずつ王家主催のものや、色んな貴族の催し物に参加し始め、ある程度場慣れをして、自分磨きも怠らず、その裏で社交術も学び――満を持して、今日のこの日を迎えたのである。

本日の集まりは、今シーズン最大の催し物である王妃主催の「身分に囚《とら》われない交流を」という名目で毎年開催される園遊会。つまりルチアだけでなく、お年頃の貴族や商人、平民出身の騎士達にとって、絶好の婚活会場なのだ。

（そう、諦めるのはまだ早いわ！）

貴族が駄目だっただけで、商人や騎士にはまだ声をかけていない。家族や領民の為にも、出鼻を挫《くじ》かれたくらいで諦めるわけにはいかないのだ！

ルチアは前向きに気持ちを切り替えると、次のターゲットを定めるべく、改めて周囲を見渡した。右斜め三十度に、雰囲気の良さげな騎士の団体を即座に発見し、制服の色をチェックする。

（えっと焦げ茶色……うん、第三騎士隊ね）

ゼクルワ国には建国王が設立した騎士団があり、三つの部隊で構成されている。焦げ茶色の騎士服を着ているのは、平民で構成されている第三騎士隊だ。街の巡回や遠征など実戦を伴う任務が多いので、きっとルチアが思い描くように、リムンス領主団の良い指導役になってくれるだろう。

ちなみに緋色《ひいろ》の騎士服を着ているのは第二騎士隊で、主な業務は王城の警備であり、全て貴族で構成されているそうだ。今日も勿論《もちろん》会場の持ち場で仕事中だが、騎士服のせいで、慣れないルチアは招待客と思ってうっかり声をかけてしまいそうになるので、ややこしい。

そして真っ白な騎士服は、王族とそれに準じる人達を護衛する第一騎士隊である。騎士自体も高位貴族で構成されていて、王族並に近寄ることすらできない。おそらくルチアは一生関わることもないだろう。

よし、と気合を入れ直し、ルチアがつま先をそちらに向けたその時、一瞬会場が水を打ったように静まり返った。数拍置いてから、会場にざわめきが広がっていく。

（え……何……？）

招待客の視線を追いかけ、ルチアは大広間の入口に目を向けた。到着したばかりなのだろう。いち早く駆け寄ってきた令嬢に挨拶をしたその人物を確認し、ルチアはぽかんとした顔で固まった。

（うわぁあああ……）

一瞬後、思わず叫び声を上げそうになって、慌てて口を閉じる。それくらい異様な存在感を放つ一人の貴公子がその場所に存在していた。焦げ茶色の騎士服と、儀礼用の白いマントに身を包む彼は、周囲よりも頭一つ分高い。この国ではあまり見ない、エキゾチックな藍色がかった艶やかな黒髪と、甘い左目の泣きぼくろが特徴的だった。顔のパーツそれぞれが形よく完璧な場所に収まっていて、彫刻家が命を賭して完成させたような造形美がそこに存在している。しかし、厚い胸板や肩はしっかりとした男性のものであり、それがまた彼の不思議な魅力を醸し出していた。身長差からだろう、思わせぶりに見える伏し目がちな瞳は、涼しくもどこか気怠《けだる》げで艶やかさが滲《にじ》み出ている。

（さすが王都……あんな人間離れした美形もいるのね……）

田舎では一生出逢《であ》えないだろう美貌だが……、しかし何より、ルチアが注目したのは彼の瞳だった。鮮やかな蒼海《そうかい》の色は、一番綺麗《きれい》な真夏の雲のない日に輝く領地の海を思い出させて、思わず溜《ため》息《いき》が零《こぼ》れた。まだ領地を出て二か月と少しだというのに、懐かしい。

しかし次の瞬間には、押し寄せた令嬢達に囲まれて一歩引いた彼の瞳もその姿も、太い柱に隠れてすっかり見えなくなってしまった。

「まぁ、美しい方……」

近くで上がった吐息交じりの言葉に、思わず同意しかけたルチアだが、しかしその後、すぐに耳に入ってきた冷静な声に動きを止めた。

「ミラー公爵家の嫡子のライネリオ様よ」

（――公爵家⁉）

まさかそこまでの高位貴族が、こんなフランクな催し物に来るなどと、思ってもみなかった。先ほど招待客が一斉に彼へ視線を向けたのも、そんな理由があったからかもしれない。

（こわっ……！）

園遊会の趣旨上、他の催し物のように、あまり同じ身分同士で固まってはいないので、何かの拍子にうっかり近づいて不興を買ってしまう可能性もある。叔母に叩《たた》き込んでもらったとはいえ、やはりルチアの礼儀作法はつけ焼き刃感が否めない。それを日常とする高位貴族の前では、緊張からボロが出てしまうだろう。公爵家の人間を怒らせれば、ルチアのような田舎貴族の娘なんて、一瞬で消されてしまう。間違っても近づかないようにしなければ。

（……あ。もしかして、他にも公爵レベルの招待客がいたりする……？）

少し考えて不安になったルチアは、とりあえず情報収集することにした。詳しそうな――先ほど彼の名前を口にした令嬢に、それとなく近づく。

横目で姿を確認すれば、ルチアよりいくつか年上に見える令嬢が、扇子の向こうで分かりやすく眉を顰《ひそ》めてライネリオを見ていた。

そのすぐ隣でうっとりしているのが、最初に感嘆の声を上げた令嬢なのだろう。仲良く並んだ彼女達のドレスは、形も色が違うだけでよく似ていて、従妹か姉妹か、血の繋がりを感じさせる面立ちだった。

「貴女《あなた》は憧れるだけにしておいてちょうだい。決して近づいてはなりませんよ」

「どうしてですの？　お姉様。公爵家のご子息なんてお近づきになれたら、お父様達もきっとお喜びになるでしょうに」

声を抑えながらもお喋りを始めた彼女達に、ルチアはこちらに歩いてきた女性を避ける振りをして、もう一歩近づいた。扇子を取り出してその陰で聞き耳を立てる。

そして『お姉様』はルチアが期待した通り、突然現れた美貌の貴公子について語ってくれた。

彼女曰《いわ》く、彼——ライネリオ・グリード・ミラーは、ミラー公爵家の跡取り息子であり、王立騎士団第三隊の隊長でもあるらしい。その美しい見た目に相応《ふさわ》しく女性関係が派手で、美女と名高い未亡人や令嬢達を渡り歩く稀代《きだい》のプレイボーイ。彼を巡って女性達が刃傷《にんじょう》事件を起こしたこともあり、それを面倒に思った彼はどちらも捨てた——なんていうエピソードまで飛び出してきて、思わずルチアは顔を顰《しか》めてしまう。つまり、いわゆる『女の敵』である。

「でも、とても素敵な方だわ」

「確かに見目は麗しいけれど、彼と視線を合わせるだけで妊娠する、なんて噂されているほど女癖が悪いのよ。貴女のような子供が近づくべきではないわ」

（視線を合わせるだけで妊娠ってどれだけ⁉）

絶世の美形も台無しになる、なかなかのパワーワードだ。思わず『お姉様』に詳細を尋ねたくなるが、盗み聞きしている立場である。ルチアはぐっと我慢してしっかり口を閉じた。

しかし本来のお喋り相手である妹の方は、衝撃的な噂にもルチアのように突っ込むでもなく、どこか夢見心地で姉からの忠告も話半分に聞いている。

完全に恋をしている瞳に、姉は正気に戻す為か、扇子をぴしゃりと閉じた。「とにかく近寄っては駄目よ」と厳しい声で釘《くぎ》を刺すが、残念ながら妹には届いていなさそうだ。なんとなく叔母の口調と似ているせいで、妹ではなくルチアの背筋がピンと伸びた。しかし。

(……女たらし、公爵家、騎士団第三隊隊長……)

心の中で繰り返して、改めてライネリオを見る。

いつの間にか彼はソファへと移動しており、男女問わず誰をも一瞬で虜《とりこ》にするような魅力的な笑みを浮かべて、令嬢達とお喋りを楽しんでいた。周りを取り囲むように令嬢達は増えていき、いっそう賑《にぎ》やかになっている。彼の肩にしなだれかかっている妖艶な美女と、反対側にいるお喋りな美少女との間に、火花が散って見えるのは気のせいではないだろう。彼を巡って刃傷事件云々という噂も納得してしまう光景だった。一見華やかだが、よくよく見れば情念渦巻く現場である。しばらく観察していたルチアだったが、すっと視線を切ると、「ナイわぁ……」と一言ぽそりと呟いた。

婿以前に、ルチアは母が亡くなる直前まで、仲の良い両親を見て育ったので、不誠実な男などいくら顔が良くても言語道断だ。むしろライネリオこそ、田舎令嬢のルチアなどお呼びではないだろうが……図々しくても思うだけなら自由である。

(とりあえず色んな意味で、彼には近寄らないことにしよう)

頭の中のメモにそう書き込んだルチアは、心の中で情報提供者の姉妹にお礼を言って、その場から離れた。残念なことに先ほど目をつけた団体は解散してしまったらしく、焦げ茶色の騎士服はまばらになっていた。

（もう！　また出鼻を挫かれた！）

貴重な時間を無駄にしてしまった。若干八つ当たり気味にそう思いながら、ルチアは再び大広間をくまなく観察し、理想のお婿さんを探す作業に没頭したのである。


そして二時間後。

ルチアは自分の無力さに打ちのめされていた。

あちこちに顔を出し、騎士や人の良さそうな商人の息子に挨拶してみたものの、今度は逆に『伯爵』という身分がネックになってしまったのだ。つまり商人や騎士である彼らにとって婚活相手としてちょうどいいのは、男爵や子爵くらいの貴族位だったらしい。リムンス領の存在を知らない人でさえも、伯爵令嬢と身分を明かした時点で、皆及び腰になってしまったのである。

ちなみに前のめりで現当主である父親の健康面や弟の年齢を聞いてきた者は、即座に候補から外した。弟が成人するまで中継ぎ領主として振る舞い、その後ものらりくらりと当主の座を譲りそうにない野心が顔つきに表れていた。可愛い弟の妨げになるような男など、こちらから願い下げだ。

そう、四歳になるルチアの弟は、それはもう目に入れても痛くないほど可愛い。亡くなった母親譲りの美しい金の髪と、透明感のあるスカイブルーの瞳を持つ愛らしい顔立ちは、天使そのものである。勿論中身も素晴らしく、まだ幼いというのに、自分のおやつを姉であるルチアにこっそり残して渡してくれるなんて優しさもあるし、すでに字も読め、少し難しい物語だってもう楽しめるような天才なのだ。そんな未来ある弟の邪魔をしようとする輩《やから》なんて、全て敵である。

時々そんな輩も交じる、油断ならない男女のお喋り《腹の探り合い》を繰り返し、愛想笑いを二時間も続ければ、顔も引き攣りそうになるわけで――さすがのルチアも疲れてきた。

（……ずっと立ちっぱなしだし、ちょっと休憩しよう……）

気合を入れて履いてきた踵《かかと》の高い靴のせいで、つま先が痛い。奥まっていて死角になりそうなソファは、歓談から商談へと移行したらしい招待客達で埋まっていた。

（いくつかお庭にもベンチがあったわよね……）

そう思って庭に出たものの、近くにあるベンチもすでに塞がっていた。時間的にルチアと同じように疲れてくる招待客も多いのかもしれない。

「他には……」

王妃自慢の薔薇が咲き乱れる庭園を見回して、遠くに白いガゼボの屋根を見つけたルチアは、顔を輝かせる。完全に死角になるあそこなら、少々靴を脱いで休憩していても分からないだろう。

けれど痛む足を我慢しながら、ようやく辿《たど》り着いたガゼボの中には、おそらくこの園遊会で出逢ったのだろう、恋人達の姿があった。随分盛り上がってしまっているらしく、まだそう遅くない時間だというのに女性のドレスの背中が大きくはだけている。

……王族でもない限り、ゼクルワ国の社交界はあまり処女性を重視しない。たとえ婚約前に男女関係になったとしても、本人達の同意があれば問題はなく、むしろ上流貴族には遊び上手な女性が好まれる傾向すらあるのだ。

その辺りは、古き良き貞操観念を大事にする叔母から、口を酸っぱくして言われていて、ルチア自身も田舎育ちゆえの幼さもあり、せめて婚約するまでは、そういったことはするべきではないと考えている。人は人、自分は自分。……しかし、この数時間で婚活失敗続きのルチアにしてみれば、こう目の前で盛り上がられると思うところもあるわけで。いいですねぇ……なんて嫌みの一つも言いたくなってしまう。

（……ふっ、明らかに負け犬の遠吠《とおぼ》えだわ）

ルチアは早々にガゼボを諦めて周囲を見回し、人気のなさそうな方へと足を向けた。もうこの際大きな岩でも、噴水の縁でもいい。とりあえず腰を下ろして靴を脱ぎたい。

整えられた煉瓦敷《れんがじき》の小路を通り奥へと向かえば、背の高い樹木が多く、爽やかな風が抜けていった。深い緑と土の香りは生まれた時から馴染んだもので、鬱屈を吐き出すように大きく深呼吸する。

少し先に工事中らしき噴水を見つけ、喜んだのは一瞬。鋭い男の声がそちらから聞こえてきた。続いた慌ただしい足音に、ルチアは何事かと小路から逸《そ》れて茂みへと身を潜めた。

声の発生源を突き止めるべく屈んで進み、声がした方向を見れば、茂みが途切れた向こう――作りかけの噴水広場に、マントを纏《まと》った男達がいた。

目を凝らせば、皆一様に仮面で顔を隠しており、明らかに不穏な空気が漂っている。すでに数人が地面に突っ伏していて、僅かな鉄の匂いを風が運んできた。ルチアは反射的に身体を強張らせる。

（暴漢……？　まさか王城で⁉）

当然ながら大広間にも庭にも、警備の騎士はいた。招待客は多くても、王妃が出席している催し物に暴漢が紛れ込むなんて信じられない。よほどの手練《てだ》れか、服装からして招待客に扮して侵入したのだろうか。

（どうしよう。ガゼボの少し手前に、確か緋色の警備の騎士がいたはず。走って呼びに行って間に合うかしら？）

とりあえず誰が襲われているのか確認しておこう。ルチアは身体をずらし角度を変え、目を凝らす。すると追い詰められたのであろう大きな木を背にして、こちらに顔を向けていたのは――。

（……ライネリオ・グリード・ミラー……？）

確か、そんな名前だったはず。

この顔を一度でも見たら、忘れられる人はいないだろう。

そう、今襲われているのは、二時間前に大広間をざわつかせた、視線を合わせただけで妊娠するという噂のプレイボーイだ。

しかも当のライネリオは、気色ばむ男達相手に、のらりくらりと会話をしていて緊張感の欠片《かけら》もない。よく見れば腰元に挿した剣すら抜いておらず、大広間の入口で見た時と全く変わらない、にこやかな笑みすら浮かべていた。

（……愛想笑いが平常運転ってとこかしら）

数分前まで似たようなことをしていたルチアは、ついつい好奇心に負け、その場に留まって様子を窺《うかが》ってしまう。すると、一番ライネリオの近くにいた男が動いた。

ライネリオは飛びかかってきた男を屈《かが》んで避けると、剣も抜かずに男の鳩尾《みぞおち》に向かって抉《えぐ》り込むように足を突き出した。ルチアからの角度では長いマントのせいで見えなかったが、暴漢はひしゃげたような悲鳴を上げて吐くように咳《せ》き込む。腹を抱えてその場に膝をつき、地面に突っ伏した。

「おいっ！　騎士らしく剣で戦いたまえ！」

「卑怯《ひきょう》ではないか！」

（いやいや、暴漢に卑怯とか言われたくないと思うけど……）

ついうっかり状況も忘れて、ルチアは心の中で突っ込む。マントの土埃《つちぼこり》を払ったライネリオも同じことを思ったのだろう。形の良い眉を下げ「失礼。足癖が悪いもので」と肩を竦《すく》めてみせた。

ゆっくりと長い足を元の位置に戻し、微笑《ほほえ》む。対する男の顔は一瞬で真っ赤になった。

（うわぁ、煽《あお》るなぁ……）

なかなかいい性格をしている。ルチアは顔を引き攣らせて、ライネリオをまじまじと観察する。見た限り、ライネリオに怪我《けが》は一つもない。血の匂いはおそらく倒れている男達のものなのだろう。

しかし倒れている暴漢達の意識はあるらしく、ほぼ全員が呻《うめ》いていた。致命傷というわけではなさそうだ。そうなると。

（なんか余裕綽々《しゃくしゃく》って感じだし、一人でなんとかできるんじゃ……？）

……それなら自分は気づかなかった振りをして、戻った方がいいのではないだろうか。相手は高位貴族であることに加えて、素行に問題がある人物である。ルチアは叔母にくれぐれも田舎と同じ調子で振る舞って騒ぎを起こすな、と毎回出かける度に、言い含められているのである。

一応助けは呼んでおこうと、中庭にいた警備の騎士のところまで戻るべく、後ろを確認し下がろうとした——その時、ライネリオに飛びかかった暴漢の身体が、ルチアが隠れていた茂みのすぐ隣に飛んできた。

「うわぁああ！」

（——え）

ばきばきっと低木の枝が折れ、暴漢が手にしていた剣がルチアのすぐ足元に転がる。咄嗟《とっさ》に立ち上がって避け——「あ」と声が漏れた。一瞬の静寂の後、暴漢達の視線が一斉にルチアへと向けられる。四方八方から刺さる視線が痛い。……最悪だ。

「なんだお前は……？」

「ちょうどいい！　そいつを人質にしよう！」

男が怒鳴った声に、ルチアは咄嗟に足元にあった剣を拾った。投げ飛ばされた暴漢は剣を奪われたと思ったのか、「返せ！」とルチアに素手で殴りかかってきた。

（結局、巻き込まれたし！）

ルチアはヒールを脱ぎ捨て、身に染みついた動きで手にした剣の柄《つか》を握り込む。そして腰を引き、暴漢の喉元ギリギリに剣先を突き立てた。長年、剣術を習っていたルチアにとってこれくらいお手のもの——だが。

「あ」

思わずそんな間抜けな声がルチアから漏れた。

暴漢の後ろには、いつの間にかライネリオが立っていた。まさかルチアが暴漢に剣を向けるとは思っていなかったのだろう。ルチアが殴られないように距離を離そうとしたのか、暴漢の首に腕を回しかけ、後ろに引き倒そうとしていた。

――つまり不幸にも、ライネリオの腕に、ルチアが突き出した剣先が向いてしまったわけで。

「……」

その僅かな間、ライネリオとルチアの目が鉢合った。ライネリオの蒼海の瞳は、得体の知れない生物を見たかのように見開かれ、何度か瞬いた後、そのままルチアを凝視し始めた。

そしてルチアも何度か目を瞬き、手元と剣先を確認して、さぁぁっと顔色を青くさせた。

ようやく状況を理解したルチアは、顔色を青から白に変化させ、慌てて剣を下ろした。

「えええええっ⁉　すみません、すみません！　ってあああああ！」

最初の悲鳴は、まるで瞬間移動したように暴漢の後ろに移動していたライネリオの素早さについての驚き、そして最後は公爵家の跡取りに剣を向けてしまったことへの絶望だった。

（まずいどころの話じゃないって！　相手は公爵家の跡取り息子！　怪我させてなくても重罪だから！）

地面に突っ伏して謝れば、許してくれるだろうか。

しかし解決策をゆっくり考えるなんて、この状況が許してくれるはずもない。ライネリオは、視線をルチアに置いたまま、暴漢の首を腕で締め上げ、ものの数秒で、暴漢の意識を落とした。ライネリオが腕を外したと同時に、暴漢の重そうな身体がぐしゃりとその場に崩れ落ちる。その一部始終を間近で見てしまったルチアは、まるで『次はお前の番だぞ』とでも言われているように感じて震え上がった。女神もかくやの美貌を持つのに、腕一本で大の男の意識を落とすなんて意外に肉体派だったらしい。その上ライネリオの蒼海の瞳は、その間もずっとルチアに向けられたままであり、意味が分からない。

開口一番は死刑宣告だろうか。ルチアが剣を持ったまま、止まらない震えを押さえるべく腕を擦《さす》っていると、ライネリオがようやく口を開いた。

「……驚きました。貴女のような可憐《かれん》な花が剣を扱えるなんて」

囁《ささや》く声は鼓膜を直接震わせるような美声のテノール。

(ひえ……っ！)

ルチアは心の中で叫んで、剣を取り落としそうになってしまった。ちょっと待って！　想像していた言葉との温度差が酷《ひど》い。

「え、あ……恐縮です？」

ルチアの返事にライネリオは、ふふっと小さく笑う。上品で華やかな笑みだった。こんな整備途中の中庭が背景であることが、もったいないと思うほど。

(……落ち着くのよ、ルチア)

なにせ彼は目を合わせただけで、妊娠するなんて噂されている、社交界きっての女たらしだ。きっと初対面の女は『どんな状況であれ』口説くのが彼の流儀なのだろう。全く理解ができないし、むしろ闇深ささえ感じるけれども、……もしかすると、その延長で『女だから剣を向けられたこと

も許してあげよう』的な結論を出してくれるかもしれない。

とりあえず謝ろうとルチアは口を開き、ライネリオを改めて見上げた。

「お嬢さん？」

途端、蒼海の瞳と思いのほか近い距離で目が合い、ルチアは、ンンッと声にならない悲鳴を上げて顎を引いた。結構な身長差だというのに、ライネリオはわざわざ腰を折り曲げて、ルチアの顔を覗《のぞ》き込んでいたらしい。

（ち、近ぁ……っ）

密に揃《そろ》った黒い睫毛《まつげ》が自分のすぐ目の前で瞬き、彼の笑みが深くなる。反射的にへらっと、うっかり気が抜けた笑顔を返してしまいそうになり、ルチアははっとして気も頰も引き締めた。

そして冷静になったルチアは思った。――この男、顔が良すぎる、と。

「あの、怪我は……」

おそるおそる尋ねれば、ライネリオは今気づいたとでもいうように、ルチアが刺した腕に触れ、「大丈夫です」と穏やかに答えた。ぱああっとルチアの顔が輝く。

「そうですか！　あ、あのっでも、一応消毒してくださいねっ」

「ええ、そうします」

まるで幼い子供に約束するように、にこにこと頷いてくれたライネリオに違和感を覚えつつも、ルチアはほっと胸を撫《な》で下ろした。女好きと噂のライネリオのことだ。一応ルチアが女だから許してくれたのだとしても、想像していたより悪い人ではないのかもしれない。例えばライネリオが噂通りただの女好きで最低な人間だったら、これをネタに関係を迫られる可能性だってあるからだ。

「お前ら二人で何話してるんだ！」

「イチャイチャしやがって！」

（あああっ、忘れてた！）

ルチアは慌てて剣を構える。もうあっちもこっちも大変だ。しかしどこをどう見れば、ルチアとライネリオがイチャイチャしているように見えるのか。どう見てもルチアの顔色は暴漢より悪い。

「皆で一斉にかかれ！」

言葉通り襲いかかってきた暴漢達に、ルチアはライネリオにならい、なるべく怪我をさせない方向で戦いに挑んでみる。少し反応が遅れ、暴漢の剣先にスカートの裾が引っかかりそうになり、慌てて身体を返した。ドレープがふわりと花びらのように広がる。「きっとダンスの時に映えますよ」と叔母が呼んでくれたお針子から太鼓判をもらったことを思い出し、ルチアは心の中で謝った。ステップを踏むのは大理石の床ではなく、ぬかるんだ土の上。せめて少しでも汚さないようにと、むんずと裾を摑《つか》んで、右手に剣を持ち替える。

両手剣ではないが柄の装飾のせいで異様に重たいのを利用し、剣を横にし、暴漢の手首を目がけて刃先を落とした。剣の重さが相当あるので、捻挫くらいはしてくれるだろう。

そして案の定、暴漢は剣を取り落とし、手首を押さえてその場にしゃがみ込む。仮面越しに目が合うと「ひっ」と後ろにずり下がった。真っ青になって距離を取る暴漢は完全に戦意喪失したのだろう、あっという間に逃げていった。しかし落ち着く暇なく、ライネリオと戦っていたうちの一人が、ルチアに向かってきた。おそらくルチアの方が倒しやすいと思ったのだろうが、負ける気はしなかった。窮屈なヒールから解放された足は軽く、気持ちまで軽い。

先ほどと同じく致命傷にならない程度の傷を負わせて、ルチアは暴漢から距離を置いた。ライネリオも今度こそ腰の剣を抜き、複数で挑んでくる暴漢と対峙《たいじ》する。

「この小娘が！」

そう言って襲いかかってきた暴漢を止めようとしたライネリオに気づき、ルチアは「大丈夫」と首を振った。向かってくる剣を横に避け、手にしていた剣をひっくり返す。空振ってがら空きになった暴漢の鳩尾を目がけて、力いっぱい持ち手の端で突く。男はよろりと二、三歩後ろに下がり、腹を押さえて屈み込むと胃の中のものを吐き出し、その場に崩れ落ちた。思いのほかうまく行ったことに、ほっとする。致命傷を避けつつ戦うというのは、なかなか難しい。

「楽しそうですね」

「……え」

トン、と背中に何かがぶつかり、笑みを含んだ囁き声が落ちる。ライネリオの背中だ、と気づいて見上げれば、そこには汗一つかいていない美貌があった。

（いやいやいや、戦ってる時に楽しそうとか、それどんなヤバい人なの）

暴漢に襲われて嬉《うれ》しい伯爵令嬢なんているはずがない。若干自分でも口角が上がった気はしたものの気のせいに違いない。百歩譲って楽しそうに見えるなら、久しぶりに身体を動かしたからだ。おそらく、きっと。

しかしそんな言い訳を口にする時間は勿論なく、次から次へと襲ってくる暴漢を相手にしていると、時々感じるライネリオの視線が少し気になってくる。ルチアを心配してくれているのか、あるいはただ観察しているのか、表情が変わらないので逆に思惑が摑めない。

そして、いいのか悪いのか、それなりに戦える暴漢達が戦意を喪失して逃げた後に残った男達は、とても弱かった。これならリムンス領主団に所属する農夫の方が、力があるだけマシだ。

確実に彼らは素人である。そんな感じなのでルチアもライネリオと同様、剣は受けるだけに留めて相手が疲れるのを待っていたのだが……自ら自分の手を斬ったり、すでに気絶して地面に伏せている別の暴漢の足に引っかかって転んだりと自滅しかけている。さて、どうするか、と思ったところで、少し抑えた声が静かな庭に響いた。

「ライネリオ隊長！」

茂みの向こうからそう呼ぶ声と共に、複数の足音も聞こえてくる。駆けつけてきた人達はライネリオと同じ焦げ茶色の騎士服を着ており、彼の部下に違いない。まっすぐこちらに向かってくる彼らに、暴漢達は一斉に動きを止めて、目に見えて狼狽《うろた》え始めた。

「おい！　応援は来ないって……」

「そんなのどうでもいい！　早く逃げるぞ！」

倒れている男達を抱えて逃げる暴漢に、ルチアは剣を構えたままライネリオを窺う。

彼は逃げる彼らを捕らえようとする様子もなく、むしろ気絶して地面に突っ伏している暴漢達に向かって「起きてください」と声かけさえしていた。そしてまた目が合い、微笑まれて、ルチアは困惑し、そろりとその視線を避けた。なぜ常に目が合うのだろう。謎だ。

他の騎士達も、呻く男の襟首を摑み上げ、逃げる男達に向かって声をかけたり、放り投げたり
……それを繰り返すこと数回。どうやら大袈裟《おおげさ》にしたくないようで、現場に争いの痕跡を残す気はないらしい。

(助けを呼びに行かなくてよかったかも……)

園遊会の警護は第二騎士隊だ。知られれば隠蔽は難しかっただろう。

そもそもライネリオは一体どういう理由で襲われていたのか。落ち着くと理由が知りたくなるけれど、ルチアは好奇心に耐えた。巻き込まれたのはこちらの方という気持ちはあるが、わざとではないとはいえ、ライネリオに剣を向けた負い目もある。ここはお互い様ということで、できれば、このままそっとこの場から離れたい。

ルチアは途中で脱ぎ捨てた靴を視線だけで探し、こそこそと移動した。部下達に一通り指示をし終えたライネリオが、僅かに乱れた髪を無造作に掻《か》き上げ、やはりこちらを見ている。

(……うわぁ、ずっと見られてるぅ……)

ルチアは視線を逸らし気づかない振りをして、意外と近くに落ちていた靴に足を突っ込んだ。払えなかった砂利が靴の中に入り込んで足の裏を刺すけれど、構っている暇などない。

しかし足に嵌《は》まったボロボロの靴を見下ろし、ああ……と呻く。デビュタントの為に新調したドレスとお揃いの靴である。飾りがいくつも取れてしまっているので、修理に出さなければいけないだろう。

（……いや、それよりも叔母様だわ。立ち回りに加えて、公爵家の跡取りに剣を向けたなんて知られたら叱られる……どころか卒倒するわね……）

この後の社交界の参加の許可をしてもらえなくなるどころか、領地に強制送還一択だろう。

（……というか、ライネリオ様が怒ってたら、その領地もなくなっていたかもしれない……）

ルチアは最悪の事態を想像して、ははは と笑い出したくなった。家の為に王都にやってきて慣れない婚活を頑張ってきたのに、まさか自分がお家取り潰しの危機を招くなんてどんな悪夢だろう。

仲間に何か命令していた騎士の一人が、ライネリオのもとへと駆け寄ってくる。ひょろりと身長が高く、ライネリオとそう変わらないが、灰色の少し垂れた目が優しそうだ。

今までライネリオの陰になっていて見えなかったのか、ルチアを見つけると、驚いたように目を丸くした。

「あの、ライネリオ隊長。こちらの令嬢は……」

「お疲れ様です。カミロ副隊長。彼女は……今からお尋ねしようかと思っていたところです。レディ、遅れればせながら、私はライネリオ・グリード・ミラーと申します。よろしければ貴女のお名前をお聞かせいただいても？」

笑みを深めたライネリオが、軽く挨拶するように胸に手を置き、再び歩み寄ってきた。ルチアは反射的に後ずさる。もしここで名乗れば、どうなるのか。きっと彼らは、戦いで髪型もドレスも乱れたルチアを家まで送ってくれようとするだろう。彼らとしては、暴漢に関して何か口裏合わせをしたいのだろうが、ルチアの格好から、確実に叔母には大立ち回りを知られることになる。

（あ、無理）

ルチアはもう考えることを放棄した。昔、今は失われた極東の国の本を読んだ時に書いてあったではないか。『逃げるが勝ち』と。

「……剣を向けたことは本っ当に申し訳ありませんでした！　今回の暴漢について絶対に誰にも言いません！　名乗るほどの者ではありませんので、私はここで失礼しますっっ！」

軍人のごとくぴしっと直角に頭をさげ、ルチアは流れるように一息で謝罪と暇乞《いとまご》いを口にした。

そして次の瞬間には、弾けるように身体を返し、駆け出したのである。その間、僅か数秒。

靴擦れした踵が悲鳴を上げるが、構ってなどいられない。ルチアは根性で痛みを我慢し、その場から一目散に逃げ出したのだった。


そうして中庭に取り残された騎士が二人。無言のまま、ルチアが消えた庭先を凝視していた。

ややあってから。

「……ちょっとライネリオ隊長……。年頃のお嬢さんに何やらかしたんですか。あんな勢いで逃げるなんて只事《ただごと》じゃないですよ」

胡乱《うろん》げに目を細めたのは、指示通り周囲から招待客を遠ざける為に側《そば》を離れていた、ライネリオの直属の部下である第三騎士隊副隊長のカミロだった。

あらかじめ暴漢達の実力が大したことがないという情報は摑んでおり、戦いの場に招待客が紛れ込んで騒ぎにならないように工作していたのである。まぁ、ガゼボで盛っていたカップルは、ある意味彼らが人避《よ》けになってくれると思ったので、放っておいたのだが、……もしやそこから、今のご令嬢は入ってきてしまったのだろうか。まだ年若そうだったし、カップルの痴態に驚いてここまで迷い込んでしまったのなら、二重に不幸な令嬢だ。

「そもそも逃がしてよかったんですか？　って……ライネリオ隊長、聞いてます？」

カミロは未《いま》だ立ち尽くしたままピクリともしないライネリオの前に立って、無理やり視界に入った。が、その顔を覗き込んで慄《おのの》いた。

いつも胡散《うさん》臭い微笑みを浮かべている上司が、手で顔を覆って下を向いていたからだ。しかも小刻みに震えている。

「ライネリオ隊長？　え、なに。そんな見せられないくらいの大怪我しちゃったんですか？」

慌てたカミロがライネリオの腕を掴んだその時、とうとうライネリオは顔から手を外した。

いつもと変わらない煌《きら》びやかなお顔。まぁ、美人。カミロがほっとした反動で『なんなの！』と苛立ったその瞬間、ライネリオが突然、「あはははははは！」と、声を上げて笑い出した。

「……え？　……てか、は？」

カミロはぽかんと口を開けた。第三隊の副隊長であるカミロと、その隊長であるライネリオの付き合いは、四年とそれなりに長い。いつも自分の端整な顔立ちを引き立てるような、上品で美しい微笑みを浮かべていることが多く、それが彼の常であった。

ゆえに、こんな風に堪《たま》りかねたように噴き出すのは珍しいし、ましてや爆笑なんて初めてのことだ。しかも結構しつこい。一分、二分。ハーイ。三分経過。バイタルサインチェックのお時間です。

「えー……ちょっとライネリオ隊長、マジで大丈夫ですか？　笑い茸《だけ》でも食べさせられました？」

いつまでも笑い続ける上司がさすがに心配になったところで、ようやくライネリオは笑いを収めてくれた。眦《まなじり》に浮かんだ涙を曲げた人差し指で拭い、はー……っと深呼吸する。

「すみませんでしたね。野兎みたいないい逃げっぷりでしたので、ついおかしくなって」

「はぁ……」

まぁ確かに綺麗なスタートダッシュだった。身体を返した速さから体幹も良さそうだし、平民だったら万年人手不足の第三騎士隊に即スカウトしただろう。野兎、と言ったのは、乱れた亜麻色の長い髪が二つ、空に靡《なび》いていたからだろうか。……確かに面白そうな令嬢ではあったけれど。

「先ほどの令嬢の素性を今すぐ調べてくれませんか？」

予想していた言葉に、カミロは「ハイハイ」と軽く返事をしてから、ちらりとライネリオを見て

「おやぁ？」と目を瞬いた。ここ数か月、見ることがなかった上機嫌な笑みが浮かんでいる。

「……もしかしてあの令嬢、別の意味で気になってます？」

つまらない事件が続く中、なんだか面白くなる予感に、恋バナ大好き自称お年頃のカミロはソワソワしながら尋ねてみた。神がかった美貌に相応しい才覚と高い身分。弱みもなく喰《く》えない上司の恋愛話が面白くないはずがない。

前のめりになったカミロに対し、ライネリオはいつもの微笑みを浮かべ、「どうでしょうね？」と思わせぶりに答えたのだった。

二、意外な申し出

翌日。

ルチアは昨夜の疲れを引きずったまま、朝食をパスしてだらだらと寝台の上で惰眠を貪っていた。

――あの後、いかにも『一悶着《ひともんちゃく》ありました！』とでもいうようなドレス姿のまま、会場に留まることもできず、ルチアは直接庭伝いに馬車が停《と》めてある場所に向かった。ルチアにとって幸いなことに、従者は煙草《たばこ》を吸いつつ御者席で待機してくれており、驚く彼に「派手に転んでしまった」と言い訳し、口止めと手間賃を兼ねた小銭を握らせ、布と水を用意してもらった。それで手足を拭い身支度を整え、そしてなんとか――『お庭を見ていたら、うっかり何かに足を取られて転んでしまった』体《てい》を装えるくらいの見た目に収めることに成功したのである。

ブルクハウス男爵の屋敷で帰りを待っていた叔母も、元々ルチアが高い踵の靴に慣れていないことを知っていたので、転んだと説明すれば、大きな溜息を吐きつつ「怪我はなかったの？」と心配してくれた。叔母は叔母なりに、一番期待していた園遊会で転んでしまい、早々に帰らざるをえなかった姪《めい》に憐《あわれ》みを覚えたのだろう。

今現在……次の日のお昼を過ぎても、こんな風にだらだらと寝台にいても何も言われないのは、つまりそういうことだ。叔母は礼儀作法には厳しいし、言葉がきついので分かりにくいが、優しいところだってあるのである。

（そうだ。壊れた靴を早めに直しに行かないと）

ボロボロになってしまった靴を思い出し、ルチアは身体を起こす。代わりの靴がないわけではないが、ドレスに合うデザインはあれしかないのだ。

ルチアは足を引き寄せ、足裏から踵に巻いていた包帯を外して、つま先を丸めたり伸ばしたりして調子を確認する。

「ん、大丈夫」

靴擦れした上に、ほぼ裸足の状態で土の上で立ち回ったので、消毒だけはしっかりしておいたのがよかったのだろう。もう痛みはなく、領地から持ってきたいつものブーツなら履けそうだ。

しかしその代わりとでもいうように、昨日の騒動で身体のあちこちが筋肉痛だった。ルチアは顔を顰めつつゆっくり寝台から起き上がると、寝着を脱ぎ、メイドが用意してくれていた外出着に腕を通した。痛みを堪えつつ、いつもより時間をかけて服を着替えた後、軽く腕の筋を揉みながら溜息をついた。

……冷静に昨日の出来事を振り返ってみれば、あの時、身を潜めたりせず、さっさと会場に戻れば巻き込まれることもなかったのだ。追いつめられているのが、あの『ライネリオ・グリード・ミラー』だと知って興味本位に覗いてしまったのが間違いの始まりである。

ついでに言えばライネリオに剣を向けたことだって、咄嗟とはいえ、暴漢の力量なんて知れていたのだから、きっちり首を狙わなくてもよかったのだ。

「……あ〜……っ！」

顔を覆って後悔に声を上げる。過去は取り戻せないが、分かっていても叫ばずにはいられない時もある。

……身元確認が怖くて逃げてしまったのも、今ではよかったのか悪かったのか分からない。相手は女たらしといえども、公爵家の跡取りだ。何度も言うが、剣を向けたにもかかわらず、逃げてしまったのだ。

「探されていたらどうしよう……でも、探すっていっても、あの招待客の人数じゃ限界があるだろうし、きっと大丈夫よね……？」

昨日の園遊会は、大規模な集まりである。調べようとしたところで、記帳すらなかったあの催し物では、探しきれないはずだ。加えてルチアが身に着けていたドレスは都で流行《はや》っている、逆に言えばよくある色と形だったし、人を探す目印になりがちな髪や目の色も、ルチアのそれはありふれたものである。確認するように跳ねた亜麻色の髪を抓《つま》んで、指に巻きつけるとじっと凝視した。

（うん、よくあるよくある……）

生まれて初めてこの平凡な髪色に感謝したかもしれない。焦げ茶色の瞳もしかりだ。

しかしこれからは、ライネリオが出席するような催し物は避けた方が無難だろう。

今日靴を修理に出せたとして、返ってくるまでおそらく一週間前後。それ以降の催し物の招待客は前もって調べておこう。というか、そもそも今回の園遊会は、婚約者がいないような伯爵以下の令嬢子息、それに若い商人や騎士がやってくるような集まりだったのだ。公爵家の跡取りが来たのが不思議なくらいである。というか「ややこしい人が来るな！」と声を大にして言いたい。

そこまで考えて、ルチアははっとする。

（まさか新たな恋人を求めて、あの園遊会に……？）

ならば世の女性の為に、やはり自分は暴漢側に加勢するべきだったかもしれない。

ルチアがライネリオに剣を向け、怪我はないかと尋ねた時こそ『大丈夫』だと言ってくれて、なんて心が広いのだと感謝したものの、それからじっとルチアを観察していたのは間違いない。……例えば女の子として手を出す価値はあるのかと値踏みでもされていたとか？　……まぁ、取り巻きの美女達を思い浮かべれば、その可能性は限りなく低いけれど。

（そうよ。女たらしだろうがそうでなかろうが、公爵令息になんて構ってる暇はないのよ！　私は家族と領民の為に、最適な旦那様を見つけなきゃいけないんだから！）

初心に返り、ようやく気持ちも落ち着いたと同時に、けたたましい足音が近づいてきた。叔母が取り仕切るブルクハウス家は普段とても静かであり、だからこそ、それだけでなんらかの事件が起こったことが分かる。

「ルチア！」

ばーんっと寝室の扉が派手な音を立てて開かれ、ルチアは思わず寝台の上で飛び上がった。

「お、叔母様!?」

ノックもなく突然入ってきたのは叔母だった。普段礼儀に厳しい叔母には珍しい、というかありえない暴挙だ。

なにかあったのかと急いで寝台から降りると、叔母はものすごい形相でルチアに近づいてきた。少し神経質な印象を持たせる長く細い眉が、これでもかというほど吊《つ》り上がっている。緊急事態。間違いない。

「ルチア！　どういうことなの⁉　貴女を訪ねて『あの』ライネリオ・グリード・ミラーが、今うちに来ているのよ！」

『あの』の部分を殊更強調して言い放った叔母に、ルチアは思わず言葉を失った。

むしろ表情さえ消して叔母を見やる。

（——男爵家《ここ》に、今……？）

ルチアの脳裏に美貌の貴公子の煌びやかな笑顔が蘇《よみがえ》って、一瞬、驚きとはまた別の衝動にルチアの喉がひゅっと変な風に鳴った。思い出すだけでも心臓に良くない美形だが、おかげで少し冷静になれた。

「ライネリオ様が今ここに来てる……の、ですか？」

力強く頷《うなず》かれて、ルチアは乾いた笑みを浮かべた。もはや叔母の瞳孔まで開いていそうな目を見れば、嘘《うそ》ではないことは分かる。しかしその上で叫びたい。

（よりにもよって、どうして昨日の今日でご本人様登場なの！　せめて使者を送るとか、ワンクッション置いて⁉）

そう思ったルチアはきっと悪くない。しかしどうして自分の正体がバレたのか。つまりは一日も経たずにライネリオに情報を摑まれ、住処《すみか》まで割り出されていたのだろう。

あの人数なら、探し出せるわけがないと高を括《くく》っていたのに。

(こわいこわい！　公爵家の情報網ってどうなってるの⁉)

「ルチア！　一体どういうこと？　昨日のお詫《わ》びがしたいから、ルチアに会いたいって一点張りなのよ。公爵家の跡取りを追い返すわけにもいかないから、貴賓室で待ってもらっているの。今すぐあたくしが理解できるように、簡潔に詳細を話しなさい！」

(ライネリオ様がお詫び？　なんで？　むしろお前が謝れっていう嫌み……？　……でも正式な謝罪話なら、最初から叔母様に言えばいいわけで……)

やはり、昨日思った通りあの暴漢騒ぎは大袈裟にしたくないのだろう。必死に頭を巡らせていると、苛々とルチアが話し出すのを待っていた叔母は、はっと口を覆った。

「お詫びってことは……ルチア、まさか貴女——昨日転んだって言っていたのは嘘だったの⁉」

「え！　あ、……あの……」

僅かな情報だけで、そう判断した叔母はきっと、名探偵の生まれ変わりに違いない。しかし今更暴漢相手に立ち回りをし、その上ライネリオに剣を向けたなんて、口が裂けても言えるわけがない。

「今すぐ洗いざらい吐きなさい」と、鼻先が当たるほど詰め寄ってくる叔母をなんとか落ち着かせようと、ルチアは叔母の細い肩に両手を置き、少し距離を取った。

「あの……実は……お庭を散策している時に、座っていたライネリオ様の足にうっかり躓《つまず》いて転んでしまったようなんです。……目の前で派手に転んでしまったから、気にしてくださったのかもしれません」

敢《あ》えて自分もよく分からないというように首を傾けてみせると、いくらか落ち着いたらしい叔母は、眉間に皺《しわ》を寄せつつ声量を落とした。

「まぁ……あれほど足元にはお気をつけなさいって言っておいたでしょう？　……よりにもよってライネリオ様の足に躓くなんて。……ルチアに怪我でもさせたと思ったのかしら……」

「呼び止められたんですけど、転んだことが恥ずかしくてすぐ逃げちゃったんです。躓いたのがライネリオ様っていう確証もなかったし、何よりあのプレイボーイという噂が気になって関わらない方がいいと思って」

ルチアにしてはすらすらと出てくる嘘は、昨日屋敷に戻った時に、叔母に突っ込まれたら使おうと馬車の中で頭を振り絞って考えた言い訳だった。そんな自分を褒めながら、ルチアは叔母の反応を待った。

叔母はルチアの言葉を吟味するように黙り込む。しばらくして結論が出たらしい。まだ落ち着かない様子ながらも、きりっと真面目な顔を作ると、ルチアを見据えた。

「あたくしは亡きお姉様に、貴女を立派な淑女にすると誓って預かっているの。どんな理由があっても、ライネリオ様のような素行の悪い男性との逢瀬《おうせ》を許すわけにはいきません。それに昨日の今日で先触れもなく突然訪ねてくるなんて、ルチアのことを軽んじている証拠でしょう」

「……ええ。そうですね」

確かに普通ならば、約束もなく急に訪ねてくるなんて、公爵家と男爵家の確固とした身分差があるにしても、同じ貴族同士である以上、礼儀に反した行動である。

「貴女は体調が優れないということにしておきます。今からあたくしがきっぱりとお断りしてきましょう。それでいいですね？　ルチア」

ライネリオがルチアにコンタクトを取ろうとしている理由は、おそらく騒ぎの口止めの為に違いない。

まさかこんな風にわざわざ本人が訪ねてきた以上、口封じに殺されるようなことはないと思うが、やはり嫌な予感しかしない。そしてこういった場合、大抵当たるのがお約束だ。

（むしろこのまま、叔母様が断ってくれれば角が立たないのでは？）

ルチア的には昨日去り際に謝罪もしたし、「誰にも言わない」と一方的ながらも約束した。剣を向けたことは「大丈夫」と言ってくれたし、思い返しても怒っていた感じは見受けられない。

（……それなら、下手《へた》に動かない方がやり過ごせるかも……！）

昨日の反省を踏まえ、そう結論づけたルチアは、叔母の手をしっかりと両手で握った。

「はい！　叔母様に全てお任せします！」


そんなやりとりを経て十分後――。

ルチアは、叔母を見送って早々、部屋から抜け出して中庭に向かい、貴賓室の窓の下にこっそりと身を潜めていた。どうしても気になって部屋でじっとしていられなかったのである。

「改めまして。ブルクハウス男爵夫人、お会いできて光栄です」

窓越しに、覚えのあるテノールの甘い声が聞こえてくる。ルチアがそっと部屋の中を覗き見れば、白い百合《ゆり》の花束を抱えたライネリオは、昨日と変わらぬ美しさで艶《あで》やかに微笑んでいた。相変わらず大輪の花にも負けないお顔である。

ライネリオが乞うように首を傾げてみせると、古参のメイドと執事を一人ずつ従えた叔母は、はっとしたように背筋を伸ばして――おそらく社交の礼儀作法として反射的に右手を上げた。ライネリオは屈んで叔母の手をそっと掬《すく》い取り、その甲に恭しく口づけると、視線だけ上げ、僅かに目を細めた。

「ライネリオ・グリード・ミラーです。改めまして突然の訪問をお許しください。本日はどうしてもルチア嬢とお話ししたくて、お詫びとお誘いにやってまいりました」

「……っいいえ、わざわざお越しいただきまして……っ！」

完全に上擦っている叔母の声。ルチアは、ああ……と、引き潰された蛙《かえる》のような呻き声を喉から吐き出した。

これはまずい。初手から完全にライネリオに呑《の》まれている。

「ああ……そうだわ。お茶を」

「いえ、突然訪れるなど、本来ならお屋敷に足を踏み入れる資格もない不作法をしていると分かっています。どうかお構いなく」

花束を持っていない方の手で胸に手を当てて、再び謝罪の言葉を口にする。その声音は弱りきっていて、伏せられた長い睫毛が陰を作った。

公爵家の人間にここまで下手《したて》に出られてしまっては「大丈夫ですよ」としか言えないだろうし、何より彫刻のような美しい顔に、こんな潤んだ目を向けられては何も言えなくなる。至近距離なら尚更《なおさら》だろう。

あの叔母が明らかに戸惑い、押されている。——が、そこは年の功か、かつて礼儀作法の鬼教師と呼ばれた自尊心の高さのおかげか、叔母は手強《てごわ》かった。

こほん、と一度仕切り直すように咳払《せきばら》いをする。

「あの子は、亡くなった姉の忘れ形見。ましてや田舎から出てきたばかりの純朴な娘なのです。貴方《あなた》のような華やかすぎる……男性のお相手には相応しくありませんわ。可愛い姪が不幸になると分かっていて、交流を認めるわけにはいきません」

意味ありげに間を空けた場所に入るのは、「女たらし」か、「素行が悪すぎる」か。伏せたとはいえ公爵家の人間に向ける言葉としては随分直接的で、有り体に言えば失礼だった。この辺りに叔母の動揺が垣間見《かいまみ》えたが、ライネリオは意外なことに、気分を害した様子もなく、むしろ同意するように大きく頷いて見せた。

「ええ。存じておりますとも」

おかしな返事に、ルチアと叔母が首を傾げるよりも早く、ライネリオは言葉を続けた。

「亡くなられたリムンス伯爵夫人と、ブルクハウス男爵夫人は、かつて社交界で、華やかな薔薇の姉姫と、凛《りん》とした美しさと気高さを持つ白百合の妹姫と呼ばれていたとか……。たいそう仲が良いご姉妹だったそうですね」

叔母ははっとしたように顔を上げて、ライネリオの顔をまじまじと見つめた。その顔はうっすらと紅潮していて、それを隠すように頬に手を当て何度も瞬きをする。

「……昔のことですが……よくご存じでしたわね……」

（そうなの⁉）

母親が社交界の薔薇と呼ばれていたらしいことは、酔っぱらった時の父親の自慢話でよく聞かされていたが、どちらかというと痩せぎすできつい印象の叔母が、そんな風に呼ばれていたなんて知らなかった。

しかし驚いたすぐ後で、ルチアは本題が逸れていることに気づいた。

（——もしやこれも作戦……！）

ライネリオはふっと吐息を零すようにゆったりと微笑んで、百合の花束を叔母に差し出した。

「こちらは今も麗しい百合姫に」

「まぁ……」

恥ずかしそうに受け取る叔母の瞳は赤く潤んでいる。まるで恋に落ちた少女のような甘い雰囲気が叔母から醸し出されていた。当時はたくさん贈られたのだろう、百合の香りに包まれながら、一番輝いていた時期の話をされて、すっかり気分は過去に戻っているのかもしれない。しかし。

（ちょっと叔母様！　ちゃんと断ってくださいよ⁉）

そんな祈りが通じたのか、どこか夢見心地にふわふわしていた叔母が、はっとしたように顔を上げた。ルチアと同じく話題がすり替わっていることに気づいたのだろう。

叔母は顔を引き攣らせつつも、ライネリオの顔からそっと視線を外した。賢明だ。ライネリオのあの美しい顔には、否定の言葉を呑み込ませてしまう魔力があるのだ。

「残念ながらルチアは――」

「もしや伏せておられるのでしょうか。ああ、私が彼女のせっかくのドレスを台無しにしてしまったからですね」

わざとだろう、さりげなさを装い言葉を被《かぶ》せてきたライネリオは、痛ましそうに目を伏せて、長い睫毛を震わせた。

（剣を向けられたことは、言うつもりがないのかしら……？）

先ほどから一向にその話が出ないことも気になる。確かに小娘に剣を向けられたなんて、プレイボーイとしてもあまり口に出したいことではないのかもしれない。少しほっとしたが、その間にも部屋の中ではライネリオが着々と叔母の攻略を進めており、慌ててルチアは二人に意識を戻した。

「とても申し訳ないことをしてしまいました」

心から後悔しているような悲しげな視線にまっすぐ囚われた叔母は、ぐぅ、と喉を鳴らした。

（……叔母様……？　叔母様、正気に戻ってぇぇ！）

時間にして数十秒。立派な体格に似合わない、しゅんと俯《うつむ》いた表情は憐れみさえ覚えさせ、思わず手を伸ばしたくなってしまう。同席しているメイドは勿論、同性の老執事すら、きゅんとした顔で胸を押さえており、その効果は抜群だ。肩を震わせていた叔母は、数拍置いた後、かっと目を見開いた。そして「いいえ！」と勢いよく首を振る。

「ルチアの体調は良好ですし、特にこの後の予定もありません！」

（待って⁉）

なんという手のひら返し。思わず叫びかけたルチアは慌てて口を押さえた。まずい状況である。

ライネリオは、昨日から今日にかけての短い間に、ルチアの正体と居場所を突き止めただけでなく、王都滞在中の保護者である叔母の過去まで調べ上げた。しかも叔母を気分良くさせて警戒を解いた後、それでも無理だと判断すると素早く、思いきり同情を誘う作戦に切り替えてきたのである。大正解だ。叔母は気が強いものの、その分濡れた子犬のような、庇護《ひご》欲《よく》を誘うものに弱いのだ。つまりライネリオはただのプレイボーイではなく、相当のやり手……いや油断ならない人間だということである。

丸め込まれた叔母を見たルチアは最後の希望に縋り、窓から顔を覗かせるとライネリオの死角で頭の上でバッテンマークを作り、ぶんぶんと首を振った。しかしそれは大きな選択ミスだったらしい。

叔母は部屋にいるはずのルチアの姿に気づき、うっとりとライネリオを見つめていた目を丸くした。そしてすっと細めたかと思うと、ライネリオに笑顔を向けながら、側にいたメイドに何か耳打ちした。小さく頷いたメイドは部屋から出ていき——。

「——ルチア様！」

「こちらよ！　茂みの中に隠れてらっしゃるわ！」

メイド総動員で追い込まれ、戸惑っている間に、あえなくルチアは確保されてしまったのである。

見事な連携技で、軽く髪をセットされ、いつの間にか用意されていたコートを着せられ、ミラー公爵家の家紋が入った馬車に押し込まれるまで、おそらく五分もなかっただろう。

そして最後にライネリオにエスコートされ、悠然と玄関まで見送りに来た叔母は、馬車の窓越しにルチアの両手をそっと握り締めた。

「ルチア。噂ばかり信じてはいけないわ。今からでも助けてくれるのでは、と期待したのは一瞬。やはり自分で確かめることが一番よ」

と、ルチアの肩越しにライネリオに見惚《みほ》れながら、そう言ったのである。

＊

叔母の裏切りに茫然《ぼうぜん》自失とし、ほぼ意識を飛ばしていたルチアが連れてこられたのは、昨日訪れたばかりの王城だった。馬車の扉が開き、周囲を見渡して驚く。てっきり公爵家に向かうだろうと思っていたのだが、王城の……しかも裏門らしい。

昨日の園遊会の時とは違い、飾り気のない荷馬車が次々と入ってきて、車輪の音と、下働きらしき人達の声が飛び交っていて賑やかだった。そのおかげでルチア達の存在もそれほど目立たないと、ほっとしたのは一瞬。

――「公爵家の馬車じゃないか？」

――「どちらのお嬢様かしら……」

下働きや出入り業者のそんな声が聞こえ、馬車から降りてそのまま習い性でエスコートされていたルチアは、ライネリオの腕から手を引き抜こうとした。が、しかしライネリオはそれよりも早く、反対側の手でルチアの手を素早く握り込んできたのである。

（つぐぬぬぬぬ……っ）

淑女らしからぬ顔をしてどれだけ力を入れても、握り込まれた手はびくともしなかった。そういえばライネリオは、一見優男だというのに存外力が強い肉体派なのである。

どうして、とライネリオを見上げれば、彼は僅かに形の良い眉を吊り下げた。

「野兎さん、どうか逃げないでください」

悲しげな口調で懇願されて、ルチアの腕の力が弱まる。無論この罪悪感を煽る表情も演技だとは分かっているし、そもそも「野兎さん」なんて妙な名前で呼ばないで欲しいのだが、いかんせん強く拒絶するには周囲の視線が痛い。

「逃げるなんてそんなつもりはナイデスヨー」

ルチア自身が呆《あき》れるほど棒読みの言葉がつい出てしまい、はっと口を押さえた。正直者の自分が恨めしい。だってチャンスがあれば今でも逃げたい気持ちは大いにある。そんなルチアをじっと観察していたライネリオは、何か思いついたように形の良い眉尻を片方上げた。おもむろに長身を折り曲げ、ルチアの耳元に唇を寄せる。

「では野兎さんが逃げたら、城中で追いかけっこすることにしましょう。捕まえたら……そうですね。きっと疲れているでしょうから、第三隊の私の執務室まで抱いて運んで差し上げますね」

そう提案されて、ルチアの喉から悲鳴が漏れた。しかし少し離れた場所から上がった若い女の子らしき歓声に掻き消される。遠目に見れば身体を寄せ合い囁いているのだ。イチャイチャしているようにしか見えない。背中に刺さる興味津々の視線に、ルチアは沈黙し、俯いた。今騒いだら余計に目立つ。ここは黙って耐えるべきだろう。抱っこして運ばれるくらいなら、大人しくエスコートされた方がまだ言い訳ができる。

ライネリオが運ぶと言っていた目的地……第三騎士隊の隊舎は城壁近くにあった。その奥に執務塔があり、奥に進むに従って人影はまばらになっていった。ライネリオの説明曰く、今はちょうど巡回や訓練で騎士達は出払っているらしく、とても静かだった。

「ここです」

ライネリオは飾り気のない建物二階の一番奥で立ち止まる。これまでの扉とは違い、少しだけ意匠の入った両開きの扉だ。

ライネリオは一度ノブに手を置いたが、開けることなく、すぐに手を上に移動させた。軽くノックをすると、すぐに中から扉が開かれた。

「どーぞ！」

出迎えてくれたのは、焦げ茶色の騎士服を身につけた垂れ目のあっさりとした顔立ちの青年だった。思いがけず明るい雰囲気で出迎えてくれ、騎士隊長執務室という堅そうな場所との対比に、少々面食らう。

（あ、この人……）

昨日の園遊会で、ライネリオを助けに来た騎士の一人に間違いない。騎士らしからぬ平凡で優しげな雰囲気が逆に印象に残っていたのだ。

「おや、どうして公休のカミロ副隊長がここに？」

「昨日は夜中まで情報収集に走り回ってましたし。もう、宿舎戻るの面倒だなーって、ここで仮眠取って公休日を変更しました。後で判子くださいね」

「本音は？」

「いやぁ、ちょっと気になって！」

にかっと笑って悪びれずにそう言った灰色の瞳の騎士……どうやら副隊長だったらしいカミロに、ライネリオは「そうですか」と溜息交じりに頷いた。そこでようやく腕を解かれたルチアは、ほっと身体の力を抜く。

ライネリオの背中越しに灰色の瞳と目が合う。「お邪魔します……」と会釈するように控え目に添えると、興味深げにルチアを見ていたカミロはたちまち笑顔になった。

「昨日も会いましたけど改めまして！　リムンス伯爵令嬢。第三隊副隊長のカミロと申します」

「……ルチア・クルーイ・リムンスです。またお会いできて光栄です」

スカートの襞《ひだ》を摑み改めて挨拶を返すと、カミロは笑みを深めて「よろしくお願いします！　殺風景なところですけどくつろいでくださいね。とりあえずソファに座ってください。お茶でも淹《い》れますね！」と一息に元気よく返事をした。

年季の入った騎士服と副隊長という地位から、ルチアよりも最低五つ六つは上だと分かるが、あけっぴろげな笑顔を浮かべる彼からは、故郷の幼馴染みのような気安い印象を受ける。第三隊騎士であることを考えると、おそらく平民なのだろう。

ルチアは迷いつつも指し示されたソファへ腰を下ろし、状況を探る。

……執務室に入ってからの二人のやりとりだけでも、分かることはあるわけで。

(ライネリオ様は二人きりで私と話す予定だったのよね? でもカミロ副隊長が敢えて『気になって』なんて理由で、休日返上してまでここにいる……ってことは)

もしかすると自分はカミロに助けられたのかもしれない。どんな話であっても、ライネリオと二人きりは絶対に緊張する。誰か一人いてくれるだけでも、空気は和らぐに違いない。『気になって』発言の真意を探りたくなるが、それでも二人きりよりマシだ。

カミロは宣言通り、あらかじめ部屋の隅に用意されていたワゴンの前に立ち、いくつかの紅茶缶を持ち上げ、ラベルを読みながら首を傾げていた。慣れない様子にルチアが私がやりましょうか、と声をかけようとしたところで、ライネリオが「代わります」と紅茶の缶をカミロから引き取った。

「そうですか? まぁ、ライネリオ隊長が淹れた方が美味《おい》しいですもんね」

ライネリオの発言にも驚いたが、そう言ってあっさりと代わったカミロにもルチアは驚いた。

(騎士隊の上下関係ってどうなってるのかしら。年功序列? それにしたって公爵家跡取りに、この言葉遣いはすごいわ……。それともよほど仲が良いとか……むしろ私は公爵家の跡取りに、紅茶なんて淹れさせていいのかしら……?)

気を遣いすぎて迷ったあげく、次の行動ができない。本来ルチアは頭で考えるよりも先に行動するタイプだが、叔母の淑女教育のおかげか、ライネリオという特異な存在のせいか、昨夜から調子を崩されっぱなしだ。

すっかり手持ち無沙汰になったルチアは、お茶を待っている間に、改めて執務室を見回す。ルチアが座っているソファセットこそ、ピンと革の張った新しく立派なものだったが、四方の壁には絵の一つも飾られておらず、装飾品もなく必要最小限のものだけが置いてある。なんならリムンス領の執務室の方がまだマシという殺風景さだった。

第三隊といってもまがりなりにも王立騎士団である。もう少し何かあっても……と、不思議に思ったところで、ライネリオが淹れた紅茶が目の前に差し出された。ふわりと立ち上った香りだけで質の良いものだと分かるのは、鍛えてくれた叔母のおかげだろう。

「……とてもいい香りですね。有難うございます。でも、申し訳ありません。本来なら私が淹れるべきでした」

ライネリオは「お客様に給仕はさせられませんよ」と微笑み、ルチアから見て斜め前の一人掛けのソファに腰を下ろした。カミロもいつの間にか、ルチアの正面の広いソファで美味しそうに紅茶を飲んでいる。ソファの大きさ的にも位置的にも、普通逆ではないかと思うが、身分差が激しいこの三人が座って同じ紅茶を飲んでいる時点でおかしいのだから、この二人に関して、礼儀云々は気にしない方がいいのかもしれない。

「本当にお気になさらず。紅茶を淹れるのは得意なのですよ。さぁ、冷めないうちにどうぞ」

勧められて、ルチアは確かに冷めるのはもったいないと素直にカップに口をつける。

一口含めば、口の中がカラカラだったことに気づいた。どうやら自分ではすっかり落ち着いているつもりだったけど、とても緊張していたらしい。本来ならば熱々なのがよいとされているが、今は温《ぬる》めのこの温度がちょうどよかった。もしかして慌ただしくここまでやってきた自分に気を遣ってくれたのかもしれない。しかしなんとなく聞けず、無言のまま紅茶を啜《すす》ってしまう。

そうしてルチアが一息ついた頃、ライネリオは自分のカップをテーブルに置くと、改めてルチアへ向き直った。

「リムンス伯爵令嬢。まずはこちらの事情に巻き込んだあげく、強引に男爵家まで押しかけて、攫《さら》うようにこんな場所まで連れてきたことを謝罪させてください」

「え……？　あ、いえ……！」

失礼ながら、これまでの彼からは想像できない真摯な謝罪に驚いたルチアは、思わずカップを取り落としかけて、慌ててソーサーに戻した。

どうやら自覚はあったらしい。言葉通りルチアにしてみれば、誘拐されたと言っても過言ではないし、身分差を考慮しても一言物申したい。しかし逆にこんな唐突に、かつ素直に非を認められてしまえば、怒るタイミングを失ってしまうわけで………。まぁこの顔に文句を言えるかといえば、おそらく見惚れたまま時が過ぎてしまう気もした。

「本当に申し訳ありませんでした」

重ねて深々と頭を下げられて、今度こそルチアは飛び上がった。公爵家の跡継ぎが頭まで下げて謝罪するなんて滅多にないことである。それも相手は田舎者の自分だ。

「だ、大丈夫です！　怪我もありませんでしたし！　というか私もライネリオ様に剣を向けるなんて失礼なことをしてしまったわけですから！」

必死に頭を上げてもらうよう言葉を重ねるが、ライネリオは顔を上げず、淡々と言葉を続けた。

「王城まで来てもらったのは、どうしても公爵家では話せない事情があったんです」

「え、……えっと、公爵家じゃ話せない……事情、ですか……？」

ルチアが口に出して繰り返すと、ライネリオは「はい」と頷いてようやく顔を上げてくれた。さらりと艶やかな髪が揺れる。

「ブルクハウス男爵家まで迎えに行ったので、もう予想はついていると思いますが——野兎さんのことを少し調べさせていただきました。ゼクルワ国の最西端、海と森に面するリムンス領の長女。父君のリムンス伯爵はどこの貴族派にも属していない。今年ルチア嬢は社交界デビューの為に上都し、男爵家に留まり、お相手を探している——ここまでで、間違いはありませんか？」

淡々と尋ねられて、ルチアは素直に頷く。何しろ昨日の今日でブルクハウス男爵家まで押しかけられているのだ。ある程度の情報は摑まれているだろう。

「どこの貴族派にも属していないっていうか、相手にされないってだけなんですけどね……」

婚活云々はさすがに少し気恥ずかしくて、ルチアはわざと話を逸らしてみる。ライネリオが特に何も言わずに意味深な笑みを浮かべたのを見て、派閥に無縁だということが、逆に彼にとっては都合がよかったのかもしれないと気づいた。よく分からないが、高位貴族は人間関係が複雑で大変そうだなぁ、と少し同情してしまう。

「しかしどうしても分からないことがありましてね。差し支えがなかったら教えて欲しいのですが、昨日、私を驚かせてくれた剣技は、どなたに習っていたのですか？」

思ってもみなかった方向に話が飛んで、ルチアは一瞬言葉に詰まった。……が、そうか。そもそもライネリオにすれば、一介の伯爵令嬢であるルチアが、剣を使えたことが今回一番の疑問だったのかもしれない。普通の令嬢は剣なんて習わないし、護身術を習うくらいなら護衛を雇うのが常識だ。だからこそ昨日ルチアが暴漢相手にうまく立ち回れたのが、よほど意外だったのだろう。

「……えっと……そうですね。一応、師匠についていました。といっても傭兵上がりのおじいちゃんだったんですけど。あの……四年前に弟のスタークが生まれるまでは、私がリムンス領を継ぐ予定だったので、語学や乗馬や領地経営とか……剣術もその一環として習っていたんです」

「え？　婿入りしてもらうんじゃなくて、領主として？」

カミロはルチアの話が意外だったらしく、灰色の目を丸くした。どうやらそこまでは調べきれていなかったらしい。それくらい女領主というのはこの国ではまだまだ珍しい。

「はい。田舎ならではというか……リムンス領は当主の血筋を大事にしているんです。だから弟が生まれるまでは、唯一の子供だった私しか領主候補がいなくて」

おそらくライネリオのことだ。リムンス領の財政難についてだって調べはついているだろう。同情されたいわけではない。ルチアは悲愴感《ひそうかん》が漂わないようにわざと軽い口調で、領主自ら傭兵や農夫を募って領主団を結成し、害獣や野盗討伐をしていることも話した。その途中で、顔が広いであろう二人から、婿候補となる職人や商人を紹介してもらえるチャンスかもしれないと思いつき、森の開拓やそこが開拓されればできそうな新規事業に力を注ぎたいと思っていることも話してみる。

緩いカミロの雰囲気と、意外に聞き上手なライネリオの相槌《あいづち》で、結果余計なことまで話してしまった。

真面目に聞いてもらえたからと、調子に乗って話しすぎたかもしれない。すっかり話し終えてから、図々しかったかと反省していると、「色々考えていて偉いなぁ」なんて呟くカミロの感嘆の声を聞き、ほっとした。女のくせにとか、令嬢が狩りや領地経営の話をするなんて、と嘲笑する声は、時々ルチアの耳にも届いていたからだ。

「……そうですか。領地経営も……。どうりで剣技も実践的だと思いました」

ライネリオも納得したように頷く。確かに傭兵上がりの師匠譲りの剣は、決して騎士のように綺麗な型があるわけではない。共に戦ったライネリオだからこそ気づいたのだろう。

……しかし、だ。それがどうだというのだろう。今、わざわざリムンス領や自分の過去まで話す必要があっただろうか。なんだかまだるっこしい。

「あの……それで結局何なのでしょうか。リムンス領や私個人の話がライネリオ様に関係するとは思えないんですが」

もうだいぶ、ライネリオが醸し出す落ち着かない空気にも慣れてきた。思いきって尋ねてみれば、ライネリオは両手を軽く組み、改めてルチアを見た。

「いいえ。そんな貴女だからこそ、どうしても頼みたいことがあるのです」

「……？」

前置きと共に真面目な蒼海の視線がルチアを貫く。ルチアも思わず居住まいを正した。

「単刀直入に言いましょう」

なんだか妙に緊張して頷いたルチアに、ライネリオは目元を甘く蕩《とろ》けさせた。そして。

「私の『恋人役』になっていただけませんか?」

そんな爆弾発言を、投げてきたのである。

三、一筋縄ではいかない彼女と

「私の『恋人役』になっていただけませんか？」

社交界の美貌の貴公子、第三騎士隊隊長、ミラー公爵家の跡継ぎと――様々な肩書を持つライネリオ・グリード・ミラーがそう申し出れば、目の前の少女は、濃い胡桃《くるみ》色の瞳を零れ落ちそうなほど見開いた。

「……はい？」

ぽかんとした表情。小さな唇から呟かれた戸惑いが耳に届くと、予想通りの反応に口許《くちもと》に拳をやった。意図しない笑い声が漏れるなど、随分久しぶりだったが、昨夜彼女と出逢ってから、ライネリオは万事こんな調子だった。無防備な表情をたっぷりと楽しみながら、返事を待つ。

そのうち、彼女はじわじわと眉間に皺を寄せ、探るようにライネリオを覗き込んできた。

昨日、思いも寄らず突き出された剣の向こうの鋭い瞳とはまた違う、胡桃色の瞳に映った警戒心。見れば見るほど、感情をそのまま映し出す鮮やかな瞳が興味深い。あの夜も、剣を向けたのがライネリオだと気づくと、胡桃色の大きな瞳を何度も瞬かせた後、思いきり顔を引き攣らせていた。状況とその表情の変わりっぷりがなんともまぁ――面白くて、ついつい興味をそそられ、暴漢達の相手をしている間も、彼女に好奇の目を向け続けてしまったのである。

その後、ニヤニヤしながら探りを入れてくるカミロから受け取った彼女の調査票を読み、しがらみの少ないちょうどいい身分と環境、暴漢と堂々と渡り合っていた彼女の豪胆さに、今回の計画を思いついたのだ。

そして速やかにルチア嬢の安全を確保し、同時に逃げられないように、わざわざ公爵家の家紋が入った馬車で迎えに行き——こうして彼女と向き合っているのだが——。

「……『恋人役』とはどういうことでしょうか」

衝撃から立ち直ったらしいルチアが、警戒心も露《あら》わにそう尋ねてきた。当然だ。弟のアンヘルが流した女好きだという自分の噂は知っているだろうし、何よりも唐突すぎる話だっただろう。

「さすがに単刀直入すぎましたね」

彼女の表情に苦笑いして、申し訳なさそうに眉尻を下げてみせる。ちらりと彼女の表情を盗み見れば困惑が入り交じっていて、全く聞く耳を持たないという雰囲気ではないことに少し安堵《あんど》した。

彼女の慎重さと——お人好し気質に感謝し、「身内の恥を晒《さら》すようで恥ずかしいのですが」と、ライネリオは素早く切り出した。いつもなら胃を重くさせる話だったが、今日はそれよりも彼女がどんな反応を返してくれるのか、そちらの方が気になった。

「二年前に父が亡くなりましてね。今現在は家督を継ぐ為の準備期間と世間には伝わっているのですが、実はそうではなく、正式な後継者である私と、後妻グローリアの息子である弟のアンヘルとで後継者問題で揉めているのです」

「……お家騒動……って、ことですか」

「分かりやすく言えばそうですね。幼い頃に母が亡くなり、それからすぐに後妻として入った義母グローリアに命を狙われてきました。特に父が亡くなってからは、彼女は実子であるアンヘルを後継者にしようと、あからさまに暗殺者を送ってくるようになりまして、ほとほと困っているのですよ」

「……あの、それ私が聞いていいお話じゃないですよね……？」

一呼吸置いてそう尋ねてきたルチアの顔は、明らかに引き攣っている。当然だろう。田舎で平和に過ごしてきた一介の令嬢が突然、公爵家のお家騒動に巻き込まれようとしているのだから。

「いえいえ。そもそもそこが全ての始まりですから、聞いていただけないと困ります」

「まだ協力するなんて一言も言ってませんが⁉」

ルチアの反論を笑顔で威圧し、ライネリオは淡々と続ける。そもそもここまで公爵家の実情を話しておいて逃がすはずもない。

「父が亡くなってから二年経ち、継承式までの猶予期間も一年を切ったことで、アンヘルを当主にしたいグローリアからの刺客も手段も執拗《しつよう》になってきました。この数年間で色々証拠集めをしていて、継承式にでも突きつけて、親子共々公爵家から放り出そうと思っていたんですか、最近になってアンヘルが……どうしようもない騒ぎを起こすようになってしまったんです」

「騒ぎ、ですか？」

好奇心が刺激されたのか、ルチアはそう相槌を打った。

「ええ。義母とその父である騎士団総団長のグフマン総帥が、恐ろしいほどアンヘルを溺愛していましてね。いっそ閉じ込めておいてくれればいいのにと思うくらい、アンヘルは愚かに自由に振舞っているんです」

「はぁ……」

ピンとこなかったのだろう、困ったように曖昧に頷いたルチアに、苦笑したカミロが分かりやすく、遠慮の欠片もない説明をした。

「アンヘル坊ちゃんも二十歳になってさぁ、自分自身でライネリオ隊長に一矢報いたいって思うようになっちゃったんだよね。それで時間や所構わず、街の破落戸《ごろつき》や、似たような貴族の道楽息子と一緒に騒ぎばっかり起こして、第三隊の騎士を呼び出しては、ライネリオを出せ！　とか大騒ぎするんだよ」

「……もしかして昨日も？」

ピンときたらしい。そう尋ねてきた彼女の勘のよさに感心し、頷いた。

「そうです。アレはここ数年で一番最悪でした。昨日の集まりは今代の王妃の一番の功績と称えられている、身分を隔てない交流目的の園遊会でしたから。そこで騒ぎを起こしたのです。王家の顔に泥を塗ったと言われても仕方ありません」

「あ……なるほど。それであんな庭の隅っこで、騒ぎにならないようにしてたんですか。明るみに出たら、その……アンヘル様でしたっけ？　彼どころか、公爵家自体に罰が下される可能性もありますよね……」

「そうそう。あくまでミラー公爵家のお家騒動だからさぁ、王家にしたら他人の家の庭で何してんのって感じだもんね。アンヘル坊ちゃん、ほんっと顔だけはいいお馬鹿さんで、思いついたらすぐ行動しちゃうんだ」

呆れた顔をしたルチアに、カミロも同意する。

ライネリオはルチアの理解の早さに感心して、この半分でも愚弟の頭が回れば、ある程度の領地を任せることができたかもしれない――なんてどうにもならないことを思う。王族とミラー公爵家は昔ほど懇意ではない。今回の件が明るみに出れば、罰則としてこれ幸いと、土壌もよく、収穫量の高い公爵領地の一部を没収されただろう。

――これ以上アンヘルが馬鹿なことをしないうちに、一刻も早く片づけた方がいい。

「昨日、野兎さんは勇敢にも私を助けてくださいましたよね？」

今更何を、とでも言うようにルチアはライネリオを見た。少し迷いつつも返事をしないことには話が進まないと思ったのか、彼女は小さく頷く。

「どうやらそのせいでアンヘル……アンヘル一派に、貴女が私側の人間だと思われてしまったようで、……野兎さんが昨日男爵家へ帰った後、会場で貴女のことを聞き回っていた貴族がいたそうです。未だ貴女の正体は掴めてはいないようですが、おそらく時間の問題でしょう。私への人質として貴女に危険が及ぶ可能性も高い。公爵家から護衛をつけるにしても理由がいる。ならば公に恋人同士だということにしておいた方が、次期公爵夫人の為に護衛を置くのだという言い訳が立ちますから」

言葉を重ねるごとに徐々に現実味を帯びてきたのか、ルチアの顔がさぁっと青白くなった。「え、えっ」と上擦った声を上げて、両手を顔の前でぶんぶんと振った。

「そこまでしてもらわなくても……あの、私しばらく叔母の家に籠って、静かに過ごします！」

慌てて言い募るルチアの言葉は、勿論予想していたものだ。

「ご実家は幸いにも遠く、敵側もわざわざ手を出そうとは思わないでしょう。貴女には剣術の心得もあるし、身を守れるかもしれませんが――ブルクハウス男爵夫人やその家族はどうでしょうか。正直、男爵家の警備はそれほど堅牢《けんろう》ではないでしょう？」

彼女にとっては耳が痛いだろうことを語って聞かせれば、ルチアははっとしたように息を呑んだ。先ほど家族の話を聞いただけでも分かる。身内を大事にしている彼女のこと。世話になっている叔母一家を危険に晒すなど耐えがたいはずだ。ぐっと悔しそうに唇を噛《か》んだ彼女は、改めて騒動に首を突っ込んだことを後悔しているのかもしれない。

「……あの、それはそれで、私が一方的に守ってもらうばかりになりませんか？」

「いいえ。爵位を継承するには、結婚しているか婚約者がいることが望ましいとされています。貴女と恋人同士になったと知れば、グローリアやアンヘルも焦り、刺客を増やしてくるでしょう。特に貴女といる時に襲われることが増えるはずです。けれど野兎さんでしたら、剣の心得もありますし、暴漢と遭遇して、万が一暴力や血を見ることになっても、失神したりパニックになったりせず冷静に対処してくれるでしょう？」

――ここまでは計画の半分。この話にはまだ続きがあるが、それは今説明しなくても支障はない。

「……たぶん普通の令嬢よりは、そうですね……」

曖昧な答えだったが、彼女にとっては納得できる説明だったのだろう。

暴漢相手に怯《ひる》むことなく、対峙した華奢《きゃしゃ》な少女。窮屈なヒールを脱ぎ捨て、ドレスの裾を美しく捌《さば》きながら、踊るように立ち回っていた彼女の生き生きとした瞳を思い出せば、自然とライネリオの顔に笑みが浮かぶ。

「恋人らしく何度か一緒に出かけてもらうことになりますが、その時も、それ以外にも襲撃は少なからずあるでしょう。しかし、必ずお守りします。外出を制限するような煩わしい思いはさせません。勿論ブルクハウス男爵家の方々も同様にお守りします。正当な仕事の依頼ですから、お礼は危険手当も兼ねて、十分に用意させてもらおうと思っています」

そう約束して、最後に困窮しているリムンス領へと援助を申し出る。

ルチアはしばらく思い悩んでいたが、どうにもならないと結論づけたらしい。

「よろしくお願いします……」

と、小さな声でライネリオの『恋人役』になることを了承した。

顔を上げたルチアと目が合う。緩く口角を上げ、若い令嬢に素敵と褒め称えられる笑顔を作ってみせたライネリオだったが、首を痛めるのではないかと心配になる勢いで顔を背けられてしまった。

……女好きだという噂のせいで、一部の真面目な令嬢には毛虫の如く嫌われているとは知っているが、さすがにここまで避けられると辛《つら》い。何よりこれからは彼女と恋人らしく振る舞わなければならないのである。

落ち着きなく身体を揺らすルチアは、明らかにこの場から逃げたそうに、しきりに扉を気にしていた。やはりライネリオには、野兎が逃げ場を求めてソワソワしているようにしか見えない。

（まぁ、そんな様子も可愛らしいですけど……）

ふと、今更ながらルチアに今現在気になる異性でもいるのでは、という考えに思い至った。そもそもここまでライネリオを嫌がるのも、噂だけにしては根拠が弱いような気もする。

昨日の報告書には、まだ王都に来たばかりで、ルチアに特定の男性との関わりはなかったはずだ。

——が、一晩で上がった調査なので、後継ぎの話同様、取り溢《こぼ》しがある可能性もある。


「……」

ライネリオは無言で立ち上がり、ルチアと同じソファに移動した。が、ライネリオが腰を落とした。と同時に、ルチアはぴょんっと飛ぶように反対側へずれた。一体何……？　とでも言いたそうな不審感が詰まった顔でライネリオを凝視しており、ああ、ようやくちゃんと見てくれたのだな、と笑みが零れた。これ幸いとじっと彼女を観察する。大きな瞳はキャラメリゼした胡桃のようにとても甘そうだ。手を伸ばして、少しだけ乱れた亜麻色の前髪をそっと撫でてみた。驚いたのか、ルチアはぴくっと首を竦め、キュッと目を閉じてしまう。小動物めいた可愛さに思わず目を細めて、ライネリオは指をずらし、頬にかかった横髪を後ろに梳《くしけず》った。

「野兎さん、もしかして気になる男性でもいましたか？」

「……いえ、そんなことは……」

少し驚いた顔をして、照れもなく否定したルチアに、ライネリオは面倒なことにはならなさそうだと改めて安堵した。

「それなら、今年のシーズン中だけでも駄目でしょうか？　私の『恋人役』はそんなに嫌ですか？」

これ以上下がれないように、ソファのルチアの身体の隙間に腕を潜《くぐ》らせて腰を抱く。

ソファが二人の体重を受けてぎしりと鳴った。ライネリオの行動に、ルチアは驚いたように固まったままだ。抵抗されないのをいいことに、柔らかな頰を堪能するように指先で撫でる。手袋越しでも分かるその下でじわじわ感じる熱に、ようやく反応してくれたのだと、くすぐったくなったのは、男のくだらない矜持《きょうじ》だろう。

「……ちょーっと、ライネリオ隊長～～～？　ここは神聖な執務室ですし、俺もいますからね？　掃除は寮暮らし一年目、女ひでりの新人騎士達がやるんですよ。可哀想《かわいそう》なんでマジで勘弁してくださいね、って聞いてます？」

呆れたように、そんな茶々を入れてきたカミロの声が聞こえないように、ライネリオは頰に触れるようにしてルチアの耳を塞ぎ、顔の位置も固定してしまう。勿論ライネリオだってこんな場所で盛るつもりはない。ただようやく逃げなくなった小動物を可愛がりたいだけだ。

「私にできることはなんでもします。どんなお礼もしましょう。何か欲しいものを仰《おっしゃ》ってください」

耳朶《じだ》を指先で撫でて囁けば、吐息がくすぐったかったのか窓の方へと顔が傾き、白い首筋に小指が触れた。

びく、と身体を震わせたルチアに、ライネリオは優しく微笑み、もう一押しか、と思う。

「……？」

ふっと縋るように添えられたルチアの手に、顔が緩んだその時。

「――ライネリオ様！」

ルチアは勢いよく、がしっとライネリオの手首を逆手に摑んだ。そして。

「第三騎士隊の方を紹介してください！」

そう言い放ったのである。その言葉は、ライネリオの動きと、ソファで二人のやりとりを呆れて見ていたカミロの時間を止めた。

固まったまま反応を見せないライネリオに気づかず、ルチアは大真面目な顔をする。しかし、何かに気づいたように、「あ」と呟き、慌ただしく首を振った。

「勿論恋人役が終わってからで結構です！　その時に第三隊騎士で田舎に婿入りしてもいいって方がいらっしゃったら紹介して欲しいんです。それって『できること』に入りませんか⁉」

数秒前の自分の言葉を引用し、そんな言葉まで言い添え、至極真面目な顔で言葉を続けた。

「一時期でもライネリオ様の恋人だったたって話は、ちょっと……強烈そうで、下手《へた》な男性は近づいてこなさそうですし……、それなら事情を知っているか、もしくは明かしてもいい第三隊の騎士なら大丈夫かなって」

……確かに冷静に考えれば、ライネリオの恋人だったという過去によって、良い意味でも悪い意味でも、ルチアが社交界で話題になることは間違いない。ゆえに、あくまで婚活の為に王都にやってきた彼女の申し出は尤《もっと》もであり、かつ効率的だ。

しんと静まり返った執務室の空気を、一番始めに破ったのはカミロだった。

ちょうど紅茶を飲んでいたところだったらしく、ぱっと口を押さえて涙目でごきゅんっとすごい音を立てて飲み込む。慌ててソーサーにカップを置き、チラッとライネリオの顔を見て、「ブフォッ」と噴き出した。

「そ、ンンッ……そうだったね！　ルチア嬢、結婚相手を探しに王都に来たんだもんね！」

ルチアに同意する声は震えている。

「っくっ……！　あははは！　ライネリオ隊長が振られる瞬間を、生きてるうちに見られるとは！　いやぁ、これは独身連中集めてパーティしなきゃ！」

「――カミロ副隊長」

彼は騎士団の中でもライネリオが信頼する優秀な人間の一人だ。ライネリオより三つも年上とは思えない童顔を利用し、愛嬌《あいきょう》を振りまいて相手の懐に入り込み、掴む情報は重要なものが多く、騎士団の中でも情報収集能力は群を抜いている。しかし、なんでも面白がる愉快犯じみた一面もあった。その上しつこい。ひきつけさえ起こしそうなほど、全力で笑っているカミロを無視し、ライネリオはルチアから一旦離れた。

若干の気まずさは拭えないが、ルチアはライネリオよりも、笑いすぎて突っ伏したカミロの方が気になるらしい。

「えっと……大丈夫、でしょうか」

心配そうにカミロを指さし、そう尋ねたルチアに、「問題ありません」と答えておく。むしろ問題なのは、うまく口説けたと思っていた自分の惨めさだろう。

「笑いの沸点が他人より低くてしつこいだけなので、カミロのことはお気になさらず」

「え……あ、はい、……？」

「ひど！」

そんな人が部下で大丈夫ですか、ありありとルチアの顔にそう書かれていたが、ライネリオはそれを綺麗に無視して、顎に手を置いて『考えている振り』をした。ライネリオにも取り繕う時間が必要だった。そんな沈黙を自分のせいだと思ったのか、ルチアが「あの」と話し出した。

「さっきも言った通り、リムンス領の領主団は傭兵と兼業農家のおじさん達で構成されていて、いつかちゃんとした指導役をやってくれる人が欲しいと思ってたんです。平民の騎士の方が婿入りしてリムンス領に来てくれるならちょうどいいかなって、前から思っていて」

とりあえずこの時点で分かったのは、ルチアはライネリオに対して、全くそういった感情を持ち合わせていないということである。あくまで『恋人役』を頼まれただけの関係という認識なのだろう。

「……うちの騎士を紹介ですか。勿論、野兎さんのお眼鏡に適《かな》う騎士がいれば仲を取り持たせてもらいますよ」

取り繕ってそう口にすると、カミロが「フヒッ」と気持ち悪い笑い声を出した。

「本当ですか！」

ぱあっと顔を輝かせたルチアに頷いて肯定したものの、どうにも複雑な気持ちになるのは、おそらく恋人の振りをするのに、よその男に色目を使われるのは都合が悪いからに違いない。男爵家の護衛の為に配置した騎士と、いつの間にか良い仲になられて、作戦実行中に周囲に気づかれても困る。――ルチアが偽の恋人役だと伝えるのは、第三騎士隊でも実行部隊だけでいいかもしれない。

「………野兎さん。しかしシーズンは始まったばかりですよ。貴女の社交界デビューは今年からでしたよね。それほど焦って相手を見つける必要はないのでは？」

「いえ！　私、早く結婚したいので」

「何か理由でもあるの？」

どうやらようやく笑いを収めることに成功したらしく、カミロは親しげにそう尋ねた。ルチアを見る目が変わっており、先ほどのやりとりで、彼の中でルチアの評価は急上昇したのだろう。面白いことも面白い人間も好きな男なのだ。

自分よりもはるかに人の懐に入るのが得意なカミロは、そうしてルチアが結婚を急ぎたい理由を聞き出した。

後継ではなくなった貴族の娘として、あまりお金のない領地の為に持参金の必要がない平民や商人、もしくは騎士と結婚して、領地に婿に来てもらいたいのだという。確かに自分が率いる第三隊は実戦も多く、彼女の言う領主団を指導できるくらいの実力を持つ者は多い。仲介を求められるのも不自然ではない。

「へぇ、リムンス伯爵令嬢って親孝行！　貴族令嬢の鑑《かがみ》ですね」

「ルチアで結構ですよ。私はカミロ副隊長様とお呼びしても？」

「それこそカミロで大丈夫……あ、ですよ！　様づけなんてむず痒《がゆ》くなりますから」

カミロは本当に居心地悪そうにお尻を浮かせて、身体を揺らしてみせた。

「ふふ……じゃあカミロ副隊長。できればもっと気軽に接してください。伯爵家といってもあまり裕福な家ではありませんから、幼馴染み達はみんな領民で平民なんです。あまり令嬢らしい喋り方ができなくて、王都に来て叔母に叩き込んでもらったんですよ。だから私もそちらの方が気が楽です」

ルチアがそう申し出ると、カミロは嬉しそうに笑った。

「あ、本当にいいの？　俺、敬語とかすっごい苦手なんだよね。二、三時間なら平気だけど、三時間超えたら、アー！　って立ち上がって叫びたくなっちゃう」

「分かります！　私も最初の礼儀作法で言葉遣いを徹底的に直されましたけど、まだるっこしくて、舌がもつれそうになりますもん。普段はやっぱりこういう話し方が楽ですね。……あ、だから、さっきのお返事ですけど、貴族令嬢の鑑なんて大袈裟ですよ。領民や領地の為に私ができることって本当にそれくらいしかないんです。だからお婿さん探し、ご協力お願いします！」

ルチアはしっかりと自分に言い聞かせるようにして強い口調で両手を組んだ。どうにも決意は固そうだ。それに自分を置いて盛り上がる二人の仲の良さが、些《いささ》か面白くないように感じてしまう。

（二人は育った環境が似ているようですから、気が合うのでしょうね）

先ほどの会話を思い出し、ライネリオは二人から視線を逸らして、ルチアが先ほどまで見ていた窓の向こうを見た。複数の人間の怒声に近い声や剣を打ち合う音が騒がしい。スケジュール的には去年と今年入ってきた騎士の鍛錬が始まる頃だろう。

そう新人。十五、六の幼さが抜けきらない少年達だ。ルチアよりも年下であり、まだ結婚なんて考えていない年頃だろうが、その指導役の中には適齢期の騎士もいるだろう。

……もう少し自分に慣れてもらう時間が欲しい。このまま男爵家に帰せば、自分の印象はプラスマイナスゼロ……いや、王城に着いた時、野兎のように逃げようとするルチアを少し揶揄《からか》ってしまった自覚もあるし、マイナスに傾いているかもしれない。少しくらいは名誉挽回と、できればそれほど器用ではなさそうなルチアと『恋人役』の練習もしておいた方がいいだろう。ちょうどいい口実も見つかった。

「せっかくここまで来てもらったことですし、よろしければ騎士達の鍛錬を見学していきませんか?」

「え……いいんですか?」

ルチアの顔に喜色が浮かぶ。

剣を扱う人間なら他の流派について知りたいのが普通である。昨日の戦いではルチアの動きに重さが目立っていた。基礎はできているが、剣を辞めてから数年は経っている動きだと感じていたので、関心も失っているかと五分五分の誘いだったのだが、どうやら成功したらしい。

「そのついでに『恋人役』の練習もしましょうか」

騙《だま》し討ちでそうつけ足せば、ルチアの顔が戸惑いに曇った。

「……『恋人役』の練習って……」

疑い半分、期待半分。そんな表情を浮かべたルチアはそう聞き返してくる。

「人前で恋人の振りをする練習ですよ。残念ながら、野兎さんは私が近づくだけで固まってしまうでしょう？　外ですし何より部下の前なので、必要以上に触れませんし。少々失敗しても身内の前ですから大丈夫です。……そう、それにリムンス領主団を再編する時の参考になるかもしれませんよ。第三隊の騎士の練習メニューは効率が良くて、私もたまに参加していますから、隣で説明して差し上げられます」

そう言った後は、敢えて言葉を重ねず、大人しく返事を待った。

ルチアは迷ったように少し間を空けた後、癖なのかきゅっと瞼を閉じて、思いきったように「お願いします」と勢いよく頭を下げたのだった。

＊

騎士達が鍛錬しているという広場に向かったルチアは、当然のようにライネリオに腕を取られ、エスコートされていた。繋がっている腕がリード的なものに感じるのは、ライネリオがことあるごとに『野兎さん』などと自分を呼ぶからだろう。

（これは『恋人役』の練習……『恋人役』の練習……）

おそらくは初対面で逃げ出し、今日王城に到着してからも、懲りずに腕から逃れようとした自分に対しての嫌みなのだろうが、先ほどからあまりに甘い声で呼ばれるので、その度にルチアは顔が火照ってしまう。しかしこれも練習の一環なのだろう。可愛い小動物にたとえて恋人を呼ぶのは、よくある『イチャイチャしているカップル』の見本である。

誰にもすれ違わないのを幸いに、ルチアは熱くなる顔をなんとかしようとわざと別のことを考える。

状況からいってライネリオの『恋人役』をすることは仕方がない。ミラー公爵家のお家騒動には驚いたし、同情めいた気持ちもある。それに何より自分から頭を突っ込んでしまった以上、仕方がないだろう。しかし気になるのが、叔母一家のことだった。

（まさか、叔母様達に迷惑をかけることになるなんて……）

自分が妙な好奇心を拗《こじ》らせたせいで、危険に晒すことになってしまった。ライネリオが叔母へうまく取り入り『結婚を考えている未来の妻の身が心配だから』という前提で話を通すと言っていたが、それほど簡単に受け入れてもらえるだろうか。

ちらりとライネリオを盗み見れば、ん？　と美しい微笑みを浮かべて小首を傾げられ、ルチアは、ぱっと顔を元の位置に戻した。

（というかライネリオ様の『恋人役』なんて、絶対に血の雨が降るわよね……？）

ルチアは園遊会で見た、ライネリオを取り囲む、華やかな令嬢達のギスギスした空気感を思い出してうんざりする。

あの中から候補を募れば、いくらでも殺到するだろうに、要約すれば『大した家の出身でなく、自分の身を守れて、荒事にも慣れていそうだから』という理由だけで、ルチアは選ばれてしまったのだ。自分の不幸を呪う。幼い頃から努力して剣技を磨いてきたというのに、その努力が厄介事を連れてきてしまった。

しかし悪いことばかりではない。その代わりに、ライネリオはリムンス領への援助を申し出てくれた。叔母達の護衛も勿論含まれており、そうなれば、ルチアはもう頷くしかないわけで。

しかし明らかに関わりたくないのが顔に出ていたのか、途中で「やっぱりやめます」とでも言い出すのを恐れたのだろうか……。ソファの端に追い詰められ、駄目押しのように甘い言葉で懇願されてルチアは固まった。頭の隅では冷静に色仕掛けされていると気づいていたにもかかわらず、ルチアは間近に迫る美しい顔と醸し出される壮絶な色気に悲鳴すら上げられず、ただただ流されかけてしまった。

そもそもルチアは、男女交際の経験もない田舎娘なのである。対処に困り、とりあえず危険動物と遭遇した時の鉄則である『目を逸らした』先に、大きな窓が見えたのは僥倖《ぎょうこう》だった。その向こうから聞こえた僅かな喧噪《けんそう》と剣がぶつかり合う音に、ルチアは本来の自分の目的を思い出した。そう、婿探しである。

例えばライネリオの部下ならば――公爵家の跡取り問題が全て解決した後、ルチアとライネリオの恋人関係は、ただのお芝居だったという事情を知ることになるだろう。たとえ、信用されなかったとしても、直接ライネリオに説明してもらえばいいだけのことだ。この間、コンマ数秒。

次の瞬間にルチアは、頬を撫でていたライネリオの手首をぎゅっと逆手に掴んでいた。そして。

「第三騎士隊の方を紹介してください！」と叫んでいたのである。

（自分でも図々しいと思うけれど……とにかく、あの空気から逃れたかったわけで……）

しかも腹を抱えて爆笑したカミロの言葉から察するに、ライネリオに恥を掻かせたような結果になってしまった。いやでも自分は悪くない！　そもそも未婚の女性に、あそこまでくっつく方が問題なのである。色仕掛けで本当に惚れてしまうようなことにならなくてよかった。やはり敵わないと思ったら視線を逸らす——森の教えは偉大だった。叩き込んでくれた師匠に心の中でお礼を言っておく。

そしてライネリオにエスコートされ、カミロをお供にやってきた鍛錬場には、数個のグループが点在しており活気に溢《あふ》れていた。

少し離れた木陰やベンチに腰かけている騎士が多く、どうやら休憩中らしい。すぐに全員がこちらに気づいて立ち上がりライネリオに敬礼する姿は圧巻だった。ライネリオが軽く手を上げて動かすと、再び休憩へと戻る。

小さな動きだったというのにそれを見逃した騎士はおらず、さすが王立騎士団、と予想もしなかったところでルチアは感心してしまった。騎士隊長らしくて格好いい。

（これは令嬢達が、騎士達を格好いいって騒ぐ理由が分かったわ……）

カミロが用意してくれた観覧席に腰を下ろし、ライネリオもその隣に腰かけると、鍛錬していた騎士達がちらちらとこちらに視線を向けてくるのが分かった。ライネリオが気になるのか、それともルチアが気になるのか分からず、居心地悪く身体をもぞもぞさせてしまう。練習を始めた騎士達の動きはとても気になるが、なかなか顔を上げることができない。せっかく天下の王立騎士団の練習を見学しているというのに、なんとももったいないことだ。

ライネリオとの距離が少し近いように感じるのは、おそらく『恋人役』の練習なのだろう。後ろにはカミロも控えてくれているが、先ほどのお喋りが嘘のように口を閉じたまま、ルチアとライネリオを見守っている。否、面白がって観察していると言うべきかもしれない。そんな雰囲気を感じた。

ふわりと漂った重くてスパイシーな香りに少しどきりとする。軽く手を握られ、きたっ！　とルチアは覚悟を決めた。

「今日のドレスも可愛いですね。清楚《せいそ》で上品な色合いが貴女によく似合っています」

『可愛い』にたっぷりの色気を乗せられて、うぐ、と言葉にならない悲鳴を呑み込む。

（私の手汗、すごそう……っていうかライネリオ様、めちゃくちゃいい香りするんだけど……⁉）

上を向けばきっと美しい微笑みがあるので、迂闊《うかつ》に顔を上げることはできない。このままでは視覚と聴覚、嗅覚に至るまで全て再起不能になりそうだ。

「あ、有難うございます。あの、ライネリオ様も素敵です……」

顔を赤くさせつつも、ずっと無言のままでは練習にはならないだろう。ルチアがそう返すと、ライネリオは一瞬固まった。

「……ライネリオ様？」

「……いえ。意外に悪くないな、と」

そう言って小さく笑ったライネリオにルチアは首を傾げる。

さすがにずっと目を逸らしているルチアに思うところがあったのか、それとも努力を認めてくれたのか、ライネリオはそっと握っていた手を離してくれた。そのまま拳一つ分ずれて、少し距離を置いてくれた。

もしかして思っていたよりも早く『恋人役』の練習は終わったのかもしれないと、ルチアがそろりとライネリオを見上げると、なぜかライネリオは僅かに頬を淡く染めていた。そういえば手袋越しに触れた手も熱かったような……？

そう気づいて戸惑ったのは一瞬で、ライネリオは、ルチアと顔を合わせることなく反対側を向いて、一番向こうにいるグループを指さした。

「……あれは体幹を鍛えるトレーニングをしているんです」

ライネリオの言葉にルチアは慌ててその指の先を追う。少し遠いので目を凝らした。

「……腕立て伏せをしてるのかと……そういえば片手と反対側の足が浮いてますね」

「あの動きが一番効率よく体幹を鍛えられるんです。……ああ、その手前では、打ち合いが始まりそうですね。第三騎士隊は練習といっても刃を潰した剣を使います。他の隊は木刀を使っていますが、やはり重さが変わると振る速度が違いますから」

その後もライネリオは、打ち合いが始まれば動きの解説をし、次にくるであろう一手も詳細に説明してくれた。ルチアはなかなか赤みの戻らない頬をぺちぺち叩いてから頭を切り替える。しかし最初こそ新生リムンス領主団の練習メニューの参考にしたいと考えていたが、最後の方は自分の剣技の参考にするべく聞き入ってしまっていた。やはり剣術というものは奥が深い。それを詳細に解説できるライネリオも相当の遣い手なのだろう。

「こら！　お前ら、稽古に集中！」

序盤からこちらを見ていた騎士達が、指導役に軽く叩かれる。ライネリオが解説してくれている動きにばかり注目していてすっかり忘れていたが、やっぱり注目されているようで、改めてあちこちから視線を感じた。目が合うとぱっと逸らされてしまい、会釈する暇もない。

そしてそんな彼らは、指導役らしい男性に何度もよそ見を見咎《みとが》められていた。そしてとうとう、手前のグループの最高指導役から、一際大きな声が飛ぶ。

「腹筋百回の後、外周一周終わった奴から休憩な！　気になるなら出歯亀してねぇで、直接ライネリオ隊長本人に聞け！　俺は今から聞くがな！」

「ちょ！　ベックさん、ずるいっすよ！」

ルチア的には雲行きの怪しい言葉だったが、騎士達は一気に沸いた。一斉に散らばり、すごい勢いで腹筋をこなしていく。そして激しい運動の後だとは思えないスピードで走り出した。

（うわぁ、申し訳ない……けど、もしかしてこの後質問攻めに遭うのかも……）

それくらいなら一緒に走ってチャラにしてもらいたいと、本気でそう思う。汗と皮と鉄の錆《さ》びた匂いは、四年前までルチアの身近にあったものだ。

最後の一人の背中を乱暴に押した指導役……ベックと呼ばれた男が剣を提げたまま、ルチア達の方へゆっくりと近づいてきた。ベンチに並ぶ二人を見てニカッと笑う。

堂々としていて年齢は四十半ばを過ぎたくらいだろうか。薄いシャツ姿のせいか鍛えられた身体がよく分かる。騎士というよりは、ルチアには馴染み深い、傭兵のような粗野な雰囲気のある男だった。

　しかし見た目とは真逆に、ベックはルチアを前に地面に膝をついてしっかり騎士の礼を取った。その騎士然とした挨拶に「さすが年の功」とカミロの茶々が入ったが、すぐにベックの拳が素早くカミロの頭にめり込む。

「痛っあああ！」

「さっきからニヤニヤしてるから、頭のネジ緩んでたんだろ？　ちゃんと締まったんじゃねぇか。……で、ライネリオ隊長、このお嬢様は一体どういったご関係で？　第三隊の敷地に女性を入れるなんて初めてじゃないですか」

　ベックの言葉に驚いたのはルチアだった。

（初めて……？　それは意外……）

　プレイボーイと名高いライネリオである。騎士が練習風景を見せてあげる、というのは、よく聞く誘い文句だし、その為の観覧席まであるくらいだ。

「女性連れなんて珍しい上にイチャイチャしだすから、新人達が呆気に取られて動かねぇのなんのって。後で責任もって鍛錬の手伝いしてくださいよ」

　なるほど、あの興味津々の視線はそういう事情も含まれていたのか。確かにライネリオが噂通りのプレイボーイで、しょっちゅう女性を隊舎内に連れ込んで見学していたとしたら、珍しくもない光景だったはずだ。逆に注目を集めなかっただろう。

（公私はちゃんと分けてるってこと？　意外と真面目なのね……）

「私の大事な人だよ」

ルチアがライネリオを見直したのと、ライネリオがにこやかに微笑んで、とびきり鮮やかな声でそう返したのはほぼ同時だった。

(うわぁ！　不意打ちでこないで欲しい！)

しかもついでとばかりにルチアの頭のてっぺんに唇を落としてくる。柔らかい感触の正体に気づいた瞬間叫びそうになり、ルチアは自然と側にあったライネリオの腕に顔を押しつけた。ベックに真っ赤になった顔を見られたくなかったからだ。

(頭にキスってどういうこと……！)

突然のキスに焦って自ら擦り寄ってきたルチアに、ライネリオは口許を緩めたが、それに気づいたのはベックだけだった。ライネリオは気づかれないくらいの穏やかさで、そっとルチアの肩に手を回して、優しく頭を撫でる。

ベックはそんな二人の様子をまじまじと眺めた後、嬉しそうに破顔した。

「へぇ！　そりゃめでたい！　とうとう魔性の男も観念したんだな！」

ベックの声は広場中に響き、それを聞いた休憩中だった残りの騎士達も、どっと詰めかけてきた。

そこに外周ランニングを終えた騎士達も加わる。

「やっぱり恋人なんですか！　『歩く十八禁』って言われてるライネリオ隊長にとうとう⁉」

「社交界の別れさせ屋が？」

「独身男性貴族の『消えて欲しいランキング』殿堂入りの隊長が⁉」

ライネリオの二つ名の多さに、ルチアは思わず込み上げた笑いを噛み殺す。きっと探せばまだまだあるのだろう。社交界デビューしたばかりのルチアだって『目を合わせただけで妊娠する』なんて噂を知っているくらいだ。これを言えばライネリオは一体どんな顔をするのか、少し楽しみになってしまった。

（だけど、さすがに『消えて欲しい』は可哀想かも）

そう思い直し、ルチアはライネリオの顔を覗き込んでみる。彼は右手で顔を覆い、ルチアと目が合うと、少し気まずそうに視線を避けた。

「私の通り名は一体いくつあるんでしょうね……」

ぽそり、と溜息交じりに呟いた言葉には、彼らしくない照れと疲れが滲んでいた。

（自業自得かもしれないけど、なんか可愛い……）

今度こそルチアは堪えきれず「っ……ふふっ」と声を上げて笑ってしまう。しかしライネリオに少し驚いたような視線を向けられて、咄嗟に顔を逸らして俯いてしまった。

「……まぁ、野兎さんが笑ってくれるなら、寛大な心で聞き流しましょうか」

存外優しい声が降ってきて、ルチアはなんだか少しだけムズムズした胸を押さえ込んだ。

それから新人騎士達の嘆願により、ライネリオが彼らの指導をしたり、第三騎士隊の中でも三本の指に入るくらい強いと言われているらしいベックとの打ち合いが始まったりと、想像していた以上に充実した時間を過ごした。しかもルチアも軽い打ち合いに参加させてもらえたのは驚きで――勿論カミロもベックも「伯爵令嬢に剣なんて！」と反対したのだが、ライネリオがあっさりと「実力を知っておきたいですから」と許可を出してくれたのである。おかげでルチアは久しぶりにしっかりと身体を動かせて、昨日の中途半端な戦いで感じていた筋肉痛も随分マシになった。

——そして日も落ち、執務室に一度戻ろうとしたところで、ライネリオに声をかけてきたのはルチアより二つ、三つは幼いように見える二人の新人騎士だった。

「ライネリオ隊長！　昨日はお忙しいのに園遊会に出席してくださって、有難うございました」

「俺も！　おかげさまで、今回は第二の奴らに絡まれることもなかったです！」

(昨日の園遊会……ってアレよね……？)

昨日の今日だ。忘れるわけがない。

「それはよかった。貴方達にもいい出逢いはありましたか？」

「はい！　さっそく週末逢う約束をしてるんです！」

「俺は気になる子がいたんですけど——なかなか声かけられなくて……次、頑張ります！」

そうですか、と答えたライネリオは頭一つ分以上低い彼らの頭にぽんと手を置いた。幼い子供にするような仕草だったが、騎士達は照れつつも笑っている。

「お前、なにニヤけてんだよ」

「うるせぇな」

顔を見合わせ、騎士達はお互い小突き合っている。なかなか微笑ましい。

「意外にライネリオ隊長、面倒見いいんですよねー」

邪魔しては悪いかと三人のやりとりを少し離れて聞いていたルチアだったが、突然カミロに耳元で囁かれ、ぎょっとして飛び退いた。

「わぁ、ホント野兎だ」

「カミロ副隊長、驚かせないでください！」

耳を押さえてそう注意したものの、カミロは楽しそうに笑っただけだ。ルチアも一旦距離を置いたものの、囁かれた言葉の内容が気になって、警戒しながらも近づき、改めて尋ねた。

するとカミロはちらちらと周囲を窺う。そしてルチアにいっそう身を寄せると、小さな声で話し出した。

「第三隊って平民が大半だから、ああいう集まりに行くと毎度毎度、第二隊の騎士に絡まれて邪魔されるんだよね」

「第二隊って王城警護をしている……？」

ルチアは眉を顰めて緋色の騎士服を身につけた第二隊の騎士達を思い出す。それはただの職務放棄なのではないだろうか。

「あいつらにとったら貴族である自分達が警備してるっていうのに、何遊んでるんだ、って感じなんだろうね。可愛い子に話しかけようとすれば邪魔されるわ、飲み物に変な薬入れられるわ。嫌がらせが酷くて。まぁ、そもそもあの園遊会の趣旨が気に入らないって貴族も多いし」

確かに王都に来てから、高慢な貴族至上主義の人間を見ることがある。領民と距離が近すぎるルチアが正しいとも言えないが、彼らの平民や格下の貴族に対する態度は不快に思うことが多かった。

「それで……ライネリオ様がわざわざ出席して、睨《にら》みを利かせていたってことですか？」

少し考えてルチアが答えれば、カミロは明快に笑った。

「大正解！　まぁ半分くらいの女の子の関心も攫ってっちゃうから、諸刃《もろは》の剣なんだけどねぇ」

最後はひょいっと肩を竦めてそんなオチをつけたカミロに、ルチアも釣られて笑う。

確かにライネリオが園遊会に登場するなり、あっという間に令嬢達に囲まれていた。

ライネリオと話す騎士達は、見るからにはしゃいでいて嬉しそうだ。

（本当に嬉しそう……っていうか部下に好かれているなんて意外だったなぁ……）

鍛錬場に来て数時間しか経っていないというのに、ライネリオの印象は随分変わってしまったように思える。

部下に対しても気さくで明るく、鍛錬にも付き合い、軽い冗談にも笑って応える。そんなライネリオは、社交界で噂されていた人物像とはあまりにもかけ離れていた。

軽薄な女好きという噂もあるし、色仕掛けの洗礼を受けた直後だったので、ドキドキしたりもしたけれど、ライネリオは約束した通り、必要以上にベタベタ身体に触れることはなかった。それに何より『恋人役』の練習自体短かったように思える。頭にキスはびっくりしたけれど、あれは周囲にたくさんの騎士がいたからこそのアピールだったのだろう。

ふと、馬車に詰め込まれた時に言われた、叔母の言葉が耳に蘇った。

――「ルチア。噂ばかり信じてはいけないわ。やはり自分で確かめることが一番よ」

＊

太陽がすっかり城壁に隠れてから一時間。ブルクハウス男爵家まで大急ぎで向かう馬車にはルチアとライネリオ、そしてカミロが乗り込んでいた。

四頭立ての立派な馬車は、その大きさに相応しくスピードが早く、完全に日が落ちる前には男爵家に戻ることができるだろう。

（無理やり連れてこられたくせに、自ら長居しちゃうとか……）

今度は素直に乗り込んだ公爵家の馬車の中、少しだけ開けられていたカーテンの隙間から夕陽《ゆうひ》を眺めて反省する。が、しかし鍛錬場を見学したことは後悔していない。むしろ一番有益な情報を得たと思っているし……何よりとても楽しかったのだ。

ルチアは馬車に揺られながら、隣に座っているライネリオをちらりと盗み見る。

書類を見下ろしているという何気ない仕草なのに、蒼海の瞳を縁取る長い睫毛が影を作り、それだけで絵になっていた。ちなみに手にしているのは、一足早く執務室に戻ったカミロが今日中に！と持ち込んだ書類だ。カミロは馬車が動き出した途端、「目を通すだけならできますよね！」と早々にライネリオに押しつけたのである。

「すっかり遅くなってしまいましたね」

夕陽も落ちてきて手元が陰ったのだろう、ライネリオは手を伸ばしてカーテンを半分開いた。橙《だいだい》色の光が差し込んできて、馬車の中が少し明るくなる。ルチアの前の席で、少し屈んで同じように外を覗いたカミロも同意した。

鍛錬場で一緒に過ごし、少しは慣れたとはいえ、ライネリオと二人きりで過ごすのは、やはり抵抗がある。話しやすいカミロが同行してくれたことに、ルチアはこっそりと感謝していた。

「でも通りは空いてるし、日が落ちる前にはブルクハウス男爵家に到着できるんじゃないですかね」

ふいに出された叔母の家の名前に、昼間の一幕を思い出してルチアは少しげんなりした。ライネリオが迎えに来た時の様子から察するに、もしかしたら夕食もどうぞ、なんて言い出すかもしれない。叔母から連絡を受けた叔父も早くに戻っているかもしれないし、その上で交際宣言なんてすれば、いっそう叔母のテンションは上がってしまうだろう。

（……だけどそれもこれも、結局は自分のせいではあるわけで）

しばらくはルチアもできる限り叔母と行動を共にしよう。護衛対象が纏まっている方が護りやすいだろうし、手厚くなる。

（……護衛の人に非番の時に報酬を払って剣を教えてもらうのは、やっぱり駄目かしら……）

屋敷に籠るなら可能にも思えるが、おそらくライネリオの許可も必要になるだろう。未だ鍛錬の興奮冷めやらぬテンションでそんなことを考えていると、少し退屈そうに外の景色を見ていたカミロが、唐突ににたりと笑ってわざとらしく両手を叩いた。

「そういえばさ！　今日の騎士達の中でルチアお嬢のお眼鏡に適いそうな騎士はいた？」

明るい声でそう尋ねてくる。予想していなかった質問を投げられたルチアは、一瞬押し黙った。

（……そういえば）

鍛錬場に着いた時は物珍しさと、『恋人役』の練習、そしてその後の諸々に、すっかり夢中になってしまって、すっかり相手探しのことは忘れていた。

確かに何人か自己紹介してくれた記憶があるが、顔と名前が一致しない。唯一しっかり覚えているのは、ライネリオと長い間打ち合っていた指導役のベックだが、彼は結婚どころか孫までいそうな年齢である。

（……確か、何人かの指導役と話したはず）

参加させてもらった鍛錬中に、新人騎士達にライネリオとの馴れ初めや、うまくいっているのかと質問攻めにされて、返事に困って曖昧に誤魔化していたら、助けてくれたのだ。

（確か一番熱心にアドバイスしてくれたのは……）

ルチアはどうにか記憶を引っ張り出す。

「あの、一番体格がしっかりしていた方は」

「ああ！　ルークだっけ。彼は――」

「賭博が趣味でしたっけ？」

それまで黙っていたライネリオが突然口を挟んできた。ルチアとカミロは同じタイミングで顔を見たものの、ライネリオは書類に視線を落としたままだ。出鼻を挫かれた気分になるが、賭博は駄目だ。借金なんかされて、これ以上リムンス家の財政をひっ迫させるわけにはいかない。ルチアはううん、と首を捻《ひね》る。

「……確かその彼と仲が良さそうな、赤髪の騎士さんも親切だったような……」

「ああ、彼の母親が過干渉でね。恋人のデートに必ず同行するらしいですよ」

「今のナシで！」

ゾッとして即座に却下する。嫁姑《しゅうとめ》問題は古今東西永遠のテーマである。最初からそんな姑だと分かっていて、幸せになれる気がしない。

「……えっと、他に誰かお勧めの方、いませんか？」

「……ッは……っ、うんっ！　ちょ……っちょっと待ってねっ！　腹捩《よじ》れそ……はー……」

カミロはそう言って明後日《あさって》を向いたが、その肩は震えている。ライネリオが言っていた低い笑いの沸点のせいだろうか。ここまで酷いといっそ訓練した方がいいのではないかと心配になったところで、ちょうどいい人物を思いついたらしい、カミロはぱっと顔を戻した。

「あ！　じゃあネロはどうですか？　顔も性格も良いし、年齢の割には落ち着きもある。母親は幼い頃に亡くなっていて、男所帯で育ったからうるさい姑も小姑《こじゅうと》もいないよ」

カミロはもはやドヤ顔で、なぜかルチアではなくライネリオを見ていた。

「へぇ……」

全く顔は思い浮かばないが、ルチアは満更でもない声を出す。

悪くない。むしろ幼馴染みが男の子ばかりだったせいで、どちらかというとルチアは粗暴な方である。なんなら似たもの夫婦でうまくいくかもしれない。頷いたルチアが、全て解決したら紹介してください――そう言おうとしたところで清々《すがすが》しい声が響いた。

「やめておいた方がいいですよ。彼はムッツリですね。私の勘がそう言っています」

組んだ腕の下に書類を置き、ライネリオはにこにこしながらそう言い放つ。ルチアはぽかんとし、それから呆れたように口を開いた。さすがにここまで遮られるとルチアだって分かるし、カミロなんてすでに腹を抱えて爆笑している。

「まともに紹介する気ないですよね……？」

ライネリオは悪びれる様子もなく、いえいえ、と首を左右に振った。

「何も今日だけで決めることはないと思いまして。特に今日は指導役数人と新人ばかりでしたからね。第三隊にはまだまだ独身の者は多いですし、彼らにも等しくチャンスを与えてあげてください。……ねぇ？　カミロ副隊長」

尤もな意見にルチアは黙り込む。ルチアの結婚相手に選ばれることが、彼らにとってチャンスだなんて図々しいことは思っていないが、確かに第三隊は騎士団の中でも一番人数が多い。ライネリオの言う通り今日一日で決めるのは、もったいないかもしれない。

「……ん？」

そういえば静かだな、とルチアは一瞬前まで笑っていたカミロを見る。ギリギリとライネリオの踵に足を踏まれていた。

「いたっ、ちょっとコレ下ろしたてのブーツなんです！　傷だらけにしないでくださいよ！」

「カミロ副隊長。今日は一日随分楽しませて差し上げたでしょう。これ以上余計な口を突っ込むなら、私にも考えがあります。――はい。これはお返ししますね。まだまだ数字が甘いので、財務課で搾り取ってきてください」

「えっ！　やだ！　あそこ経理の鬼がいるじゃないですか⁉　これだけの予算取るのにどれだけ俺

が苦労したと！」

「ではそのブーツは備品としては落とせませんね。お似合いなのに残念です」

「いゃあああ！　鬼！　悪魔！」

（仲良いなぁ……）

カミロが聞いたら「どこが⁉」と返ってきそうなことを思いながら、ルチアはそんな二人のやりとりを見守る。

ライネリオは、広い肩をそびやかしただけで、一方的にカミロとの口論を切り上げ、ルチアへ視線を向けた。穏やかな微笑みにルチアの心臓が跳ねたが、やはり今日一日で少しは慣れたらしい。

ルチアは僅かに赤くなったのを誤魔化すように自分の頬に触れながら、「なんですか？」と尋ねた。

「野兎さんの話を聞いていて思ったのですが、よかったらうちの領地に見学に来ませんか。まぁ、成人した時に相続した土地なので、小さいし実験場のような場所なのですが」

「領地、ですか？」

「もう少ししたら視察に行く予定がありまして、馬車でも日帰りできる距離にあるんです。うちの領地にも山林がありましてね。街に卸している加工業が盛んで、職人もたくさんいるし、領地改革の参考になるかもしれません」

そうか、森を開拓して海産物を採ることばかり考えていたけれど、その時に出る木材やらを加工できたら、冬の間の手仕事や、リムンス領の資金獲得に繋がるかもしれない。

「ぜひ！　お願いします！」

先ほどとは別の意味で前のめりになる。公爵家が行う加工業なんて、これを逃したら絶対に見る機会はないだろう。よくよく聞けば、同じ敷地内に畑も持っていて、土や種の品種改良にも力を入れているらしい。

（うわぁぁぁ……！　嬉しい！）

リムンス領は森が近いせいか、領土の畑は皆、粘土質だ。長雨が続くと収穫量も減ってしまうので、土の配分法は昔から知りたいと思っていた。さすが公爵家というべきか、そういったことを研究する専門の人間もそこにいるらしい。

日程はちょうど二週間後。叔母にも様子を見てライネリオから話を通しておいてくれるらしく――ここに来て初めてライネリオの『恋人役』に選ばれたことを感謝した。

何度もお礼を言うルチアに「遠出だから危険も増えると思いますが」とむしろ申し訳なさそうなライネリオの説明によると、これも『恋人役』活動の一環であるらしい。

出かけている間は、叔母と叔父の守りも手厚くすると約束してもらえたので、ルチアの不安も随分軽くなった。

「直轄の領地に野兎さんを連れていくことで、将来を見据えていると思わせることができるでしょうし、こちらにも利があることですから気にしないでください」

そう言われて、なるほどと納得する。

危険なことは最初から織り込み済みだし、それよりも公爵家領地への見学の方が、圧倒的に得がたいチャンスである。

それからしばらくしてブルクハウス男爵家に到着し——自身でルチアを送り届け「正式にルチア嬢とお付き合いさせてください」と申し出たライネリオに、叔母は興奮も冷めやらぬ、満足そうな顔で頷き、「二人のお付き合いを認めます！」と高らかに宣言したのである。

＊

そしてルチアを送り届けた後の馬車の中。

カミロが新しいブーツを経費で落とす為に、書類の数字を目を皿にして睨んでいる向かいで、ライネリオはその最後に紛れ込ませていたルチアの調査票を抜き取った。

「あ。ルチア嬢の調査票ですよね？　結構な漏れがあったみたいで、申し訳ありませんでした」

カミロはぱっと表情を真面目なものに切り替えて、ライネリオに謝罪する。珍しく眉を寄せ、後悔を見せるその様子に、ライネリオは首を振った。

与えた時間を考えれば、現在の住まいと正体さえ分かれば十分だった。むしろあの規模の園遊会でただ一人の令嬢を数時間で見つけ出したのだ。彼は十分に仕事を果たしたと言ってもいい。それにライネリオがルチアが剣も使えると伝えていたら、もっと特定は早かっただろうし、その理由もきちんと調査したかもしれない。少なからず動揺していた自分の落ち度だ。

「面白いですよね。ルチア嬢」

そう言って垂れ目を細めたカミロは、またしても揶揄う目だ。ここにはもうルチアはいないので、遠慮なく無視する。

視線を落とし、記された名前を見て思い浮かぶのは、やはり昨日、ほぼ事故的に自分に向けられた鋼の刃と、その先にあった女性らしからぬ鋭い瞳だ。あんな強烈な視線はしばらく忘れられないだろう。その後の表情の変化の可愛らしさも、剣を片手にスカートを翻して暴漢と戦う生き生きとした姿も、きっと。

——思えばすでにあの時には捕らえられていたのかもしれない。

そう思って、僅かに緩んだ口許を、カミロに見られないように調査票で隠す。

あの時のルチアは、ダンスホールで人形のように美しいドレスに身を包み踊るどんな令嬢よりも、美しかった。剣をふるいスカートを花びらのように翻し、次々と暴漢を倒していくその姿は、頭の固い貴族連中が見れば令嬢らしからぬと眉を顰めただろう。けれど自分は、感情豊かな表情で、生き生きと戦う生命力の塊のようなルチアに目を奪われた。

そうして今日一日一緒に過ごし、少し距離を詰めて話してみれば、ルチアは自分とは正反対の人間だと気づいた。

田舎育ちで伸び伸び過ごし、きっと周囲に愛されて育ったのだろう素直さが、彼女の無垢《むく》な魅力を輝かせていた。不躾《ぶしつけ》な男が乱暴に手折るのではと心配になり、つい大事な部下を貶《けな》すような嘘を並べてしまうほどに。

——幼い頃、ライネリオは幾度も義母グローリアに毒を盛られていた。昔から勤めてくれている使用人達のおかげで大事に至ることはなかったが、グローリアがアンヘルを産んでから、本邸に寄りつかなくなった父は、全く自分に興味を持っていなかったらしく、どれだけ体調が悪くても、ライネリオを見舞うことはなかった。——父はきっと母親だけを愛していたのだろう。そう気づいた頃には、もうライネリオは『家族』というものに何も期待しなくなっていた。

本邸から避難するように、幼くして王立学院の寄宿舎に入り、十六で卒業した後は、グローリアに言われるまま貴族家の男子の義務である騎士団に入った。本来ならば跡取りのライネリオではなく次男のアンヘルが行くのが慣習だったが、それでも素直に従ったのは、グローリアの父が騎士団総団長である以上、拒否権など存在しなかったからだ。不幸中の幸いだったのは、嫌がらせに入れられた平民だらけの第三騎士隊の水が合ったことと、後に副団長の位まで上り詰めたイルゼ卿《きょう》に出逢えたことだろうか。

そして年を重ね、ミラー公爵家の名に擦り寄ってくる人間は多い。アンヘルが馬鹿な噂を流してくれたおかげで、寄ってくる人間はますます悪辣になった。媚《こ》びへつらい情欲を誘う令嬢や誰かの愛人を、母譲りの受けのいい笑顔で流し、愛想よく振る舞って自分の必要な情報だけを引き出す。

ああ、だからか。寄ってくる女性達と同じように、張りつけた笑顔ばかりの自分が、感情豊かな彼女を眩《まぶ》しく思うのは、当然だったのかもしれない。

調査票を再び読み進め、ライネリオは王都にやってきたくだりで「第三騎士隊の方を紹介してください！」と願い出たルチアを思い出す。

「……些か真面目すぎませんかね……」

思わずそう呟いたライネリオに、そわそわしていたらしいカミロが、なぜか嬉しそうに声をかけてきた。

「何か気になることでも?」

「……少し、ね」

ライネリオは調査票を一枚捲《めく》り、彼女が過ごしたであろうリムンス領の項目を読み込む。引っかかったのは四年前、跡取りである弟が生まれ、領主夫人が亡くなったこと。本人もその弟のことは可愛く思っているようだし、彼の為にも領民の為にも、結婚に夢を見ている同じような年頃の乙女らしからぬ、ひたすら真面目な顔で利益のある結婚をしたいと語っていた。

……カミロは「家族思い」だと言ったが……ライネリオには、その言葉をルチアが自分自身に言い聞かせているように感じられたのだ。

「せっかく十年以上も領主としての教育を受けていたのに、そう簡単に気持ちを切り替えられるものでしょうかね」

「あー……四年前に弟が生まれて跡取りじゃなくなったんでしたっけ? ……確かに今日一日見てるだけでももったいない気もしますけど……でもまぁ、ルチア嬢は女の子ですし、よかったんじゃないですかね。隣国でごくたまに女領主を見かけますけど、まぁ周辺の領地に舐《な》められて、商談でも議会でも何かと不利な条件を呑まされることも多いし、苦労は目に見えてますしねぇ。ルチア嬢も女領主になるより、普通に結婚する方が幸せなんじゃないですか?」

おそらく一般的にはそう思うのが普通だろう。しかしライネリオには、明らかな中継ぎといった風情の気弱な女領主と、快活なルチアが重なることはなかった。思いきりもよく、勤勉で領地を潤わせようと新しい事業を積極的に取り入れようとするルチアなら、きっといい領主になっただろうとも思ったのは事実。

「っていうか、他人の家の事情なんて気にしてる場合じゃないでしょ。ライネリオ隊長。ミラー公爵家のことが解決したって、その後がつっかえてるんですから」

「……そうですね」

ミラー公爵家の跡取り問題に絡んで、解決すべき最大の事案はすぐそこまで迫っている。自ら騎士団の幹部、副団長のイルゼ卿に、計画を持ちかけた責任は果たさねばならない。

調査票を一旦懐にしまい込み、細かな字で疲れた目を休ませる。けれど瞼《まぶた》の裏に、先ほど別れたばかりのルチアの笑顔が浮かび、甘い高揚感に僅かな不安が留まった。

四、お茶会にて

ルチアがライネリオの『恋人役』を引き受けてから三日。

彼女は目の前に高く積まれた贈り物と、雑多に広げられた封書に四苦八苦していた。

それというのも、ブルクハウス男爵家まで馬車で送ってもらった次の日の早朝から、ルチアがライネリオの恋人になったらしいと聞きつけた商会や商人によって、装飾品やドレスと共に挨拶状が送られてきているからだ。

つまりは、将来ライネリオと結婚することになった時の為の、人脈、そして点数稼ぎを目的とした挨拶である。叔父の仕事相手も混じっていた為、叔母がチェックしなければならない手紙も多く、結局ルチアも叔母もずっと屋敷の一室に籠り、ひたすら分類作業をすることになった。

ちなみにうっかり開けてしまった差出人不明の箱から、長い髪の毛が絡まった呪いの人形が詰め込まれていたこともあり、最初こそ怖がっていたが、あまりにも多くてすっかり慣れてしまった。

執事が開けた箱からは抜き身のナイフやハサミも出てきたらしく、差出人名は真っ赤な嘘だったのだが、おそらくライネリオのファンに間違いないだろう。

（虐《いじ》められるどころか、問答無用で刺されそう……）

そう思ったルチアは、すぐにライネリオに報告し、箱ごと指定された第三騎士隊寮へ転送した。一日経たずルチアの正体を突き止めた彼の情報班なら、きっと早々に解決してくれるだろう。

ちなみにすでに屋敷の周囲にも、ライネリオの手によって護衛が配置され、鉄壁の陣が敷かれている。過剰だと怪しむかと思っていた叔母も叔父も『公爵家ならそういうこともあるだろう』と、疑問も持たなかったようだ。むしろ自分達こそ護衛を増やせなくて申し訳ない、と始終ライネリオに謝っていたので、改めて公爵家の身分というものを思い知ったのだが――それももう随分前のことに思える。

というわけで図らずも、ルチアと共にいることで叔母の安全は確保されている状態であり、悪いことばかりでもない。けれど毎日贈り物を解き、手紙と睨めっこする作業を繰り返していると、さすがに飽きてきた。

そんな中、叔母がふと抓み上げた一枚の招待状を目にして動きを止める。ルチアは贈り物のリボンを解いていた手を止めて叔母に注目した。

「叔母様。どうかしましたか？」

「ルチア。……いえ、少し困った招待状が来ているのよ」

渡されたカードの贈り主の名前に見覚えはない。なんの変哲もないお茶会への招待状だった。一番下に『話題の姪っ子さんを連れてきてね』と、随分気さくな文字で記されているので、叔母とは古い知り合いなのだろう。

叔母はライネリオの恋人になったルチアを守るべく、お茶会や園遊会、晩餐会《ばんさんかい》など全ての催し物をどうにか断ってくれている。しかし目の前にある招待状の主は叔父の仕事の関係でどうしても断れないらしく、申し訳なさそうに「出席してくれないかしら」とお願いされた。

どうやら叔父がその昔、新しい事業を起こす時にとてもお世話になって以降、家族ぐるみの付き合いをしている家で、今では大得意先様らしい。

「勿論行きますよ！」

ちょうど三日後になる日付を確認して、引き受ける。そもそもルチアは贈り物攻撃さえなければ、可能な限り、叔母の外出に付き合うつもりでいたのだ。それにいい加減、屋敷から出て外の空気を吸いたい気持ちもあった。

心配なのが、嫉妬と報復に燃えているであろう令嬢達だが、ルチアの後ろには公爵家がついているので、きっとなんとかなるに違いない。随分楽観的に思えるが、快活なルチアにとって、ここ数日のただただ手紙と贈り物を開けるだけの缶詰生活は、それほど辛かったのだ。

警備上の都合もあるだろうから、とルチアがその日のうちにライネリオに叔母の知り合いのお茶会に行くと手紙を送ると、夜には返事が戻ってきた。ちょうど明日、午前に半休を取っており、渡したいものがあるからと、こちらに訪ねてくるらしい。

夕食の時間に、そういえば、というくらいの気持ちで、そのことを叔母に伝えたルチアだったが、叔母は驚きに目を瞠《みは》って、手にしていたデザートのスプーンを取り落とした。

「もっと早くお言いなさい！」

ぴしゃりとルチアを叱りつけると、早々に夕食は切り上げられ、ルチアは明日のドレスをしっかり選ぶように厳命された。そして叔母はメイド長と古参メイド数名を呼び出し、言い放った。

「緊急事態です！　明日ライネリオ様がいらっしゃるそうよ！」

「まぁ……！」

「かねてから言っておいたから、準備に抜かりはないわね！　前回は突然だったからありものでしかおもてなしもできずに帰してしまいましたが、明日こそきちんとしなければ、我が家の矜持に関わります！」

「はい！」

「ライネリオ様に見惚れて動けないメイドはお出迎えの時に外すように！　お茶菓子は……そうね、ディノット亭の季節の果物のコンポートがいいわ。それをタルトに仕立てましょう」

「朝一番で並びます！」

「……あの、じゃあ私は部屋に……」

まるで敵を迎え撃つかのような気合と勢いに巻き込まれないように、ルチアはそっと部屋を出たのである。

その後も叔母のテンションはいつもより高く、深夜まで姿見を前に珍しく明るい色のドレスを当てていたらしい。頬を染め、ああでもないこうでもないとメイド長と相談し、思い悩む姿は、恋する乙女再び、という様相だったそうだ。

仕事から帰ってきた叔父は、そんな叔母を見つめ、扉の陰でハンカチをぎりぎり噛み締めていたが、あまりの騒がしさに部屋から顔を出したルチアと目が合うと、こほんと咳払いをした。そして今来たばかりの顔をして、着飾った妻を褒め称えたのである。勿論一部始終を見ていたルチアは（何もしなくても恨みは買えるのね……）と、ライネリオに少しばかりの同情を覚えたのだった。

次の日。

約束の時間ぴったりに現れたライネリオは、金糸の刺繍《ししゅう》が入った黒のロングジャケットを羽織っていた。中にはアクセントになるように臙脂《えんじ》色のベストを着込んでおり、胸に挿したハンカチーフの色も合わせていて、まさに紳士という出で立ちだ。騎士服ばかり見ていたルチアは、見慣れないライネリオの姿に、目の置きどころに困ってしまう。

そろりと顔を上げれば、ライネリオは仕事の時とは違い、下ろしたままの前髪を、少し邪魔そうに掻き上げたところだった。ルチアと視線が合うと、両方の口角を上げて笑みを浮かべる。抜けるような青空が背景にあるせいか、まさに絵本の中に出てくる王子様そのものだ。

美人は三日で飽きると聞いたことがあるが、あれは大嘘だとルチアは知った。むしろ少しだけ獲得した（と思っていた）イケメン耐性は三日で消えたらしい。

「……今日も綺麗なお顔デスネ……」

朝から煌々《きらきら》したライネリオの顔を見て開口一番、挨拶もせずにルチアはうっかりそう零した。

それを聞いたライネリオは、おや、と笑みを深める。

「私の顔には興味がないとばかり」

そう言うと自分の頬に触れ、無造作に軽く叩いて見せる。傷でもついたらどうするの、と心配になる雑な仕草だった。存外ライネリオは自分の美貌に関して、周囲が騒いでいるよりもずっと無頓着であることは、なんとなくルチアも気づいていた。とんでもなくもったいない話だ。

「……おそらくそんな人はいませんよ」

ルチアだって年頃の娘らしく美しいものは好きだ。ライネリオが甘い言葉を囁いたり、揶揄ってきたりさえしなければ、ずっと見ていたいと思うくらいには。

溜息交じりに返事をすると、ライネリオは口許に拳を置き、くすりと意味深に笑った。

あ、ご理解してらっしゃいましたか。なんて嫌みを言いたくなる表情だった。小首を傾げるのがまたあざとい。ルチアは悪ふざけの延長で、うっと胸を押さえて顔を背けてみせた。美人のあざと可愛い仕草は、心臓に悪いという非難を体現してみたのである。そんなルチアに、ライネリオは今度こそ胡散臭さを消して声を立てて笑い、ルチアも釣られて笑ってしまう。

「まぁ！　そんなところでいつまでお喋りしているの？　ライネリオ様、よくいらしてくださいました」

恋人同士だからと気を利かせ、自分は貴賓室で待っていると言っていた叔母だったが、痺れを切らし、玄関ホールまでやってきた。ライネリオが丁寧に礼を取ると、叔母は四日振りとなるライネリオに淡く頬を染めて、同じように礼を取った。

「いつも突然お邪魔しているにもかかわらず、快くお迎えくださることに、感謝しております」

胸に手を当てて、叔母に感謝を伝えるライネリオの外面のよさは絶好調だ。

執事に先導され、三人は場所を移動する。ライネリオの後ろに、しずしずついてきているのは男爵家の侍従であり、その腕にはリボンのかかった箱がいくつも抱えられていた。

おそらくルチアへの贈り物なのだろう……しかしルチアは、贈り物にはうんざりしており、それについても度々手紙でライネリオに愚痴っていたのに、正しく伝わっていなかったのだろうか。

叔母手ずからお茶を淹れて、ライネリオに振る舞う。お茶菓子も、昨日の宣言通り朝一番にメイド長が買いに並んだらしく、コンポートのミニタルトの他にもプチケーキにクッキー等々、男爵家でもとっておきの皿に綺麗に並べられていた。叔母が自慢の紅茶のコレクションを紹介し、そこから商売のことや社交界のことを話題に盛り上がっていく。先日意外だと思った通り、やはりライネリオは聞き上手で、一言返して、ちょうどいいタイミングで相槌を打っていた。

美しい顔に見惚れている間に、言葉巧みに自分の主張を通し、丸め込むイメージが強かったルチアは、意外な面持ちで二人の会話を聞いていた。元々そこまでお喋りではないはずなのに、叔母の口は止まらず、とても楽しそうだ。

「……」

二人の間に挟まり、ルチアは無言のまま、ミニタルトを味わう。苺の甘酸っぱさと丁寧に裏漉《うらご》しされたカスタードクリームがとても美味しい逸品だった。

実は今朝、叔父からわざわざ部屋に呼び出され、「ミンナとライネリオ様は少し親密すぎるのではないか？　下手《へた》な誤解を招くのはミンナにとってもルチアにとってもよくない。だからルチアはしっかりライネリオ様の手綱を握っておくのだぞ！」と、切実に申しつけられていた。ちなみにミンナとは叔母の名前だ。

（さすがに叔母様だって、今更ライネリオ様とどうにかなりたいなんて思ってないだろうに……）

しかし付き添いのメイドに、ルチアは何もせずに二人のお喋りを聞いているだけだった——などと、密告されては困る。

ルチアは、ミニタルトをもう一つ抓み、これもまた美味しい紅茶で後味を楽しんだ後、図々しいのを承知で、ソファの向こうのテーブルに置かれた包みを指さした。

「ライネリオ様。あちらの箱は……？」

そうやって無理やり話題を変えれば、叔母はやはりルチアの不躾さに眉を顰めた。後で叱られるかもしれないが、その時は叔父に頼まれたと包み隠さず話すつもりである。きっと、普段忙しくあまり家にいない叔父が嫉妬していたと知れば、許してくれるだろう。むしろ「まぁ……あの人が嫉妬なんて……」的な甘酸っぱい一幕が見られそうである。

（ふふ、でもライネリオ様を当て馬にするなんて、なかなかできることじゃないわよね）

「ああ、そうでした。ぜひ貴女に着て欲しくて」

着て欲しい、ということは、もしかしてドレスだろうか。

それにしては数の多い箱に首を傾げていると、気を利かせた執事が手早くテーブルを片づけて、目の前まで運んでくれた。

ライネリオに促されて、ルチアは一番大きな箱を手に取り乳白色のリボンを解く。

蓋を開けて現れたドレスに、ルチアは思わず、わ、と歓声を上げてしまった。

中に入っていたのは、薄い水色が涼しげなドレスだった。胸元と腰元には控えめながら繊細なレース編みの花が縫いつけてあり、裾に向かって僅かなグリーンが入っている。春の息吹を感じさせるようなこの季節にぴったりの上品なドレスだ。

「まぁ……素敵。さすがライネリオ様ですわね」

ルチアはその場に立ち上がり、身体に添わせるようにドレスを合わせ、感心する。淡い水色のドレスは、ルチアの柔らかな色合いの髪に映えて、とてもよく似合っていた。

メイド達は箱に印字されていた金の刻印に気づいて盛り上がっており、小さな声を拾い上げたところ、ルチアも聞いたことがある大人気の仕立屋だった。

ルチアはこの数日、それこそたくさんのドレスを見てきた。宝石や凝った意匠が施された重く派手なドレスばかりで、こんな風に思わず溜息が漏れるようなものは一着もなく――素直に叔母の意見に同意した。今までで一番ルチア好みのドレスだった。

叔母の過去のように、ルチアの好みを徹底的に調べ上げたのか、それともルチアが身に着けていたものや、それほど多くない会話の中で好みを探ったのだろうか。忙しいだろうに、ライネリオ自ら選んでくれたことを申し訳ないと思う一方で、やっぱり嬉しく思う。そして唐突に、今まで見てきたたくさんの贈り物のドレスがピンとこなかったのは、おそらく相手への気持ちが入っていなかったからだと悟った。

もしかするとライネリオだって、こういったことに詳しい人間に頼んだだけかもしれないが――、ルチアは嬉しい時こそ、自分の勘を信じることにしていた。その方が幸せだからだ。

「本当に素敵です。有難うございます。私、この色とても好きです」

故郷の海を思わせる色。数多《あまた》の命を孕《はら》む海の色は水色一色では表現できない。そんなことを教えてくれるような色合いが、とても好ましい。

高揚感に自然と弾んだ声でルチアが礼を言うと、ライネリオは「どういたしまして」と目を細めて頷いた。

「よかったら、そのドレスを昨日教えてもらったお茶会に着ていってくださいませんか」

特にこれと決めていたわけではない。素直に頷くと、ライネリオは、残っている箱も開けるように勧めてくる。二つは全く同じ大きさの箱だったので、ルチアは素直に一番上から開けていった。

入っていたのは広い鍔《つば》の帽子であり、ドレスに合わせられた刺繍の花飾りがついていた。同じものが二つあることを不思議に思えば、ライネリオ曰くもう一つは叔母の分らしい。確かに落ち着いたデザインは叔母の年齢でもおかしくなく、ルチアのものより少しだけ抑えられたリボンの色は、深みがあって気品があった。

「まぁ……あたくしにも？」

「ルチアの保護者は、王都にブルクハウス男爵夫人ただ一人ですから」

ライネリオがそう言うと、叔母はいたく感動したように紅潮した頬に両手を当て吐息を零した。

ルチアは与り知らぬことだが、子供のいない叔母は、特に娘が欲しかった。一緒に流行の店を覗いたり、お揃いの衣装や小物を身につけるのが夢だったのである。姪であるルチアはなんだかんだと可愛いし、かねてからこういったお揃いのものをつけて外出したいと思っていた。しかし実の母である姉ができなかったことを思えば、果たして自分が、と罪悪感があったのだ。

しかし、ルチアの恋人、しかも格上である公爵家のライネリオから、わざわざ贈られたものだ。むしろ逆に、身に着けなければ失礼にあたるだろう。

「お気遣い有難うございます！　あたくしもお茶会で使わせていただきますわ……！」

叔母のテンションは一気に高く駆け上がった。そわそわと落ち着かない様子を見せた数分後には、我慢できないとばかりに、立ち上がっていた。

「では、若い恋人達の邪魔をするのもなんですし、あたくしはこれで失礼しますわね。またお帰りの時にでも、お呼びくださいませ」

そう言って贈られた帽子の箱をしっかりと抱え込み、メイド長と貴賓室から出ていった。おそらく今から、あの帽子に合わせるドレスを選ぶのだろう。

そんな叔母の個人的な夢を知らないルチアは、よほどライネリオにもらったのが嬉しかったのね、と単純に思った。そしてまた叔父がそれを見て、真夏の蟬《せみ》のごとく柱に張りつくだろうことも。

（確かに素敵よね……）

ドレスはすでに皺にならないようにメイドの手によってハンガーに並んでいて、遠目から見ると、水色から緑へと変わっていくグラデーションがはっきりと分かって、とても素敵だった。

「あまりお好きなデザインでは、ありませんでしたか？」

あまりにじっと見つめていたからか、お代わりの紅茶を飲んでいたライネリオがそう尋ねてきた。ちなみに叔母の退室時のお節介で、ライネリオはルチアと同じソファに並んで座っている。つまり鍛練場の時と同じくらいには近かった。甘いのに重たいスパイシーな香りを嗅ぐだけで、条件反射のように心臓が騒ぎ出してしまう。

しかし給仕係のメイドが残っているせいか、ライネリオが不埒《ふらち》な行為を仕掛けてくることはなく、ルチアもあの時よりはきちんと会話ができていた。

「いえ、とても素敵でつい見惚れていました。有難うございます」

（……でも、このドレスは一体いくらしたんだろう……）

素直に喜べないのは、生まれ育った生活環境のせいだろうか。しかしさすがに直接聞くのは、失礼がすぎる。

用意した時間を考えれば、セミオーダーになるのだろうが、上質な布をふんだんに使っているのは手触りと見た目で分かる。加えて一年待ちと言われるほど大人気の仕立屋である。急がせる為にドレス本体以上にお金がかかったことは間違いないだろう。

「ライネリオ様。こういう高価な贈り物は今回限りにしてくださいね」

メイドに聞こえないように、こっそりとそう耳打ちする。ドレスの一枚や二枚でびくともしない公爵家の財政は予想できるし、ルチアの言葉は可愛げがないものだろう。しかしあくまで自分は『恋人役』なのだ。しかもリムンス領にも援助を約束してもらっているし、これ以上無駄な散財は申し訳ない。二人でどこかに行く為にドレスが必要になっても、拘《こだわ》りさえしなければ、今は山のようにあるのだ。

「私としては選ぶ楽しみを奪わないで欲しいのですか」

「いただいても、生活に困窮したら売りますよ」

わざとすげなくそう返す。そもそも、商人達から贈られた使わない装飾品はすでに叔父に頼んで換金予定である。ライネリオからの贈り物を絶対にそうしないと言い切れないのが、辛いリムンス領の財政状況だ。しかし。

「好きにしてくださって結構ですよ。可愛い野兎さんの助けになるなら、贈り物も私も本望です」

ライネリオは動じることなく、一枚も二枚も上手《うわて》だった。笑顔でそう切り返され、ルチアは早々に白旗を揚げた。

（この余裕……！）

憎々しいほどスマートで、自分が駄々を捏《こ》ねているだけのように思えてしまう。ただむっとする一方でその余裕に安心感も覚えてしまうのはなぜだろう。それもまたなんだか癪《しゃく》で、ルチアはなんとなく唇を尖《とが》らせた。

その後、予定通りライネリオは、叔母に惜しまれながらも、お昼前にはブルクハウス家を後にし、第三隊騎士寮へと帰ることになった。実は公爵家にはずっと帰っておらず、寝泊まりは隊舎の一室を間借りしているらしい。

「本当なら副隊長以上は、隊舎を出ないといけないんですけどね」

そう言って「内緒ですよ」と人差し指を唇の前に置いて「しー」と片目を瞑《つむ》ったライネリオに、ルチアは、思わず目を逸らした。長身の立派な美青年が、時々可愛い子ぶるのはやめて欲しいと何度言えば分かるのか。

今日は可愛いの大セールである。ルチアは難を逃れたが、後ろにいたメイド達は不幸にも被弾したらしい。甲高い悲鳴を上げて傾いたメイドを隣のメイドが支えていた。

「……そうだ。野兎さん」

メイドが戦線離脱し、ルチアだけが馬車の窓越しに立ったところで、ライネリオはルチアを呼んだ。歩み寄ると、ライネリオは先ほどよりも声を抑えてルチアの耳元に顔を近づけた。

「次は……貴女の話を聞かせてくださいね」

少し照れを含んだ優しい声。

なんだか聞いたことのない声に、ぱっとライネリオを見れば、眉尻を下げて「約束ですよ」と付け足した。確かに今日は叔母がメインの話だったのは間違いない。戸惑ったルチアがこくりと頷くと、ライネリオは安堵したように笑みを深くする。言葉少なく「では」と会釈して、馬車が遠ざかっていった。

(……顔が熱い……)

頰に触れると思っていた以上に熱い。どうやらライネリオに釣られてしまったらしい。褒められることには随分慣れたし、甘い表情や仕草には対処できるようになったが、ああいう不意打ちは反則だ。

結局、滞在時間は二時間と少し。本当に贈り物を届けに来ただけのライネリオだったが、その慌ただしさは叔母やメイド達の目には「少しの時間でも、愛しい恋人の顔を見たかったのだ」と情熱的に解釈されたらしい。

「本当にルチアは愛されているわねぇ」と、仲睦まじい恋人同士として、認識されることになったのである。

＊

「ルチア、こっちに来てちょうだい」

「はい。叔母様」

「こちらの奥様は――」

そんなこんなで、あっという間にやってきたお茶会の当日。

ルチアはライネリオから贈られたドレスを身に纏い、叔母とお揃いの帽子を被って、件《くだん》のお茶会に参加していた。

ホスト役として出迎えてくれた奥方に挨拶をして、サロンに通された途端、一斉に突き刺さる視線は、あらかじめ覚悟していたものだ。一応お茶会という名目だったが、立食パーティのような形式で、招待客もかなり多い。園遊会と違うのは、それが全て女性だということだろうか。つまり同性ならではの遠慮のなさに拍車がかかり、ルチアは早くも帰りたくなってしまった。

(……私、生きてここから出られないかもしれない)

好奇心たっぷりな楽しげなもの、憐みを含んだ同情めいたもの、憎々しいと言わんばかりの刺々《とげとげ》しいもの、そんな視線が入り交じっていて、肌がピリピリする。特に入り口近くで今の今まで談笑していた貫禄《かんろく》のある老婦人は、ルチアが来るなり、ぴたりとお喋りをやめた。「ホラあの方……」と、芝居じみた仕草で口許を隠して笑ったのは大変感じが悪い。

ゴージャスに着飾っているというのに、扇の下から覗いた視線だけが刺々しい。視線がぶつかると……吊り上がっていた眉が解かれ、思いきり鼻で笑われた。

（……「あんな田舎娘がライネリオ様の恋人だなんてありえないわ！」って感じ？　ええっと……取り巻きは三人………なら、もし囲まれたとしても、なんとかすり抜けて逃げることはできそう……ああ、面倒。腕っ節なら負けないんだけど）

平手が飛んできたとしても、よほど不意を突かれない限り避ける自信はある。しかし、おそらくそれは、あまり令嬢としては褒められたことではないと分かっていたので、とりあえずこれ以上刺激しないように、ルチアは彼女達と一定の距離を取った。

「ほら、ルチア。あそこに座りましょう」

招待客から声をかけられていた叔母が、そう言って奥のテーブル席に向かって歩き出す。

そこにはすでに数人の招待客がいたが、全員叔母の知り合いらしく、笑顔で迎え入れてくれた。目立たない一番奥の席を勧められ腰を下ろしたルチアはようやく人心地つく。側にある大きな柱のおかげで、ちょうどホールからは死角になるいい場所だった。おそらく分かっていて、叔母とルチアの為にこの席を確保しておいてくれたのだろう。

お久しぶり、と気の置けない挨拶を交わした叔母は、ルチアに友人を紹介していく。その合間にお揃いの帽子を褒められて、叔母は上機嫌だ。

叔母と同世代のご婦人四人と、その娘らしい控えめな令嬢が二人。そのうちの一人を見て――どこかで見た顔だわ、とルチアは首を傾げた。令嬢の母親らしき婦人から紹介されて名前を聞いてもピンとこず、ルチアは気になりつつも、彼女達に笑顔で会釈を返した。二人がそんなルチアを見て少しだけ意外そうな顔をしたことに気づいたが、「あのライネリオ様の相手としては地味ね」程度の感想なら許容範囲だ。最後の一人の紹介が終わったところで、待ちきれないというように、叔母の隣に座っていた一人が口を開いた。

「ミンナから可愛い姪っ子のことはよく聞いていたの。お会いできて嬉しいわ」

「こちらこそ、ご挨拶できて嬉しいです」

その雰囲気に悪意は感じない。あるのはただの興味なのだろう。私も、と別の婦人が続いたタイミングで、ソファに侍従が近づいてきた。「ブルクハウス男爵夫人」と叔母の名前が呼ばれる。

「歓談中申し訳ありません。奥様がお呼びでございます。ぜひ紹介したい方がいると」

どうやら今回の主催者である奥方からの呼び出しらしい。叔母はルチアを見て、迷うような素振りを見せた。

「ミンナ、安心して？　こんな場所で堂々と絡んでくるようなお馬鹿さんなら、口の立つソフィが追い返してくれるわ。可愛い姪っ子さんが意地悪されないように、きちんと言いつけておいたから」

「ええ。奥様のお呼び出しじゃ仕方ないわ。貴女のご主人の大事な顧客じゃないの」

ねぇ、と隣のご婦人に呼びかけられてルチアも同意する。主催者の機嫌を損ねては、せっかくここまでやってきた意味がなくなってしまう。

「ごめんなさい。ではルチアをお願い。すぐ戻るわ」

くれぐれもよろしくね——そう言い置いて、叔母は侍従の後ろに続く。

その背中が見えなくなった頃、にんまりとご婦人方は笑った。嫌な予感を覚えるよりも先に、再び誰からともなく質問が飛んだ。

「うふふ。ルチア嬢、あのライネリオ様と恋人になられたって噂が社交界を賑わせているけれど、本当なの？」

（やっぱりこうなるわよね……）

叔母はよろしく、と言っただけで、ライネリオのことを一切尋ねるな、と頼んだわけではない。半ば予想していた質問だったが、あまりにも楽しそうな笑顔に、ルチアは思わず苦笑してしまった。悪意はなく、純粋な好奇心で尋ねているという感じなのでそれほど嫌な気はしないし、ここは素直に答えた方が得策だろう。他の招待客達からの悪口避けになっているのは確かなので、守ってもらっている以上、印象はよくしておきたい。

「本当です」

きゃああっ！　とはしゃぐように反応し、ルチアの方に身を寄せてくる。この年代の女性は、自分が結婚している分、若者の恋愛を見聞きして楽しむ傾向にある。ルチアは若干ミーハーなところがある領地の幼馴染みの母親を思い出した。身分差を超えて反応がそっくりである。

「どこで出会ったの⁉」

「——まぁ、まだ一週間ほどしか経っていないじゃない！」

「毎日、贈り物が届くのでしょう？」

キャッキャッウフフとはしゃぐ姿に、彼女達の娘は少々引き気味だった。一人は少し頬を赤らめて落ち着かせようと自分の母親に声をかけるが、興奮した母親には全く届いていない。

「溺愛？　溺愛ね⁉」

「でも苦労は多いわよねぇ。何しろあのお顔ですもの」

「亡くなられたミラー家の先代が、田舎の男爵家のお嬢さんを攫うように連れてきたのでしょう？　絶世の美女だったそうだけど」

「お身体が弱かったから一度も社交界には出てこなかったもの。誰もお会いしたことはなかったのよね。でもライネリオ様の美貌を見れば、とんでもなく美しかったことは確実だわぁ。ミラー公爵様はどちらかというと、男らしい精悍《せいかん》な顔立ちでしたもの」

「公爵家の後継者でお顔もいいなんて、最高の恋人ね」

「あら、でも……騎士団での出世は見込めないのではなくて？」

一人が喋り終わると、また誰かが賑やかに喋り出す。すっかり諦めてしまった様子のご婦人方の娘のようにルチアも流してしまおうかと思ったが、不意に潜まった声が逆に印象に残った。またそれに答えた声も先ほどより幾分小さい。

「まぁ、騎士団総団長のグフマン総帥が、ライネリオ様の義母であるグローリア様の実父ですものね。いくら気に入らないからって、ライネリオ様は剣術大会でも毎年三本の指には入る実力だし、家格も十分なのだから、第一や第二の隊長も担えるのに、お可哀想なことだわ……第三隊なんて」

ルチア嬢は何か聞いているのかしら？　と、急に話を振られて、ルチアは首を振る。僅か一週間程度の付き合いで、彼が母親似であることも今初めて知ったくらいなのに。

正直に「初めて知りました」と率直に返せば、心配になったらしい奥様達は、それはもう詳しくライネリオについて語ってくれた。

要約すれば、王立騎士団の一番偉い人が継母の血縁で嫌われているから、平民ばかりが配属される第三騎士隊の隊長に任命されたらしく、このままでは騎士団内での出世は見込めないそうだ。

(だけど……)

ルチアは若い騎士達がライネリオを取り囲んでいた時のことを思い浮かべる。鍛練が終わってから、騎士達と話していたライネリオは、特に気負うことなく態度も柔らかかった。

(うまくやってる感じだったよね……)

器用そうなライネリオならば、たとえ第一隊、第二隊のいけすかない貴族に囲まれていたとしても、器用さを発揮して隊を纏めるだろうが——あんな柔らかい表情は見せなかった気がする。

(みんなが思っているほど、ライネリオ様は、第三騎士隊長っていう役職を、不満に思っていなさそうなんだけどな……)

しかし直接ライネリオ自身に確かめたわけではないので、断言はできない。

そうなんですか、と相槌だけ打ち、黙って聞いていたら、話はライネリオから逸れてグフマン総帥の話になった。何やらご婦人方世代の『憧れの人』だったらしく、思い出が美化されている分、今現在の彼に対する評価は随分辛辣だった。

「本当にねぇ、権力は持ちすぎるとあまりよくないって典型例ね。そんな風に義理の孫にあたる人間に嫌がらせするような男性ではなかったのに。まぁ、次期総団長と呼ばれているイルゼ卿と、ことあるごとに対立されてらっしゃるし、イルゼ卿と仲の良いライオネル様が余計に目障りに思えるのかもしれないわ」

「まぁ、でもグローリア様は、グフマン総帥がお年を召してからの子供でしたから、よほど可愛がっているんじゃない？　というかグフマン総帥もいいお年だし……ああ！　彼が引退なさるなら、ライネリオ様も異動できるのではないかしら」

よかったわね、と励まされ、ルチアは曖昧に笑う。

（ええっと、騎士団総団長のグフマン総帥……その娘でライネリオ様の義母であるグローリア様、そしてその息子アンヘル様……）

今回巻き込まれたミラー公爵家の後継問題のキーパーソンになりそうな人物の名前を、ルチアは忘れないように反芻する。

「そうね！　イルゼ卿との関係を考えても、きっとうまくいくに違いないわ」

「はは……有難うございます……」

どうやらライネリオは、公爵家でも騎士団の中でもなかなか複雑な立場らしい。いつも飄々《ひょうひょう》としている態度から、ルチアが危機感を覚えたことは一つもないが、やはりそういったものを見せないようにしてくれているのだろうか……。

そうこうしているうちに、広間の中心にそれぞれ大きな楽器ケースを抱えた人が複数人入ってきた。それぞれ用意された椅子に座り、真ん中には大きなグランドピアノが置かれ、その前には観客用の椅子が並べられた。おそらくこれから演奏が始まるのだろう。余興としてはなかなか豪華だ。

「あら、楽団だわ」

「行きましょうか。貴女達はどうするの？」

それまで黙っていた娘の一人が顔を上げて楽団を見た。「そうですね……」と呟いたその声に
——ようやくルチアは思い出した。一週間前、園遊会で見た姉妹の姉の方である。凜とした声が叔母によく似ていたので印象に残っていたのだ。しかし今隣にいるのは妹ではなかったので、余計に思い出すのが遅くなってしまった。

「楽団サフィンでしょう？　やめておくわ」

「そうね。あそこは古典音楽が多いから、若い人には向かないわね。ソフィ、マリー、ルチア嬢が不快な思いをしないようにお願いね」

「任せてください。お母様」

よほど自信があるのだろう。ソフィはしっかりと頷くと、ルチアの隣の席へと移動した。もう一人の令嬢マリーはルチアを挟んでその反対側へ。なかなか頼もしい。

ソフィはしっかり腰を落ち着けると、改めて「ルチア様」と名前を呼んだ。

「お母様達のお喋りにお付き合いくださって有難うございます。お疲れになったのではありませんか」

申し訳なさそうに尋ねられて、ルチアは苦笑しつつ首を振った。

「いえ……私、王都に来たばかりで、本当に何も知らなくて。ですから色んなお話を聞けて興味深

いです」

怒濤《どとう》のお喋りは、ぽんぽん話題が移り変わり、目まぐるしかったが、なかなか聞けないような話ばかりだった。社交界では人間関係の把握はとても大切だし、何より謎の多いライネリオの話が聞けたのもよかった。

(まぁ本人がいないところで、プライベートな話を聞いてしまった後ろめたさはあるけれど……)

ルチアは少し罪悪感を覚えて、一昨日《おととい》顔を合わせたライネリオを思い浮かべる。帰り際の微妙な空気を思い出して、慌てて頭の中から追い出した。……顔が赤くなっていないだろうか。

(……とりあえず向こうから家族の話題を振られるまで、知らない振りをしよう!)

そしてソフィの返答を待っていたのだが、彼女は俯き、難しい顔で黙り込んでいた。何かルチアの言葉に引っかかるところがあったらしい。

「そう……王都に来たばかり、だったのね……」

小さく呟き顔を上げたソフィは、そっとルチアに身を寄せた。

「……ルチア様は十八歳だったかしら」

真面目な様子に首を傾げながら、ルチアは頷く。ソフィは「私は二十歳なの。マリーは十九歳ね」と前置きすると声を潜めた。

「あの……余計なお世話かもしれないけれど……意地悪で言うのではないの。貴女が妹と同じ年だからどうしても黙っていられなくて」

深刻な様子に一瞬身構えたものの、どうやらルチアが途中から予想していた「ライネリオに、相応しくない」というような苦情ではないようだ。

「お母様達は敢えて口にしていないようだけど、ライネリオ様の素行は本当によくないの」

言い聞かせるように続いたのは、園遊会の時と同じ言葉だった。

ルチアを見つめるソフィの瞳は、あの時、妹に向けられていたものと同じで、おそらく心からこちらの心配をしてくれているのだろう。むしろあの時よりも切実に聞こえるのは、すでにルチアがライネリオと恋人関係だと思われているからかもしれない。

「今なら傷は浅いわ。別れた方がいいのではないかしら。やはり女性は一途《いちず》に愛されて、幸せになるべきだと思うの」

（……私もそう思います、って言いたい。……けれど、どうしよう。このパターンは全く想定してなかった……）

初恋に夢中な馬鹿な女を演じて、余計なお世話だと無下に否定するのは、紹介してくれた叔母に申し訳ない。それに本当に心配してくれているのが分かるからこそ、ソフィの気持ちを踏みにじるのは心苦しい。

返す言葉に困って黙り込んでしまったルチアに、ソフィは手応えを感じたのか、膝に置いていたルチアの手をそっと握り締め、言葉を重ねた。

「それに、人格的にも問題があると言われているのよ」

その言葉にルチアの頭にぽんと思い浮かんだのは、嫌がるルチアを「野兎さん」なんて呼んで揶揄うライネリオの姿だったが――おそらくそういう子供じみた行為のことではないのだろう。

ソフィがその続きを躊躇《ちゅうちょ》するように黙り込むと、今度は反対側にいたマリーがバトンタッチし、勢い込んで話し出した。

「なんでも公爵家の屋敷の使用人にも辛く当たっていて、何人も辞めたそうよ。痕が残るほど折檻《せっかん》されたメイドもいるって、うちのメイドから聞いたの。その界隈では有名らしいわ」

物騒になってきた話に、ルチアよりも早く反応したのはソフィだ。

「まぁ、私、そんな話聞いてないわ。なんて酷いのかしら……第三隊に配属されたのを嫌って、マトモに仕事もしていないって聞いたけれど。もしかすると騎士達にも折檻を……？」

「きっとそうよ！　元々平民の騎士達を召使いのように扱っているという噂もあったし、そのせいで部下の騎士達からの評判も悪くて――」

「――違います！」

ほぼ無意識に、ルチアはマリーに向かってそう叫んでいた。

女癖の悪さは正直言えば分からない。人格的に問題があるというのも、否定するには、ルチアとライネリオの付き合いはそれほど長くない。けれど、最後の第三隊の騎士達への態度に関しては、この目で見たからこそ分かる。

「え？」

すっかり興奮して前のめりになっていたソフィ達は、唐突に口を挟んだルチアに驚いて、一旦お喋りをやめた。

「ルチア様？」

「以前、第三隊の鍛錬を見学させてもらったことがあるんです！　私もその時まで、ライネリオ様のことをよく思っていなかったんです。でも」

「でも？」

「新人達も指導役の騎士達も、とてもライネリオ様を慕っていました」

「……そうなの？」

ルチアはその日一日の、しかも新人達とその指導役とのやりとりしか見ていない。けれど彼らがライネリオに向けていたのは尊敬と親しみと憧れ、だろうか。揶揄いめいた会話の時だって悪意のような感情は欠片も感じられなかった。

「でも……あの、ライネリオ様よ？　公爵家の跡取りだし、女性ならともかく、平民の騎士と仲良くしようとするかしら」

……迷う素振りを見せながらも、全く信じていないようだ。よほどライネリオが嫌いなのだろうが――根も葉もない噂は、さすがに放っておけないし、何より鍛練場を出る時に見た、若い騎士達に向かって「それはよかった」と言ったライネリオの嬉しそうな顔を思い出すと、無性に腹が立った。

「ライネリオ様は、平民を差別するような方でも、ましてや暴力を振るうような方でもないです！公爵家の跡取りなのに偉そうでもないし、強いし、部下の騎士にも慕われているようだし、私は尊敬しています！」

「ええ？」

なんだか興奮しすぎて言葉が思い浮かばないことが悔しくなる。言いたいことはもっとたくさんあるのに、うまく纏まらない。

「すぐに『野兎さん』なんて言って人を揶揄ってくるし、自分の見た目を十二分に分かっていて甘ったるい言葉で懐柔しようとしてくるような人だけど……本当は人一倍の気遣い屋なんです」

そう、よくよく考えれば、最初こそ強引だったものの、話し合った時以降は、いつもルチアの希望を優先してくれている。『恋人役』の練習だって、もっとすごいことをするのかと思ったけれど、それだっておそらくルチアのペースに合わせてくれて、手を握って囁くだけだったし、その後は、ルチアの希望通り鍛錬について細かく説明してくれた。ルチアが騎士隊の練習に参加できたのだってライネリオの一声があったからだ。

「そっそれに！　新人の騎士達に頼まれて、鍛練に付き合ったりする優しさもあって！　あの、打ち合いって実力が拮抗《きっこう》している者同士がやるからこそ、お互いの鍛錬になるんです。あれだけ実力差があるなら、ただの指導にしかならないもの。馬車に書類を持ち込むくらい忙しいのに、そんな風に時間を取って……。本当はすごく優しい人なんです」

ルチアは幼い時に、当時一番強かった傭兵に剣の稽古をつけて欲しいとついて回っては、散々面倒だと言われた過去があるからこそ分かる。

「すごく強くて、さすが騎士隊の隊長だな、って感心したこともあって。そういう時はとても頼り甲斐《がい》があって、安心できます。だから、マリー様達も、実際のライネリオ様自身を見て、自分の目で確かめて――」

ください、といつかの叔母と同じ言葉を続けようとしたルチアの口を、突然後ろから回ってきた大きな手が塞いだ。

「⁉」

気配なく背後から伸びた手に、ルチアは驚いて悲鳴を上げるが、それも白い手袋の中に吸い込まれてしまう。手を引き剝がそうとするものの、顔すら動かすこともできない馬鹿力で押さえ込まれていて、びくともしなかった。

（は⁉）

少し遅れてふわっと甘くてスパイシーな香りが鼻をくすぐる。つい先日嗅いだものなので、記憶を探らずともすぐに思い浮かんだ。

（――ライネリオ様⁉）

目の前のソフィとマリーが目を丸くし、ぽかんとルチアの顔よりも少し上を見つめている。背後にいるのはライネリオで間違いない。たった今していたばかりの噂話の本人が現れて驚いたのだろう。勿論ルチアもそうだが、それよりも。

（一体どうしてこんなところに……！　というか、どうして私は口を塞がれてるの⁉）

ブルクハウス男爵家にドレスを持ってきた時は、このお茶会に参加するなんて一言も言っていなかったし、そもそも基本的にこのお茶会の招待客は女性だけのはずだ。

「……すみません。ええ、野兎さんは黙って前を向いていてください」

ライネリオはそう呟くと、ルチアの口を塞いだまま、反対側の手でルチアの頭を抱え込んだ。そして腰を折り曲げると、なぜかルチアの肩にぽすりと顔を埋めた。まるで周囲から顔を隠すように。

（一体、何がどうなって……）

後ろを見れば、また締める力が強くなるに違いない。学習したルチアはもう動かずに、ライネリオが落ち着くのを待つことにした。しばらくして。

「……熱っぽく私を語るのは、二人きりの時にしてもらいたいですね」

言葉だけなら甘いのに、恋人役を迫ってきた時に、ルチアの肌を粟立《あわだ》たせたような艶やかさや色気は今、欠片も感じない。とりあえず言葉にした的な、ぞんざいな響きだった。

しかしルチアはその内容に眉を寄せる。

（いつ私が熱っぽく……って、もしかしてさっきの話……？）

淡々と事実だけを語ったつもりではあるが、思い返してみれば、なんだかライネリオを庇《かば》ったように聞こえなくもない。むしろ、ライネリオを擁護し、あまつさえ『尊敬してる』とか『安心できる』とか余計な言葉を口にしてしまっている。

「……〰〰っ！」

つい一週間前まで、自分だってソフィ達と似たようなことを思っていたというのに、なんという変わり身の早さだろうか。自分で自分に呆れてしまうし、何よりそれをライネリオに聞かれたことが恥ずかしすぎる。

（駄目だってば！　絶対こんな顔をしてたら、またライネリオ様に揶揄われる！）

「……まぁ」

「あら……」

先ほどまで散々ライネリオについて熱く――有り体に言えば悪口を言っていた二人は、顔を見合わせた。どちらも少々頬が淡く染まっているのは、やはり間近で見るライネリオの美貌のせいだろう。

しかし、無言のままお互い何かを確認するような仕草は、ライネリオを見た若い女性としては、些か珍しい反応だった。

ソフィはマリーと頷き合うとルチアに視線を流し、そしてまた背後のライネリオに戻す。そして、口許に手を当てて小さく笑った。マリーも同様に同じ動きを繰り返して、くすくす笑い出す。眉間の皺を緩め、上品に口許を押さえ笑いを収めたソフィは、肩を竦めてルチアに笑いかけた。

「私達の杞憂《きゆう》だったかもしれませんね」

「ええ。ライネリオ様のそんな照れたお顔なんて、見たことありませんもの」

(……照れた顔?)

マリーの言葉に、ルチアはようやくライネリオの奇行の原因を摑んだ。

(照れた……あのライネリオ様が!?)

――見たい！

ルチアはすぐに振り返ったが、すでにライネリオは立ち上がっており、にこやかな――悪く言えば胡散臭い笑みを浮かべていた。……全くもって面白くない、いつも通りの表情である。

「え……どこに」

照れたライネリオの顔なんてレアなものがあるのか。せめてその痕跡はないかと探しかけたところで、ライネリオが形のいい唇を開いた。

「おや、野兎さんの顔も随分赤い」

にこっと笑って逆に指摘されて、ルチアは顔が熱くなるのを感じた。深淵を覗く時、また深淵もこちらを覗いている……ではないが、真っ赤になった顔がすぐ戻るわけがない。すっかりそのことを忘れていたルチアは慌てて顔を正面に戻した。と、ソフィ達が座るソファの向こうに、カミロが立っていることに気づく。

「お嬢様方、お邪魔します。なんだかウチの隊長が面白いことになってるみたいで」

目立たないようにだろう、少し屈んで会話に入ってきたカミロは、ルチアとライネリオを交互に見てそう挨拶した。カミロは騎士服で……そういえばライネリオも騎士服だったと思い出した。どうやら城から直接こちらへ来たらしい。

「カミロ副隊長、屋敷の外で待っていてくださいと頼んだはずですが」

「なんか面白い予感がしちゃって！　でも直感に従ってよかったです。やぁ、いいモン見れちゃったなぁ。ライネリオ隊長の真っ赤な照れ顔なんて、一生に一度見れるか見れないかですかね」

カミロがそう言うと、ソフィ達も同意するように苦笑する。カミロも再びちらりとライネリオを見て、ニヤニヤ笑った。

……どうやらカミロは見たらしい。むしろ愉快犯の彼のことだから、最初から最後まで見ていたに違いない。ということはルチアの妙に熱い主張も聞いていたわけで…………恥ずかしいことこの上ない。

そして先ほどから感じるソフィとマリーの生温かい視線が、どうにも居心地が悪い。

「さぁ野兎さん、招待客が楽団に注目している間に、そろそろ失礼しましょう。私はもう済ませてきましたから、伯爵夫人と叔母様にお暇の挨拶をしてきてはどうですか?」

どうやらお茶会に参加する為ではなく、迎えに来てくれたらしい。さもありなん。元々女性だけのお茶会なのだから、さすがのライネリオも滞在するわけにはいかないだろう。

しかしそもそも迎えに来てくれる予定だったのなら、ドレスを持ってきてくれた時にでも、前もって言ってくれればよかったのだ。そうしていれば自分はこんな赤っ恥を掻かずに済んだし、ライネリオだってみんなが言うように照れなくても済んだだろう。

少し膨れたルチアの気持ちを察したのか、ライネリオは申し訳なさそうに頭を下げた。突然の顔の近さに、未だ顔の熱さも引かず、ルチアの心臓がいっそう跳ねた。

「申し訳ありません。今日の会議が、時間通りに終わるか分からなかったものですから」

「そ、そうなんですか……。え……っと、あの、じゃあ行ってきます!」

ほぼ逃げるようにルチアは席を立った。柱時計を見れば、ここに来てからすでに二時間。まぁ一応、姪としての義理は果たしたことにはなるだろう。しかしすぐに戻ると言っていた叔母がまだ戻ってきていない。ホストの伯爵夫人とは仲が良いらしいし、お喋りが盛り上がっているのだろうか。

「挨拶も兼ねてカミロ副隊長を同行させてくださいね」

ライネリオがそう言うと、未だ笑いの尾を引いているらしいカミロは、口許を拳で隠したまま小さく頷いた。ようやく落ち着いたらしい。

「はいはい。お供しますよ。ルチア嬢、お久しぶりです」

「……ええ。お久しぶりです」

彼とは第三隊の鍛錬場に連れていかれた時に会ったきりだったが、人懐っこい雰囲気は相変わらずで、まだ数えるほどしか顔を合わせていないという気がしない。貴族の女性だらけの集まりで、騎士服を身に着けているというのに妙に目立たないのは、彼のいい意味での存在感の薄さのおかげだろうか。多少言葉が大雑把だが、令嬢二人も特に違和感なく受け入れているようで、特にカミロに対して気を悪くするような雰囲気はなかった。

ライネリオは口許こそ綺麗な笑みを浮かべているが、蒼海の目が完全に据わっている。ルチアですら後ずさりたくなる雰囲気だったけれど、付き合いの長さか、あるいは心臓に毛でも生えているのか、カミロは全く気にした様子もなく、ニヤニヤしたままルチアの側に控えた。

「行ってきます」

ルチアはライネリオにそう言ってから、ソフィ達にも一旦挨拶をしてその場を離れる。二人はにこにこしながら「いってらっしゃい」と答えてくれた。ライネリオを一人残すのは不安だったが、ルチアに席を外していいと言ったのはライネリオだし、おそらく彼なりに彼女達の相手をする自信はあるのだろう。

ちらりと振り返ると雰囲気は和やかで、それどころかソフィ達は、ライネリオに積極的に席を勧めていた。あれほどライネリオを嫌っていた二人だったが——直接話せば、誤解も解けるだろう、とルチアは前向きに考えることにした。

（私の言葉と、それを聞いたライネリオ様の照れた表情を見て、悪い人ではないって判断したってことよね？　うん、まぁそれはそれでよかったんだけど、ライネリオ様は、なんでそんなに照れたんだろう）

そもそもライネリオは、他人からの賛辞なんて聞き慣れているだろうに、今日に限って、面識がないだろうソフィ達でも分かるほど、照れた理由が分からない。

……どうにも腑《ふ》に落ちない。うんうん唸《うな》っても答えは出てこず、先ほどから鼻歌まで出そうなほどご機嫌なカミロにその質問をぶつけてみた。

カミロは途端に目を丸くして信じられないものを見る目で、ルチアを見た。

「ええ……？　マジで分かんない？　えー……。ほら、気になってる可愛い子が、素行の悪さで評判の自分のことを一生懸命庇ってくれてる現場に居合わせるなんて、胸がキュンキュンするじゃん！　そもそもライネリオ隊長って、他人から完璧人間だと思われてるから、庇われるのに慣れてないいんだよねぇ。だからびっくりしてあんな反応しちゃったんじゃない？」

声を落としつつも、ニヤニヤ笑いながらそう言ったカミロの言葉にルチアは無になった。

キュンキュン？　あのライネリオが？

「でも、問答無用で口を塞がれましたし、どっちかっていうと『変なこと言うんじゃない』って感じだったような……」

ルチアの言葉に、カミロは呆れたようにハァッと大きな溜息をついた。

「普通にそれ以上聞いていられなかったんでしょ。あとまぁ、普通にいい成人男性が照れて真っ赤になった顔なんて見られたくなかっただろうし。――いやでも、面白かったから、ルチア嬢にも見せてあげたかったなぁ……。女性は大概あの人の顔ばっか褒めるけど、中身に関して言及しないからねぇ。ルチア嬢、なかなか見る目あるよ。あの人が意外に世話焼きなんて、普通こんな短い付き合いで分かんないしさぁ。ヒューヒュー、やるぅ！」

「……」

ルチアはカミロのノリについていくことを諦めた。正直何を言ってるのか分からないし、なんとなくむかつくような気さえしてきた。下手《へた》に相手をしたら、そのまま泥沼に嵌まるに違いない。

そんな会話をしつつ広間を無事に脱出した二人は、その隣の部屋で、叔母と主催者である伯爵夫人を発見した。二人用の小さなテーブルで顔を突き合わせて内緒話をしている。一緒にいてくれたおかげで、探し回る必要がなくなったことにほっとして歩み寄ったルチア達だったが、話に夢中で気づいてくれる様子はなく、申し訳なく思いつつも二人に声をかけた。

……のっけからハイテンションで語られた内容から察するに、突然の、社交界の美貌の貴公子ライネリオの登場に、伯爵夫人はいたく興奮し、それを叔母が宥《なだ》めていたらしい。完全に夢見る乙女の瞳をした伯爵夫人に、一体どんな挨拶をしたのやらと、ルチアは相変わらずのライネリオに苦笑した。

伯爵夫人はさっそくルチアを質問攻めにし――その出会いからお付き合いまでの短さにドラマ性を感じつつも、新しい情報は取れないと思ったのだろう。控えていたカミロへとその矛先を向けた。

そしてライネリオが好きな食べ物から色、趣味、仲の良い貴族等々、年頃の女子がいかにも尋ねそうな問いを浴びせかけた。

カミロは愛想笑いを浮かべつつも、ルチアから見てもかなり適当に答えていたのだが――「そういえば執務室にあまり飾り気がなくて、口には出さないけれどお困りみたいです」ということだけは、いやにくっきりはっきり、とびっきりの笑顔で言い添えていた。目が合ったカミロが、「予算が少なすぎて装飾品にお金を回せなくて、いつも第二隊の騎士に馬鹿にされてるんだよ」とこっそり教えてくれた。

……おそらく近いうちにあの殺風景な部屋に、高価な美術品や絵画が贈られることだろう。やはり、あの上司にしてこの部下ありである。

そんな調子で時間は過ぎていき、ルチアとカミロが解放されたのは、ライネリオに送り出されてから、たっぷり一時間後だった。


――随分待たせてしまった、とルチアは焦りつつも、走るわけにもいかず、カミロと共にライネリオのもとへ急ぐ。ちなみにカミロに全く疲れた様子はなく飄々としており、女性への対応は慣れているようだった。

(さすがライネリオ様の補佐をしているだけのことはあるわよね……)

おそらくあんな風にライネリオについて聞かれることが多いのだろう。その上でライネリオの評判は落とさない程度のおねだりをする辺り、かなりの策略家だと認識を改めた。あの後も、執務室の装飾品のみならず、錆びついた練習用の剣の入れ替えまでさりげなく『お願い』を追加していた。

早足で広間の奥のテーブルに戻れば、何やら人だかりができており、妙に盛り上がっている。

テーブルにはソフィとマリーだけでなく、たくさんの令嬢とご婦人、老いも若きも問わず、招待客がライネリオを取り囲むようにして集まっていた。皆、身を寄せ合い、前のめりで、どうやらライネリオの話を聞いているらしい。時々笑い声も上がり、随分楽しそうだ。

「あー……あの人、自動ハーレム発生装置的なとこありますからねぇ」

そう言ったカミロにルチアは苦笑する。自分が伯爵夫人に問い詰められたように、彼もルチアを待っている間に質問攻めにあっていたのだろう。少しくらい労《いた》わるべきかと、ルチアが少し歩を緩めて近づいたところで、耳に飛び込んできたライネリオの声に悪い予感を覚えた。

「――こうして彼女とようやく想いを通じ合えたのですが、控えめな彼女は周囲の目に日々憔悴《しょうすい》していまして」

「まぁ……」

「それに私には誰が流したかも分からない悪い噂も付き纏っていますから……。彼女に向けられる視線には悪意や好奇心、下卑たものすらあるのです。それなのに……私に負担をかけまいと大丈夫だと言い張って」

僅かに目元を赤くさせて、ライネリオは俯く。長い前髪がするりと頬に流れ、長い睫毛からすっと涙のように零れ落ち、令嬢達が悲鳴を上げた。

「……っライネリオ様!」

「気をしっかり持ってください！」

「やっぱりあの噂の数々は嫌がらせでしたのね！　私の兄はそういった方ではないと言っておりましたから、私は信じておりましたとも！」

「まぁ！　事務次官の貴女のお兄様がそう仰っているのなら本当ですわね！」

「信じてくださる方がいるだけで私は幸せです。それに誤解が解ければ、彼女の心も少しは和らいでくれるでしょうか……。それでも私は離せないのです。彼女を失う日々など考えらない。それどころか……彼女が傷つかないように、そして私だけしか見ないように綺麗な鳥籠に閉じ込めてしまいたいとまで――」

「きゃあああ！　独占欲……⁉　いえ、それよりも危険な香り……！」

「ぁ……なんて素敵なのかしら……ふふ……独占欲……監禁……」

（んんん？　今なんか物騒な言葉が……）

ルチアは本能に従い、あと一歩と言うところで足を止める。

明らかに様子がおかしい令嬢達の目は、なぜか爛々《らんらん》と輝いている。これは伯爵夫人を超えたかもしれない。しかも何人かは危険な扉を開いているのではないだろうか。夢見る乙女というより熱狂的な信者の瞳である。そしてそんな彼女達がルチアを見逃すわけもなく――。

「ルチア様！」

前に出てきたのは、円の中心に陣取り、ソフィとマリーを控えさせていた、老婦人だった。今日この広間に入ったばかりの時、あまり友好的ではない態度だったので、会釈だけしてそそくさと離れることにしたあのお方だ。相変わらずの貫禄で、今更何を言われるのだろうとルチアは身構えた。しかし。

「私としたことが誤解しておりましたわ！　ルチア様とライネリオ様の真実の愛！　なぁんて素晴らしいのざましょう！」

興奮しているのか、大きな声でそう叫んだご婦人の勢いに、ルチアは完全に面食らった。しかし全く話が見えてこない。

（誤解……？　真実の愛って）

戸惑うルチアに、ご婦人は空想に浸るように、うっとりと目を閉じ、下唇をきゅっと伸ばした。

そんなご婦人を挟むように一歩前に出たのはソフィとマリーである。そういえば彼女達は母親から、ルチアを守るように申しつけられていなかっただろうか。二人と目を合わせたご婦人はしっかりと頷く。同じ目標を持つ、かけがえのない仲間のような表情だった。

「ルチア様。ご安心なさって！　私達がライネリオ様の無責任な噂なんて、社交界から消してみせますわ」

「ええ！　ルチア様は大船に乗ったつもりで、安心してくださいませ！」

「さぁさぁ、二人の逢瀬の時間を邪魔してはいけません。私どもに構わずいってらっしゃいませ！」

「ようやく叶った二人の貴重な逢瀬ですもの。後のことはお任せください！」

口々にそう言って、ライネリオと共にぐいぐいと背中を押され、出入り口へと半ば強制的に向かわされる。

おやおや、と困っているような顔をしつつも、口すら挟もうとしないライネリオに、ルチアは彼がまた何かやらかしたことを知った。

「……わぁ。今回もまた強烈なライネリオ劇場が……」

カミロが、ぼそりとそう呟く。うまいことを言う……、とルチアは感心し、現実逃避したくなった。観劇は観客席だからこそ楽しめるのであって、舞台に上がるのは、脇役だって勘弁してもらいたい。

「私達は味方ですから、なんでも相談してくださいませね！」

恨まれるよりは全然いいのだが、ここまで応援されてしまうと、逆にどうしたらいいか分からなくなる。ライネリオが駄目押しに「そろそろ時間が」と呟けば、あっという間に彼女達によって、ルチアの身体は玄関ホールまで押し出されてしまった。

「これからデートなのでしょう？　後のことは任せて、お二人でごゆっくり」と、目の前でバタンと扉が閉まる。ルチアは真横にいるライネリオを軽く睨んだ。

「……何をしたんですか？」

「私の野兎さんへの想いを少々語っただけですよ。ただ令嬢方は美しい恋物語が好きですから、少々誇張させていただきました。思っていた以上に感受性の高い方々だったようですね」

どうやらルチアが伯爵夫人に捕まっている間に、ライネリオはお芝居のような壮大なラブストーリーを彼女達に語り聞かせたらしい。ブルクハウス男爵家に初めてやってきた時に見た、叔母との一幕を思い出して深い溜息をつく。

ヒーローよりヒーローらしい美形だからこそ説得力もあっただろう。登場人物が自分でなければ、ルチアだって聞きたいくらいだ。

「美形の力業……って言ってもやりすぎですよ。期間限定の『恋人役』なんですから、後々困ることになりますからね？」

ルチアがそう言うと、ライネリオは口許に手を当てて少し眉尻を下げた。自分でもやりすぎたと思ったのかなんだか困ったような表情にルチアが首を傾げる。しかし彼はすぐ何か思い出したように、真面目な顔を作った。

「そうだ。少しずつ誤解を解いているところで、まだまだ浸透してはいませんが、社交界の私の噂……女癖が悪い、色狂い……そういったものは全て、アンヘルが嫌がらせで流した性質《タチ》の悪い噂ですからね？」

心なしかいつもより声が低い。ルチアと目が合えば、少し身を屈めたライネリオが蒼海の瞳でじっと見つめてくる。そういえば先ほども令嬢達に話していたっけ……と思い出した。今更？　と、つい気の抜けた返事をしてしまったルチアに、ライネリオはきゅっと眉間に皺を寄せた。

「――ただの噂ですからね？」

と、ますます身を屈めて、先ほどより強い口調で繰り返す。

「近いですって！」

吐息さえ触れるほどの距離と、妙な威圧感にどきどきしながら頷けば、満足したらしい美しい顔が離れていき、ルチアは胸に拳を置いてほっとする。

（もう！　急に近づかないで欲しいのに！　……そういえば騎士団の人達に、色んなあだ名暴露されてたものね……。それにしても、ライネリオ様の弟って性格悪い……でも、そっか……やっぱりあの噂って嘘だったんだ……）

ライネリオと関わり合うようになってから、女性の影がちらついたことはない。やっぱりね、なんて思いつつもどこかほっとして――ルチアは「んん？」と、戸惑った。あくまで自分は『恋人役』。実際の彼がどうかなんて、本来ルチアには関係ない話だ。

「野兎さん？」

「……え、いえ、分かりました」

ルチアが内心の動揺を隠しつつ今度はしっかり頷けば、ライネリオはようやく表情を和らげた。眉尻を下げ、くしゃりと崩れた笑顔に、ルチアは思わず立ち止まって、ライネリオを凝視した。なんだかさっきから心臓がうるさい。

（こんな顔もできるのね……）

「ご理解いただけてよかった。これからもよろしくお願いしますね。私の野兎さん」

変な顔をしていないかな、と気になって俯きつつ「はい」と返事をしかけたルチアは、はっと我に返って、ライネリオの腕を摑んだ。

「その呼び方はどうにかなりませんか!?」

うっかり慣れてしまうところだったが。『恋人役』をしている時ならともかく、二人きりの時なら『野兎さん』なんて呼ぶ必要はない。

「可愛らしいのに」

「二人の時は普通に呼んでください！」

譲るつもりがないのは明白である。ライネリオは掴まれた腕から、器用にルチアの手を剝がすと、そのまま手を繋いだ。

慌てて振り払おうとしたルチアだったが、やはりいつもの馬鹿力でピクリともしない。ふっと顔を上げたすぐ後ろでカミロが――にやにや笑いながら、こちらを見ていることに気づき、余計に距離を置こうと躍起になる。すっかり存在を忘れていたが、勿論彼もルチア達が屋敷から追い出された時に、建物から出てきていたのだ。

カミロは気を遣い、二人の二、三歩後ろを歩いている。

「あ、俺のことはお構いなく。いやぁ、やっぱここで二人の愛を確かめる熱い口づけなんてどうかなぁ。あ、いっそ教会に行きます？　むしろここに教会を建てましょうか！」

俺、これでも大工の息子なんです！　と、胸を張ったカミロに、さすがのライネリオも呆れた顔で彼を見下ろした。そして冷ややかにひと言。

「カミロ副隊長。最近気持ち悪いですよ」

「辛辣ぅ！　酷い！　でもソレも、照れくささの裏返しって分かってるから、ちょっと可愛く思っちゃうー！」

くねくねと身体を揺らしたカミロに、ルチアも失礼ながら確かに気持ち悪いな、と思った。しかしライネリオに「カミロ副隊長だけでなく、中から覗かれていますよ」と小声で耳打ちされ飛び上がる。

ぱっと後ろを振り向けば、先ほど見送ってくれたご婦人方が、小窓に鈴なりになって、期待するような目で二人を見ていた。ルチアはひえっと後ろに引き、「行きますよ！」と二人に声をかけて外門に向かう。出歯亀にはルチアが積極的にライネリオを引っ張っているように見え、背後では「まぁ情熱的！」と盛り上がっていたのだが——実際は、相変わらずの馬鹿力でライネリオがルチアの手をきっちり握り込み、離さないだけであった。

木々に視線も遮られ、もう少しで馬車というところで、それまで黙っていたライネリオが、ゆっくりと足を止めた。

「野兎さん、これから街に出ませんか？」

「え？　街、ですか？」

ルチアは振り返り、ライネリオを見上げる。

(恋人同士だと思わせるのは、今日のお茶会だけで十分だと思うんだけど)

首を傾げるルチアに、ライネリオはちらりと明後日の方向に視線を流す。

「実は数人、城を出たところから、ずっと後をつけてきている人達がいるんですよ」

世間話の延長のように語り、驚いたルチアは周囲を見回しかけて、咄嗟にやめた。気づいていないことにしておく方が、こちらには有利になる。ライネリオはそんなルチアを褒めるようにそっと背中に手を回し、馬車の中に案内した。今日は公爵家の馬車ではなく、小回りが利きそうな小さな馬車だった。

「勿論、野兎さんに怪我などさせません。お約束します」

ルチアは自然にこくりと頷く。ライネリオがいて自分が怪我をするイメージは湧かない。それだけライネリオは強い。それに。

「……分かってますよ」

信頼している、という言葉は大袈裟な気がして、口には出せなかった。……が、そういえば似たような言葉を聞かれていたな、と思い出して慌てて頭の中から取り消した。

三人共に同じ馬車に乗り込み、通りを進んで街の——賑やかな市場の入り口に到着すると、そこで一旦カミロとは別れることになった。追ってきている刺客絡みで何やらあるらしく、その準備の為に一旦別行動するのだという。ルチアが「気をつけてくださいね」と小声で見送ると、カミロはぐっと親指を立てて、人込みの中を駆けていった。

「少し目立ちますからこちらをどうぞ」

カミロを見送った後、前に立ったライネリオがふわりとルチアの肩に布を被せた。馬車から何か布の塊を持ってきたと思ってはいたが、ルチアの為に用意してくれていたものだったらしい。

「……マントですか？」

「ええ、やはり街中だと目立ってしまうので」

ライネリオ自身はすでに、騎士服の上に地味なローブを頭からすっぽりと被っている。まるでお揃いのような灰色のローブだが、ルチアのものは首元のリボンが黒色で、少し可愛い雰囲気だ。フード部分も大きめに作られており、裾も長いので、淡い水色のドレスは袖も裾もすっぽり隠れてしまう。確かに街歩きするのに、このドレスは目立つだろう。

身に着けていた帽子を馬車の御者に預けると、ライネリオから「顎を上げてください」と指示が飛んできた。大人しく指示に従うと、ライネリオは腰を落としルチアのローブの首元のリボンを、手袋を嵌めたまま器用に結んでいく。勿論、リボン結びくらいルチアにもできるのだが……流れるような自然な動きに、つい止めるタイミングを失ってしまった。

(子供じゃないんだから……)

人の多い場所で騒ぐこともできず、ルチアはそのまま身を任せる。しかし時々顎に触れる指先にじわりじわりと頬が熱くなってくるのが分かるので、できれば早く終わって欲しい。そしてライネリオは、最後に形を整え――よし、とでも言うように、満足げにちょっと口の端を上げた。

(……可愛い……)

そんなライネリオを見て、息を吸うようにそう思ってしまったルチアは、一気に顔を赤くさせた。揶揄われる!? となぜか未だリボンの片割れを抓んでいるライネリオを見下ろすと、彼はぴたっと固まっていた。なんだか様子がおかしい。

「……どうかしましたか? あ、……リボン有難うございました」

綺麗に左右対称に結ばれたリボンに触れて、ルチアはお礼を言う。ちなみにルチアは昔からリボン結びをすると縦に仕上がる呪いを受けている。まぁそんな話はさておき、完璧な左右対称のリボンを一撫でしてから一歩離れたライネリオは、大きな手で顔を覆い隠した。そして深い溜息をつく。

「……申し訳ありませんでした。せっかく贈ったドレスを着てくださったというのに、褒めるどころか、お礼さえ言っていませんでしたね」

「え？」

確かに今はもうすっかり隠れてしまっているが、今日身に着けてきたのは、先日ライネリオから贈られた例のドレスである。

「会場に案内されて――貴女を見つけて、春の妖精のようだ、と思ったんです。浮かれた気持ちのまま声をかけようとしたら、自分の名前が聞こえてきて、つい耳をそばだててしまって、……ああ、言い訳ですね」

一人で話して一人で完結している。なんだかとても珍しい光景だ。……もしかして彼は落ち込んでいるのではないだろうか。

（え。……贈ったドレスを褒めなかっただけで、こんなに落ち込むの……!?　プレイボーイとしての矜持か何か？）

広い背中は若干丸くなっていて、俯いた顔も声も沈んでいる。大の男が、それもこんな美形がしょんぼりとしている姿は、妙な罪悪感を覚えさせるが、やっぱり……可愛いな、と思ってしまった。

しかしライネリオは、すっと手を下ろすと、平常通りの穏やかな笑みを浮かべた。復帰が早いのは、ちょっと可愛くない。

「遅くなりましたが、身に着けてくださって嬉しいです。とてもよくお似合いです」

「……有難うございます」

ルチアは、マント越しにスカートの裾を摑み、今日何度目かのお礼を言う。

デザインや色は先日ライネリオから贈られた時に、褒めた通りだが、着丈もちょうどよく、生地の量やデザインの割に軽くて動きやすい。今日被ってきた帽子だって、なんにでも合わせられるデザインと色でルチアはとても気に入っていた。

「せっかく街まで来たのですから、色んな店や露店を回りましょうね」

意外な提案に、ルチアは面食らう。

「え？　でも、あの……尾行してきているんですよね……？」

刺客が、とルチアが店主の存在に気を遣い、口の動きだけで伝えると、ライネリオは「ええ」と頷いた。

「動きからそれほど腕の立つ者ではないようです。少し振り回して、巡回の騎士に捕まえてもらいましょう。彼らにも活躍の機会を与えなければいけませんから」

ということは、カミロが一旦離れたのも、巡回している騎士達に伝える為だったのだろう。

「部下想いですね」

ルチアがそう言えば、ライネリオの動きが一瞬固まった。先ほどのお屋敷でのライネリオの態度を思い出す。どうやら揶揄ったと思われたらしい――が、まぁ少しくらいやり返しても罰は当たらないだろう。なにしろこちらは毎度やられっぱなしなのだから。

「――彼らにも功績を上げてもらわないと、第三隊の予算を減らされますからね」

素直に認める気はないらしい。そして今になって気づいたが、第三隊の予算が少ないのは、やはり騎士団内の揉め事に関係しているのだろうか。

（別に部下の為に動くのって悪いことじゃないのになぁ……そんなに照れくさいのかしら）

ルチアが呆れていると、ライネリオは早々に、この話題を切り上げる為の餌をぶら下げてきた。

「野兎さんはいずれ領地で商売を始めたいのですよね？　それなら流行り廃りが顕著なこの場所は、市場調査にぴったりですよ。この辺りは問屋も多いですから、そちらから回りましょうか」

「はい、あの……有難うございます」

「いえ、こちらの事情で連れ回すのですから」

手はずっと繋がれたまま。人が多いのではぐれないようにと、馬車の停留所を出てからまた繋がれたのだが、今度はなぜか妙に意識してしまい、ルチアはずっと落ち着かなかった。ライネリオが手袋を常時使用していてよかった。手汗やら感触やらきっと気になってしまっただろう。

街で一番大きな問屋に向かい、その品数に歓声を上げ、その後はいくつかのお店を覗く。屋台が並ぶ通りで、領地なら半額以下で買える果物の値段に驚いたり、手の込んだ造花や木の細工物なんかを見たり、とても充実した街歩きになった。

ライネリオはさすが城下町の治安を預かる第三騎士隊の隊長というべきか、ルチアがあやふやだったり、おぼろげだったり、曖昧な名前の店や地名を告げても、その場所に案内してくれた。むしろどこを希望しても「危ないから駄目」と言われることもなく、雑多な屋台が並んだ裏通りにも顔を出した。顔見知りらしい、いかにも怪しげな男にも「ほどほどに」とすれ違いざまに怖い笑顔で促したり、知らない一面を見せつけられた気がして、色んな意味でルチアはどきどきしてしまった。

その途中、さも偶然会ったというようにライネリオは巡回していた騎士達に声をかけた。その中に以前ルチアが見かけた顔はなく、年齢層も少し高めだ。騎士服も堂に入っており、ライネリオと手を繋いだままのルチアを見て、気になる様子を見せたものの、それだけだった。ライネリオを見る瞳には親愛と尊敬があったので、彼らはきちんと私情を分けているということだろう。おそらく先日ルチアと一緒に鍛錬していた新人達も数年経てば、こんな風にスマートになるに違いない。それはそれで寂しい気もするが……それが一人前の騎士としての成長なのだろう。

何気ない挨拶の中に、暗号めいた言葉を織り交ぜて会話した後、彼らと別れると、それからしばらくして、広場で騒ぎが起きた。

「捕り物だー！」

「騎士が集まってるぞ！」

喧噪の中、賑やかな声が上がる。どうやらライネリオの計画は成功したらしい。

「もう警戒を解いて大丈夫ですよ」

ライネリオが正面に顔を向けたまま呟いた言葉に、ルチアは自然と強張《こわば》っていた肩から力を抜いた。鉄壁のボディガードがついているというのに、やはりそれなりに緊張していたらしい。

広場に向かう野次馬の流れから守るように、ぐっと肩を引き寄せられる。胸が騒がしいのはすぐ近くで捕り物が始まったからか、それとも右半分ぴったりとくっついたライネリオの体温のせいか。

人の流れに逆らうようにして、ルチア達は次の目的の場所へと向かった。

小腹が空いたこともあり、いかにも美味しそうな匂いを振りまいていた屋台で、鳥の串焼きを食べる。それだけでは足りないので、それによく合いそうな堅いパンも一緒に購入して、ちょうど空いていた小さな噴水の縁に二人で腰を下ろした。

こんな埃っぽい雑然とした場所で、貴族の中でもとびきり地位が高い公爵家の人間が食べられるのかと、ルチアは少し心配していたのだが、ただの杞憂になった。

「こっそり見回りについていって、昼食代わりにすることも多いですよ」

ライネリオは手袋を外し、慣れた仕草で串に刺さった肉を噛みちぎった。しかも意外にボリュームがあった一本にルチアが苦戦している間に、ライネリオは三本を綺麗に平らげており、見た目だけで勝手に小食だと思い込んでいたのでとても驚いてしまった。

ルチアがようやく食べ終わると、ライネリオが串を引き取り紙袋にしまい込む。そしてふと動きを止めて、ルチアの頬に手を伸ばし、口許についていたらしいソースを指で拭った。

「っあ」

そのまま自分の口に運ぼうとする気配を感じたルチアは、がしっとその手を押さえた。

「そうはいきませんから!」

勿論子供のように頬にソースをつけていたことは恥ずかしいが——きっとライネリオは恋人達の真似事に照れるルチアを揶揄うつもりに違いない。

おや、と首を傾けたライネリオに、ルチアが勝利を確信した途端、ライネリオはふっと力を緩めた。自分の方に腕を引き寄せていたので、一瞬ぐらつくものの、伸びてきた反対側の手が素早く腰を支えて、ライネリオの指が、驚きに半開きだったルチアの下唇に触れた。

「っむ……!?」

「失礼しました。最後まで味わいたかったんですね。どうぞ」

きゅっとソースのついた指が半開きだった口の中に入ってくる。むしろ舐め取られるよりも性質が悪い。悪すぎる。道の往来で男の指を舐める令嬢など、きっとどこを探してもいない。

「違っ……！」

いっそ嚙みつくべきか。

しかしルチアの声に、横に座っていた女の人が振り返ったことに気づき、ルチアはぐっと堪えて、顔を背ける。小さな鞄《かばん》からハンカチを取り出し、ライネリオの指先をしっかり拭った。それはもう力の限り。

「……もう少し優しく拭いてもらえませんか」

「我慢してください！」

ルチアの顔は、暮れ始めた夕焼け空よりも赤い。

「おや、夕陽が差すにはまだ早い時間ですけど、日焼けしましたか？」

ライネリオはルチアの頰をすりっと手の甲で撫でた。そのまま掬い取るように両手を持って、掬った水を飲むように手のひらに唇を落とす。ルチアが固まっている間にライネリオは顔を上げたかと思うと、次は瞼に何か柔らかなものが触れた。冷たくて気持ち良い、と一瞬思って、即、目の前が真っ赤になった。

（瞼に、キスされた……!?　あ、手も……！）

ぎぎぎ、とライネリオを見れば、「つい」とちょっと申し訳なさそうな困り顔で笑っていた。ルチアは手のひらを頬にも置けず、瞼も拭えず、身体をわなわなさせながら今度こそきゃんきゃん喚《わめ》いた。

「そ、そういう顔するとなんでも許されると思ってません⁉」

「おや。では野兎さんに許されたことがあるのですね」

どれでしょうか？　と結局揶揄われることになったルチアは、盛大に臍《へそ》を曲げ黙り込むことになり、ライネリオは早々に白旗を揚げ謝罪したのだった。

そして人気だという洋菓子店に入り、叔母へのお土産の焼き菓子を購入する。馬車を置いている広い通りまで歩こうと、最後に噴水のある広場に戻れば、ちょうど大道芸人が路上パフォーマンスをしており、人集りができていた。

ひっきりなしに上がる歓声が気になり、ルチアはちらりと横目で窺う。少しつま先立ちで歩いてみても、人が多すぎて、誇張しすぎて滑稽なほど長いシルクハットが見えるだけだった。

残念、と思って顔を正面に戻そうとしたその時、ライネリオがルチアの腰を浚《さら》い、子供にするように肘に乗せて持ち上げた。ルチアは咄嗟にライネリオの頭を抱えてしまう。意外なほど力持ちだ。というかライネリオほど、噂とイメージからどんどん剝離していく人間はいないだろう。

「ちょ……っ」

「見えますか？　大丈夫、みんなショーに夢中ですよ」

慌てて降りようとしたルチアだったが、ライネリオにそう言われて周囲を窺う。確かに老若男女皆、フィナーレの大技に入った大道芸人に夢中だった。それに同じような体勢の親子や、ルチア達のような若い恋人達もいるので、そこまで悪目立ちしていない。

見逃すなと言わんばかりに、一段と大きな歓声が上がり――開き直ったルチアは、しっかりと楽しむことにしたのだった。

観衆が惜しみない拍手を送った頃には、広場はすっかり薄闇に包まれていた。ブルクハウス男爵家に到着した時には、心地好い疲れがルチアの身体に纏わりついていた。

「今日は本当に楽しかったです。マントも……他にも色々有難うございました」

久しぶりに長い距離を歩いた足はパンパンだが、気持ちが充実しているので気にならない。

明らかにマントは女物だし、例えばライネリオの周囲にいるような女性に贈るものには見えない。つまり最初からルチアに渡すつもりだったのだろう。

「いえいえ。本当は、もっと今日の記念になるようなものを差し上げたかったのですが」

「これ以上はさすがに甘えられませんよ……」

今回、ルチアは財布どころか小銭すら持っていなかったので、叔母へのお土産や昼食代、領地でも作れないかと見本として買った小物の類は、全てライネリオの支払いだ。

「そうだ、ライネリオ様。公爵領に行く予定は来週で合ってますか？　近いといっても時間はかかるでしょうし……待ち合わせは早朝でしょうか」

ふと思いついて、ルチアはライネリオに確認する。誘われたのは園遊会の次の日、その日に二週間後と言っていたので、あと一週間ほどのはずだ。

実はルチアは、この視察をとても楽しみにしているのである。なにしろ叔母や執事長曰く、ミラー公爵家の領地には大きな工場にたくさんの工員が男女問わず働いているらしく、危険な場所はオートメーション化していたりと、よその領主がこぞって見学に行くほど、最新技術が詰まっているらしい。

「……ライネリオ様？」

「……ああ。……いえ。なんでもありません。……そうですね。夜が明けた頃に。朝食は軽めにとってください。適当な場所でピクニックといきましょうか。寮の食堂のシェフのサンドイッチは美味しいですから、期待していてくださいね」

「楽しみです！」

はしゃいで頷いたルチアはこの時、ライネリオの楽しげな提案にばかり気を取られていて——彼が僅かに後悔の滲んだ表情で自分を見つめていることに気づけなかったのである。

五、ミラー公爵家領地

お茶会から数日。見知らぬ商人や、面識のない貴族からの贈り物攻撃も徐々に収まっていき、ルチアは地獄の仕分け作業から、ようやく解放されつつあった。

ルチア自身も時間に余裕が生まれ、屋敷の周囲に立つ護衛とも、挨拶やちょっとした差し入れついでに立ち話もできるようになった頃。

ついに約束していた、ミラー公爵家領地見学の日がやってきたのである。

ルチアは寝着のまま勢いよく窓を開けて、まだ薄闇が広がる空を仰ぐ。明けの明星がささやかな灯火のように光っていたが、それを霞《かす》ませるような薄雲はかかっていない。春先の冷たい風に煽られたカーテンを押さえながら、早春の冷たい空気を肺一杯に吸い込んだ。

「晴れてる！」

今日は晴れ。雨の匂いもしないし間違いない。郊外の旅程で雨が降るのと降らないのとでは、雲泥の差があるのだ。

ルチアはまだ薄暗い部屋に取って返すと、手早く明かりをつけた。さっそく寝着を脱ぎ捨て、昨日メイドが整えてくれていた外出用のエプロンドレスを手に取る。活動的に過ごす予定なので、足捌きのいいワンピース丈。そして足元はブーツと、リムンス領での装いそのものだ。勿論叔母はいい顔をしなかったが、「領地の為なんです！」と力説すれば、溜息をついて許可してくれた。叔母は何度か資金援助さえ申し出てくれていて、リムンス家の困窮状態を知っているが、父は毎回自分達でなんとかなるうちは、と断っているのだ。そこにはおそらく、身内ならではの遠慮や矜持があるのだろう。

ワンピースに袖を通し、ブーツを履いて鏡の前で、くるりと回転する。勿論ルチアは年頃らしく着飾るのも嫌いではなかったが、日常的に身に着けるものなら、動きやすいものの方が断然いいと思う合理主義者なのである。

用意していた盥《たらい》で手早く顔を洗ったルチアは、ドレッサーの前に腰を下ろした。今日は簡素なワンピースなので、メイドには朝の支度は手伝わなくてもいいとあらかじめ言っておいたのだ。日焼け止めを顔に伸ばして、軽く粉をはたく。お愛想程度に唇と頬に赤を乗せたらメイクは完了。

次に自分で手早くブラシを通してから、少し迷うように髪の毛を抓んだ。どうせ長い馬車の道中で崩れてしまうだろう。自分ですぐに整えられるように、片側に寄せ緩く編み込んだ。

リボンを結んで留めれば、あとは合わせやすいので重宝している、ライネリオから贈ってもらった帽子を被るだけ。鏡の中の自分を見つめて、ちょこんと出ていた後れ毛を発見し、ピンで留めた。

（……ワンピースのせいか、ライネリオ様と並んだら『恋人』というよりも、小間使いにしか見えないわね）

ふとそんなことを思って、少し考えた後、リボンの上から控えめな花の髪留めをつけ加えた。少しは華やかになったような気がして、ほっとし、そんな自分に溜息をついた。

（別に地味でも、服装を咎められそうな他の貴族と顔を合わせることもないのに、どうして気にしちゃったんだろう……、まぁ……一応伯爵令嬢として他の領地に向かうんだし。うん。それらしく見えるように努力するべきよね……）

自分でも言い訳じみた言葉だと思いながら心の中で呟き、行儀悪くドレッサーに肘をついた。

ここ数日、こんな風にライネリオの顔が思い浮かぶことが多い。きっとそれほど街歩きが楽しかった、ということなのだろうが――それに加えて、いらないと言っておいたにもかかわらず、毎日届く贈り物のせいだ。

「マメマメしいわよね……」

うっそりと視線を上げて、ルチアはキャビネットの上に置いてある、取手が猫の尻尾になっている可愛らしいキャンディポットを睨む。手を伸ばして蓋を取り、そこから丸い小さな飴《あめ》を一つ抓み上げて口に放り込んだ。朝一番の糖分は元気の素だ。

これもライネリオからの贈り物の一つで、ルチアが街歩きの時に、通りがかった小さな店で気になって手に取ったものだった。他にも贈られてくるものは、焼き菓子や小さな小物――それら全てが街歩きで『珍しい』『可愛い』『美味しそう』と、目に留めたものばかり。一つ一つはそれほど高いものではなく、受け取りづらいものではないのがまた性質が悪い。

ライネリオの洞察力と記憶力のよさに脱帽し、率直に言えば……やっぱり嬉しいと思った。ルチアの何げない行動や言動を覚えていて、後から買い揃えたのだろうその行動が、ルチアの心をむず痒くさせるのだ。次どんな顔をして会えばいいのか、と悩むくらいには。

しかし、幸いと言えばいいのか、あの街歩き以降、ルチアとライネリオは手紙こそ送り合っているものの、顔を合わせていなかった。

「ライネリオ様は体調崩してないかしら……」

数日前、目の前のキャンディポットを携えて、わざわざやってきたカミロにも驚いたのだが、ライネリオはどうしているかと尋ねたところ、「ものすごく忙しくてさぁ」と愚痴交じりの答えが返ってきた。

ライネリオ自身が男爵家に迎えに来てくれたり、鍛錬場の見学に付き合ってくれたり、お茶会まで迎えに来てくれたりしていたので、その答えをルチアは意外に思ったのだが——そもそも、第三騎士隊の隊長だ。加えて公爵家の跡取りとしての仕事だってあるだろう。忙しくないわけがない。もしかしなくとも、あの数日間は自分の都合に合わせてくれていたのだ。今更ながらそんなことに気づいて、ルチアは恥ずかしくなった。「そうですか……」と言ったきり、黙り込んだルチアに、カミロは「あー……」と気まずそうに後ろ頭を掻き、首を振った。

「っていうか元々この時期の第三騎士隊はめちゃくちゃ忙しいんだ。春先で何かと街の出入りも多くて関所も混むし、その分騒ぎも増えちゃうからねぇ」

そう言うと、お茶請けに出していたケーキを大きく切り分けて頬張る。「あ、うま」と呟いたカミロは、皿の上に残ったケーキもあっという間に食べてしまった。名残惜しそうにお皿に残っていたクリームをフォークの先で掬い取りながら、話を続ける。

「それに加えて例のミラー公爵家の跡継ぎ騒動デショ？　ま、でもそろそろ落ち着くんじゃないかな。ライネリオ隊長、えーっと……まぁ、イル……いや、上からオッケーが出て、片っ端からボコって回ってるし」

（ボコ……？）

ルチアは騎士であれば、まず口に出さないだろう単語に一瞬固まる。カミロならそれほど違和感がないが、当事者として執行しているらしいライネリオには、相当似合わない言葉だった。

しかしよく見れば、おそらくそれに付き合わされているのであろうカミロも、口調こそ軽いものの、顔色は冴《さ》えない。ルチアはもう一つケーキを出すようにメイドにお願いし、自ら紅茶のお代わりを用意した。その間に考えていたことを、ケーキがやってきたタイミングで、思いきって口にした。

「……あの、視察の見学が負担になるようなら、また今度都合のいい日でも大丈夫です、ってライネリオ様に伝えてもらえますか」

勿論とても楽しみにしていたが、そこまで忙しいのなら仕方がない。それほど遠くないと聞いているし、ライネリオ一人なら護衛と共に馬で駆けていくことも可能だろう。馬車で行くよりもずっと時間の短縮になる。

しかしルチアの申し出は、カミロに速攻で却下された。

大きく首を振られ、その後あれやこれやと言葉を重ねて、「今見なきゃ、もったいないですよ！」と、ミラー家の領地の素晴らしさを語り始める。その端々で遠回しに誤魔化される言葉は、おそらくミラー公爵家のお家騒動に関わっているのだろう。……全てを話して欲しいとは思わないが、ルチアは『恋人役』なのである。役に立っている実感もないし、少しぐらいは進捗状況を聞かせて欲しいのだが。

(……そうよ。そもそも『恋人役』なのよ……)

ルチアは何度目かの言葉を繰り返す。あれだけ嫌がっていたにもかかわらず、気づけばすぐに忘れてしまう。それどころか贈り物が届く度に、あの日のライネリオのことを思い出しては頬が緩んだり、こうして忙しいと言われれば、体調はどうなのかと気になってしまう。そしてここまで優しくしてくれなくても、とちょっと恨めしくもなってしまうのだ。

(……もしかしたら今回の視察で『恋人役』が終わる可能性もあるっていうのに)

そうなったらきっと、公爵家の後継者であるライネリオと、辺境の伯爵令嬢であるルチアが顔を合わせる機会などあるわけがない。

(……認めたくないけど、ちょっと寂しいのかも……)

ライネリオの気遣いに溢れた優しさは居心地が良く、与えられてばかりだ。

せめてちゃんと『恋人役』を全うして、少しでも役に立とう。

ルチアが領地に向かう有益性を語りきったカミロは、黙り込んだルチアに説得がきいたと思ったらしく、満足した顔で二つ目のチョコレートケーキに取りかかった。「これもうまっ」と声を弾ませて、口に運び、二つ目も三口で食べ終える。そこで難しい顔をして黙り込んだままのルチアに気づき、んー……、と唸るように天井を仰いでから、困ったような笑顔を作った。

「ライネリオ隊長、ルチア嬢と安全に視察に行く為に、頑張って早回しで仕事片づけてるような状態なんだよ。だから、そんな遠慮なんてしないで、笑顔で迎えてあげてくれる？　可愛い女の子に頑張ったねぇ、なんて言われたら、男はそれだけで幸せになっちゃうから」

にこにこそう言って「ね？」とルチアを懐柔しようとしてくる。無邪気なようで、まるで随分年の離れた妹を諭すような、優しい顔をしていた。釣られるようにルチアも笑って、そういえばカミロは一体いくつなのだろう、と疑問に思った。童顔なのでなんとなくライネリオと同世代だと思っていたが、もしかするともっと年上なのかもしれない。

素直に年上の男性のアドバイスを受け止めることにしたルチアは、カミロに、「楽しみにしてます」とだけ伝言を頼んだのだった。

＊

当日。

時間通りにやってきたライネリオは、ルチアが想像していたよりも元気そう――というか、平常通りにしか見えなかった。煌々とした雰囲気もそのままに、染み一つない肌も、彫刻のように整った美貌には少しの瑕疵《かし》すら見当たらない。少しほっとしたものの、ルチアは注意深く彼を観察した。ライネリオのことだ。顔に出さないだけで、どこかに疲れを隠しているに違いない。

挨拶を交わした後、そんなルチアのじっとりした視線が気になったのか、ライネリオは蒼海の瞳を柔らかく細めて小首を傾げた。

「私の野兎さん、心配してくださったみたいで有難うございます。それに今日もまた可愛らしい装いですね」

おそらくカミロが先日のことを話したのだろう。極上の笑みを浮かべるライネリオに、ルチアは思わず視線を逸らした。相変わらずの美形っぷりに目が過剰摂取だと訴えている。久しぶりだから か胸まで痛かった。しかも鼓動までいちいち激しいのは不整脈にでもなってしまったのか。酷く落ち着かない。

「……ルチアですってば。ライネリオ様。おはようございます。今日はよろしくお願いします」

若干諦めながらも、ルチアはお約束のように呼び名の訂正を求めつつ、挨拶を返した。特に華やかでもないワンピースを褒めてくれたのは、先日のことがあったからだろうが、敢えてそのことには触れずにおく。ドレスに比べれば、やはりワンピースは子供っぽいことは否めず、分かっていたはずなのに、実際こうしてライネリオの隣に並ぶと、やっぱり恥ずかしくなってしまう。可愛い、という言葉は広義であり、とても罪作りだ。褒め言葉なのかお愛想なのか本気なのか、男女のやりとりに疎いルチアには判別不可能である。

ライネリオはルチアのそんな複雑な乙女心を察したのか、ワンピースに関してはそれ以上言及しなかった。

エスコートされて、馬車に乗り込むべく外玄関に向かう。

相変わらず目立つ四頭立ての馬車が、ご近所さんの注目を集めていないだろうかと周囲を見渡したルチアは、ふと馬の世話をする白髪交じりの体格の良い男性に目を留めた。どこかで見た、と記憶を探りながらライネリオに促され馬車に乗り込む。その時、男がこちらに顔を向けたのを見て――あ、と思い出した。ルチアの父親より少しだけ若いくらいの男性で、無造作に生えた髭に見覚えがあった。彼は確か。

「ベックさん……？」

ルチアが第三隊の隊舎に拉致された時に顔を合わせた新人騎士の指導役だった。

思わず名前を呟けば、視線に気づいたらしいベックが顔を上げた。

近くにいた護衛の一人に何か一言話して、こちらに駆けてきたベックは、扉越しにルチアの前に立つと、以前と同じように丁寧に腰を折り、礼を取った。騎士服を身に着けていないので随分印象が変わるが、やはり様になっている。

「お久しぶりです、ベックさん」

「覚えていてくださったんですね。ルチア様」

彼と出逢ったあの日は、久しぶりの鍛錬でとても楽しかったことばかり記憶に残っており、彼の印象も良いものだった。自分でも単純だと思ったが、ルチアはにっこりと笑って話しかけた。

「先日は鍛錬のお邪魔をしてしまって、申し訳ありませんでした」

「いえいえ、ルチア様はその辺の騎士より教え甲斐がありますから、また参加してください。新人達も喜びますし」

そう言ったベックは、準備もあるのだろう、「ではまた」と早々に戻っていった。もしかして邪魔をしてしまったのかもしれない。ルチアは申し訳なく思いつつ、ベックの背中を見送る。しかしお世辞と分かってはいながらも、ベックの言葉にくすぐったくなる。ブランクはあるものの、長年頑張ってきた剣技を褒められるのは嬉しい。

馬の側に駆け戻ったベックは、手綱を預かってもらっていたらしい護衛と、親しげに話し出す。遠出するからか、いつもより多い護衛を見回し、ふと違和感を覚えて、もう一度ベックを見た。

（……ベックさんって、第三隊の騎士なのよね？）

今回の視察は公爵家の領主としての仕事である。ということは、騎士団とは無関係なのではないだろうか。

（それなのに護衛は第三隊の騎士なの？　公爵家に人を雇うお金がないなんてことは、絶対ないだろうし……そういうことってあるのかしら）

ベックが親しげだったことといい、改めて護衛達を見れば、騎士服ではないものの、皆、身嗜《みだしな》みは整っており、背筋もしっかり伸びている。そういえばブルクハウス男爵家を守る護衛達も、似たような雰囲気だった。

（もしかして全員第三騎士隊……？）

普段屋敷の外で立っている護衛の姿も思い出してみる。誰も第三騎士隊の焦げ茶色の騎士服を身に着けている者はいなかった。だからこそ、ルチアは今まで思いつきもしなかったのだが。

横にいるライネリオに尋ねようとしたと同時に、窓の向こうから声がかかり、ルチアの言葉は掻き消された。

「ルチア、何をぼうっとしているの？　きちんと膝かけは用意している？　季節の変わり目はまだ寒いのだから防寒には気をつけるのよ」

見送りに出てきた叔母がそう言って馬車の中を覗き込む。確かに叔母は分厚い上着を羽織っており、ルチアも慌てて用意していたストールに身を包んだ。まだ花冷えの季節であり、日中の温かさが嘘のように、早朝の風はひんやりと冷たい。

荷物の中に膝かけが、と手探りで取ろうとすれば、ライネリオが前もって用意していてくれたらしい毛布を、丁寧にルチアのお腹から膝の上にそっとかけてくれた。……それを見て黙っていられないのが叔母である。紳士のお手本とも言える行動に、朝とは思えないテンションで「まぁあああ……！」と胸に手を当てて一歩後ろによろけた。

「……さすがライネリオ様ですわね」と、こちらも潤んだ赤い目で合いの手を入れたメイド長。そして手を組んで、こくこく頷くメイド達を見ていたルチアはこっそりと溜息をつく。

（もう叔母様達はライネリオ様が何をしても、素敵としか言わない気がする……）

元々高かった叔母の好感度だが、二度目の訪問でライネリオに帽子を贈られてからというもの、急上昇どころか天井を突き抜ける勢いである。

「男爵夫人も冷えますから、見送りはここで十分ですよ。遅くはなるでしょうが、本日中には無事お返しいたしますので」

「ええ。ルチアをよろしくお願いいたします」

叔母と数人のメイドに見送られ、護衛に取り囲まれた馬車は、ルチアがすっかり忘れてしまった違和感をその場に残し、ゆっくりと動き出したのだった。

＊

王都の関所を抜け、途中で一度馬車を止めて遅めの朝食を取り、そしてお昼を過ぎた辺りに、予定通り領地に到着した。

飾り気のない大きな建物がいくつか並び、その一番手前に建てられたやや小ぶりの建物から、ルチアの父親と同世代らしい男女が出てくる。

「ライネリオ様！　お待ちしておりました！」

恰幅《かっぷく》のいい腹を揺らした男が、姿に似合わぬ機敏さで駆け寄ってくると、帽子を取り頭を下げた。続く女性も同じように礼を取る。どうやら夫婦らしく、お揃いの腰巻きエプロンがなんだか可愛らしくて、初めての場所に密かに身構えていたルチアの緊張も和む。

「工場長、久しぶりですね。元気でしたか？」

「ええ、勿論です。さぁさぁ中へどうぞ。陽射《ひざ》しもありますし、馬車の中は暑かったでしょう！」

「いえ。今日は日帰りの予定ですから、あまり時間がないんです。屋敷にも寄るつもりはありません。伝えていた通り、書面に纏めておいてくれましたか？　彼女を案内しながら確認します」

ライネリオの説明に、ルチアははっとする。

（もしかして視察はいつも、日帰りじゃなくて泊まりだったのかしら……）

ここは領地なのだから当然、領主一家が過ごす為の別邸があるはずだ。周囲を見渡せば、奥の方にお屋敷の一部らしき屋根が見えた。おそらくあれがそうなのだろう。

「おや、左様ですか。それはマチルダ夫人が悲しみますな」

「……マチルダ夫人？」

ルチアが初めて聞く名前を繰り返すと、ライネリオは「乳母です」といやにきっぱりとした声で紹介してくれた。

「母代わりとして幼い頃から私の面倒を見てくださった方なんです。本邸は何かと騒がしいので、数人の古参の使用人達と共にに、こちらの別邸の管理を任せているんですよ」

「はぁ……」

あまりにも流暢な説明なので、逆に何かやましいことでもあるのかと疑ってしまうが、これも以前突然主張した『プレイボーイではない』キャンペーンの続きなのだろう。ルチアが誤解しないように、いつもより少し早口で話すライネリオはなかなか珍しくて、つい口がムズムズしてしまう。けれど、笑うまでいかなかったのは、ライネリオと工場長がその前に話していた内容のせいだった。

（やっぱりいつもは泊まりなんだわ。私が見学に来たことで、日帰りになっちゃったから忙しくさせたのよね……）

そのマチルダ夫人にも申し訳なくなったルチアは、気まずくなって身体を縮こませる。

そう、行きの馬車の中。最初は移動の間くらい休んでもらうつもりだった。それに改めて久しぶりに二人きりになると緊張しそうなので、眠ってくれているくらいがちょうどいいとも思っていた。

しかしライネリオは以前の約束を覚えていたらしく、馬車に乗り込んで早々、ルチア自身の話や、今までのリムンス領地での過ごし方を尋ねてきた。最初こそ田舎の話なんて子守歌代わりにちょうどいいかも、と話し出したルチアだったが、いかにも楽しそうに頷き、続きを強請《ねだ》られるので、随分喋りすぎてしまった。

途中、弟のスタークが生まれてから母が亡くなった話をしている時、気を遣わせたのか何度かライネリオが顔を曇らせた部分もあった。少し気になったものの、そのまますぐにまた新しい話題が振られ、結局ライネリオは休むことなく、ルチアの話を聞いてくれたのである。

「なるほど。では纏めておいたものをお持ちしますね。風に飛ばないように綴《つづ》ってきますので、少々お待ちいただけますか」

「余分な手間をかけさせて申し訳ありません。その間に工場の方に視察に向かうつもりですが、構いませんか？　特に案内はいりませんので」

「ええ。それは勿論。見ていってください。工員も喜ぶでしょうし。ではお嬢様はこちらでお待ちになりますか？　一応客室はございますよ」

急に話を向けられて、ルチアは一瞬口を噤《つぐ》む。まだまだ女性がこういった領地の見学や視察に向かう例は少ない。純粋な好意だと分かる申し出に、ルチアがどう説明しようかと思ったその時、ライネリオがすっとルチアの肩に手を置いた。

「いいえ。彼女はリムンス領の伯爵令嬢で、領地の為にうちの工場を見学したいと申し出てくれたんです。ああ、そうでした。後で農業学者のエドを呼んでおいてもらえますか？」

「分かりました。はぁ……いやしかし、なんという勤勉で親孝行なお嬢様でしょうか。まだ若いのにしっかりなさって……リムンス伯爵様や領民は幸せ者ですな。ウチにも娘がいますが、見習って欲しいものですよ」

「……そうでも、ありませんよ」

ルチアは顔を上げて、控えめな笑顔を作った。

「うちはなかなか土壌にも商売にも恵まれなくて、当主になる弟の手助けがしたいだけなんです」

「おお！　こんな立派な姉上がいるなんて弟君も心強いでしょう」

ルチアの言葉に感動したらしい工場長は、人好きのする笑顔をルチアに向ける。しかし続く賞賛は、なぜかルチアを居心地悪くさせた。

「そんな」

立派なものではない――のに。

自然と足が一歩後ろに下がったその時、とん、と背中に硬い何かが当たった。

「……ライネリオ様？」

「小石にでも躓きましたか？　お喋りはそれくらいにして向かいましょう。あまり時間がありませんしね。工場長、視察が終わったらあの丘の辺りで待っていますから、書類を持ってきてください」

「おおっそうでしたな！　引き留めて申し訳ありませんでした」

ライネリオは話題を切るようにそう言うと、少し強引にも思える仕草でルチアの手を取った。するりと指が絡まり、触れ合う面積が広くなる。

そんな仕草に二人の関係を察したらしい工場長は、ますます笑顔を深めて「こりゃ、お邪魔しました」と嬉しそうに肩を弾ませた。軽い足取りで妻と共に、建物へ戻っていった。

「……」

ルチアは繋がれた手を見下ろす。すっかり慣れてしまった大きな手は違和感もなく、ルチアの手を包み込んでいた。そういえば今日は改まった場所ではないせいか、手袋はない。だからだろうか。絡まる指が、緊張に一瞬で冷えてしまったルチアの指先を温めていく。

ルチアは自然と強張っていた肩から力を抜く。途端に握り締める手の力が緩められ、すぐに解けるくらいになった。けれど。ルチアはやっぱり指先を絡めたまま、ライネリオの横に並んで歩き出したのだった。


——そして二時間後。

見学を終えたルチアは建物から少し離れた小高い丘の上で、絶望感に打ちのめされていた。叔母が今のルチアを見たなら、確実に夕食を抜かれるであろう、みっともなく哀れな姿である。しかし叔母はいなくても一人ではなかった為、拳を地面に打ちつけて世界を呪って嘆くのはやめた。それだけでも誰かに褒めて欲しいほどの慟哭《どうこく》だった。

「資金が……っ、設備投資資金が欲しい……！」

ルチアが喉から絞り出すようにそう呻く。

ちなみにライネリオは呆れるでもなく、そんなルチアを楽しげに見守っているのだが、ルチアに振り返る心の余裕はない。

ルチアが案内された建物は、アトリエめいたものではなく、全てが細分化され、安定生産が確立されたとても効率的な工場だった。

しかも職人といえば男性というイメージも根本から覆され、工場にいたのはほぼ女性だった。見学したのは領内の森で切り出してきた、建築用木材から出てくる廃材を扱う木工細工の部屋だ。ライネリオの説明によると、女性の方が器用で、細工物に関しても、その感性が購買層である若い女性に受けるらしい。

力仕事は男性に回され、完全に分業化されていて、ルチアが使い方すら分からないくらいの最新の道具や機械も整備されていた。必要に応じて機械につけ替えられる部品も多種多様で、全ての手入れも行き届いていた。

そしてメイン取引物である建築用の木材は、なんと領地から王都まで流れる川を使って運んでいるらしく、運搬費がほぼかからないのだという。

恵まれすぎでは？　とルチアが憤る一方で、だからこそ公爵領なのだと納得する。それに川の流れに任せてまるごと切った木を運ぶなんて、きっと思いつきもしなかっただろう。木材は乾かすもの！　という思い込みから抜け出すことは、常人にはなかなか難しい。

「何か参考になりましたか？」

「参考……」

期待するようなライネリオの質問に、ルチアは身体を起こし、その場に座り込んで考える。

正直に言えば工場の設備や技術的なことに関しては、リムンス領の参考にできるものはなかった。木材の加工にしても繊細な彫り物が多く、同じように加工できたとしても、リムンス領とミラー領では王都までの距離が違う。リムンス領からでは、運搬費用が高くなってしまうので、単価が上がってしまうだろう。……得たものといえば。

「……女性も立派な労働力であるという意識と、適材適所ってところでしょうか……」

ルチアがしどろもどろにそう答えると、ライネリオは目尻を僅かに下げた。そして青々とした下草を踏みしめてルチアに近づくと、ぽん、と、ルチアの帽子越しに頭を撫でた。

「実は意識を変えるのが一番難しいのですよ。それができれば、柔軟な考えも出てきます」

「柔軟な考え……」

ライネリオの言葉は教師のようだ。ルチアが頭の中で纏めきれなかったことを言語化して整理してもらった気がして、ルチアは振り返ってライネリオを見上げた。ルチアを見下ろす蒼海の瞳は穏やかでとても優しい。――けれど、なんとなく物足りなく感じてしまったのはなぜだろうか。

（……綺麗な瞳。やっぱり海みたいな……）

人間が海に思うのは、憧憬と郷愁――いつか本で読んだ一節を思い出す。海とは美しい反面、恐ろしいものだ。引きずり込まれるのか、自分から向かうのか、心一つで何もかも変わる。ライネリオの蒼海の瞳を前に、ルチアが思ったのは、甘やかな誘い――。

「ルチア？」

こく、っと中途半端に喉が鳴る。それに気づいたライネリオは蕩けるような甘い瞳で、ルチアを見つめた。一瞬前まで静かに凪《な》いだ海のような色だったのに、その奥に揺らめく熱が見えて、そわっと身体の奥が震える。深海の底よりも深いその場所を覗きたくなって、ルチアは自然と腰を上げた。宝物に触れるように静かに、優しく、髪に、額に、眦へと落ちてくる唇も、抵抗すらできなかった。

（違う。私とライネリオ様はただの『恋人役』で、ここまで……こんなことまで、どうし、て）

ちゅっと軽い音を立てて、前回と同じく瞼に唇が落ちる。反射的に瞳を閉じたせいで、ライネリオの香水が濃厚に感じられた。思考が完全に固まって、唇に僅かな吐息を感じたその時すら、ルチアは瞳を閉じたままだった。

唇に冷たい感触が触れる。あ、と思う時間もなく、すぐに離れた唇が再び角度を変えて合わさった。下唇を噛まれて、味わうように啄《ついば》まれる。何度か繰り返し、少しだけ開いていた口の中にそろりと熱い舌が入ってきた。上顎の辺りを舌先で撫でられ、背中に甘い痺《しび》れが走った。

「……んん……っ」

赤い舌が僅かに開いてしまった視界に映る。ちゅ、ちゅ……じゅっ、と鼓膜に直接響くような水音に、頭が真っ白になる。

「……んっ……ふっ」

呼吸の仕方がよく分からなくなって声を漏らせば、ゆっくりとライネリオの顔が離れていった。

蒼海の瞳は舐めたら甘そうほど蕩けていて、抜けそうになったルチアの腰をライネリオが支える。

そして丘下から吹き上げる強い風に緩くなっていたルチアの帽子のリボンを結び直した。

「残念ですが、早く可愛い顔をしまい込んでください。人が来ましたよ」

ルチアは狼狽《ろうばい》と羞恥心から、言われるままに両手で顔を覆う。そっと振り返ると、丘の下から工場長と細身の男性が手を振りながら上ってくるのが分かり、ルチアはぎゅうっと帽子の鍔を引っ張って深く被り直し、顔を隠したのだった。


――土壌を変えるより粘土質でも育つ野菜を植えた方がいいですね。いつか麦を育てるのを踏まえてもそうした方がいいと思います。

――森が近い土地なら、そこまで土壌は悪くないはずです。ただ植物が多いと土は酸性に偏りすぎますから、堆肥と灰を適量混ぜてみてください。

――その状態はもう連作障害が起きていますので、次の年は畑を休ませて――。

資料を持ってきた工場長と一緒に現れたのは、ライネリオが頼んでくれていた農業学者だった。てっきり老齢の男性を想像していたルチアは、ライネリオと変わらないその若さに驚いたものの、エドと名乗った青年は、公爵家がお抱えにするのも不思議ではないくらい優秀で、ルチアにとって素晴らしいアドバイザーとなった。……話半分に聞いてしまったのが申し訳ないくらいに。

「枯れた土地でも育ちやすい穀物の種を用意してみましたので、試してみてください。研究所にあるので――あの、お嬢様？」

「え？　あ、ううん！　有難う！　ごめんなさい。聞いていたら色々試してみたくなって、ぼうっとしちゃって……！」

自分でも苦しいなと思う言い訳を口にして、かろうじて手を動かしていたメモを確認する。ほぼ無意識だったが、大切なところはなんとか書き留めてあってほっとした。

せっかくの機会だというのに、先ほどのライネリオとのキスが、どうしても頭から離れてくれない。

焦りが顔に出ていたのか、エドはルチアから半分メモを引き取り、質問の回答を直接記入していってくれた。薬剤の名前やおすすめの果物、その上失敗した辛すぎる作物を使った害獣対策まで伝授してくれ、ルチアは心から彼を尊敬した。そして根っからの研究者なのだろう。一度現地に行って見てみたいとまで言ってくれて、ルチアは感動し、アドバイスが書き込まれたメモを大事にポシェットにしまい込んだのである。そしてエドの骨ばった手を両手で握り締めた。

「有難うエドさん！　感謝します！」

エドは普段研究に没頭しているせいか、それほどコミュニケーションが得意ではないらしい。顔を真っ赤にしてぶんぶん首を振った。

「ぼ、僕も改めて勉強になりましたし、結果も気になりますから、よかったら……また、……」

エドの言葉が途切れ、ルチアが首を傾げる。

「ヒッ」と短く悲鳴を上げたエドが、自分の顔よりも随分上を見ていることに気づいて、ルチアは振り返った。途端、ルチアの脇に手がかかり、真上に持ち上げられて後ろに引き寄せられた。エドと繋いでいた手は解け、ルチアの手も足もぶらりと宙に浮く。

まるで猫の子――いや、彼からすれば兎の子だろうか、そんな小動物を持ち上げるような持ち方だった。

「〰〰〰っライネリオ様！」

少し離れた場所で工場長が持ってきた報告書を読んでいたはずなのに、気配すら感じられなかった。

そのままぎゅっと抱き寄せられ、非難の声は腕の中で潰れてしまう。一瞬で包み込まれたライネリオの香水に、先ほど交わしたキスが蘇ってしまった。心臓が口から出そうなくらいドキドキして視界が緩む。どうしてキスをしたんですか、なんて聞けもしないことを考えて熱くなる顔をどうにかしたい。下を向くと余計に血が集まってしまうので、ぱっと顔を上げる。しかしそのせいでちょうどルチアを見下ろしていたらしいライネリオと目が合ってしまった。口許には綺麗な笑みが浮かんでいるというのに、威圧感がすごい――のだが、恥ずかしすぎる体勢に、それどころではなかった。

「エド、そろそろ時間ではないですか？」

その言葉にルチアは慌てて空を見る。そういえば夕方から何かの実験があると聞いていたのだ。ルチアがあまりに多くの質問をするから、なかなか言い出せなかったのかもしれない。

「ヒャィ……」

語尾が震えて消えかけたエドの返事に、ライネリオは「お疲れ様でした」とにこやかに微笑み労わる。ようやく地面に足をつけたルチアも慌てて頭を下げると、若干緊張が和らいだような気もしたが、ライネリオの顔を再び流し見たエドは、「ぴっ」と再び小鳥のような声を上げた。

「ししし失礼します！」

丘を転がる勢いで駆け下りていくエドに、ルチアは「もしかしてまた何かやったの……？」とライネリオを疑いつつも、沈みゆく夕陽の影がすっかり濃くなっていることに気づき、やはり自分が引き留めてしまっていたのだと反省したのだった。

＊

すっかり乗り慣れてしまった公爵家の馬車の中から、地面に沈んでいく夕陽を望む。夜を運ぶ少し冷たい風が、日中の陽射しに少し焼けてしまった肌に心地いい。

（戻ったらさっそくお父様に手紙を書かなきゃ）

エドにもらったアドバイスを頭の中でさらいながら、ルチアは心の中でそう呟く。つい先日、勝手に領地を出て王都に来たことを叱る手紙をもらったばかりなのだが、きっとこのことを知れば、父の機嫌も直るに違いない。今なら春植えの野菜の植えつけにも間に合うだろうし、早馬で送るべきか。

（でも、誰に教えてもらったか、って不思議に思われるかしら。叔母様に頼んで、ライネリオ様のことはとりあえずまだ恥ずかしいからって言って伏せてもらってるし……ミラー公爵家のお抱えの農業学者、っていうのは内緒で……、叔父様の顧客に教えてもらったことにしておこう。また根回ししておかないと）

なんとか言い訳も考え終えて一息つき、背凭《せもた》れに背中を預けたタイミングで窓から吹き込んできた風が、ライネリオが捲っていた書類をはためかせた。

「あ……すみません。窓を閉めますね」

「いえ、もう文字も見えなくなる頃合ですし、大丈夫ですよ。気持ち良い風なので、そのままで」

ライネリオは組んだ足の上で、トン、と書類の端を揃えると、馬車の座面の下に仕込んである物入れの箱の中に書類をしまい込んだ。

ついその動きを追いかけてしまったルチアと目が合うと、ライネリオは僅かに首を傾げて微笑む。

一瞬固まったルチアはぎこちなく反対側を向き、また跳ね始めた心臓をどうにか落ち着かせようと、小さく深呼吸を繰り返した。

実はあの口づけ以降、ルチアはライネリオの顔を見ることができていないのである。思い出してはすぐに真っ赤になってしまうので、未だに文句の一つも言えていないのだ。というか。

（あれは……きっと第三者が見たって同意したことになるわよね……）

ルチアは嫌とも駄目とも言葉にしておらず、抵抗らしい抵抗も……というよりも、しようとすら思わなかった。自分の気持ちがよく分からない。自分も他の令嬢のように、ライネリオの美貌と洗練された所作に魅了されてしまったのだろうか。もうさっさと屋敷に戻って今日の出来事を振り返り、自分の気持ちを整理したい。

「エドの話は有意義だったようですね。ここまで来てもらった成果はあったようで安心しました」

「え……はい！　……あ、あのライネリオ様のおかげです」

動揺をなんとか呑み込んで、不自然にならない程度にライネリオに身体を向けつつも、俯く。

（……そういえば私、ライネリオ様にちゃんとお礼を言ってないし）

今更そんなことを思い出して、ああ……と、頭を掻き毟《むし》りたくなった。……ハプニングはあったものの、ライネリオが仕事を押して、ミラー公爵領に連れてきてくれたのは事実である。ルチアはキョロキョロ居心地悪そうに視線を彷徨《さまよ》わせてから、思いきって口を開けた。

「今日は有難うございました！」

狭い馬車の中だというのに、大きな声を出してしまったことに気づいて、ルチアはぱっと赤くなる。

「あの、忙しいのに……」

「お気になさらず。むしろ私も野兎さんと一緒に改めて視察したことで、気づかなかった改善点を洗い出すことができましたから」

くすり、と笑う声には余裕があった。自分はこんなにいっぱいいっぱいだというのに――と、ルチアは悔しく思う一方で、ますます焦ってしまう。そして馬車の中の空気がいっぺんに薄くなってしまったような焦燥感は、ルチアの口を妙に多弁にさせた。

「お、おかげさまで！　これでなんとか収穫高が上がればいいんですけどね……っ。お父様に報告するのが楽しみです！　きっと喜んでもらえますよね！」

ルチアの言葉は、上滑りするばかりだ。ライネリオの相槌すら待つこともなく、顔を上げることすらせず、話を続ける。

「勿論、素敵な旦那様を見つける方が喜んでくれると思うんですけど、あ、ライネリオ様に紹介してもらうんだから、それも大丈夫だし……」

ライネリオは沈黙を保ったままだ。行きの馬車のように相槌を打ってくれないのはなぜだろう。でもなぜか顔を見ることができない。そうだ。自分は全てが終わったらライネリオに『好い人』を紹介してもらうのだ。そう、他でもない彼に。

そう思って一瞬、息が止まった。なぜか胸が痛い。ぎゅっとコートの胸元を掴む。

「……はは。なんだか楽しみになってきました！　……っあは……」

自分でも分かるくらいの乾いた笑い。むしろライネリオが何か言ってくれたなら、この無駄なお喋りをやめることができるのに――そう、八つ当たり気味に思ったその時、ライネリオが胸元にあったルチアの手に触れ、少し強引に引き寄せた。

ルチアは咄嗟に顔を上げてしまい、故郷の蒼海を映したライネリオの瞳とぶつかる。微かに揺らいで細まるのを間近に見つめてしまった。

「え……」

その目に見えたのは、昼間ルチアを散々翻弄させた熱情ではない。むしろそれとは真逆の、とても静かな感情だった。戒めるような哀れむような。

これまでも何度か向けられた瞳に、居心地が悪くなる。嫌な予感がした。ルチアの無理やり明るく装っていた感情がすっと引いて消えていった。そのまま自分の中の何かが壊されてしまいそうな――恐怖に近い感情を覚え、ルチアはライネリオの手を振り払い、真っ白になるほど自分の腕を握り込んだ。

「野兎さん、領地のことに必死になるのは、誰の為ですか？」

ぎくりと心臓が跳ねた。ライネリオがなぜそんな質問をするのか分からない。

「……家族や領民の為です。貴族の娘が、家の為に必死になるのはそんなにおかしいことですか？」

少し考えて慎重にそう答える。何もおかしくない。貴族の娘としては当然で、弟が生まれて領主になりそこなったルチアならば尚更だ。

けれどどうにも顔を上げられない。故郷を思わせるどこまでも深い蒼海の瞳に、心の底を覗き込まれそうな気がして、怖い。

「リムンス伯爵は、貴女に、家の為に婿を取るように強要しているんでしょうか」

「……え？　……どうしてそんなこと……」

咄嗟にルチアは声を上げる。口下手だけれど優しい父親が、そんなことを口にするわけがない。

夫婦仲も良く、弟のスタークを生んで母が亡くなってからも、忙しいながら男手一つで、子供達──ルチアもスタークも大切に愛情を込めて育ててくれた。ルチアはそんな父親が大好きで、大事だった。結婚しようと思いついたのは自分自身。

「……私が勝手に、家の為になるような結婚相手を探そうと思っただけです」

ルチアは感情を抑えて今度は小さな声で否定する。ライネリオは声のトーンを落として、ゆっくりと言葉を続けた。

「『家の為に』『家族の為に』『領民の為に』貴女がやろうとしていることは結婚という名の身売り

です。貴女が犠牲になって、本当に家族を含めたその方達が幸せだと思うでしょうか？」

「何を……犠牲、だなんて思っていません。私は……っ私がしたいようにしているだけです」

ルチアはきつく腕を握り締めたまま、ぶんぶん首を振った。

「……今日の、視察に同行させてもらったことは感謝しています。けれどリムンス領の事情に口を出さないでください」

散々協力してもらったというのに、自分はなんて失礼なことを口にしているのだろう。ルチアは全部分かっていた。けれど、それでも止めることはできなかった。

馬車の中に静かな沈黙が横たわる。ルチアは息の仕方すら忘れそうなほど追い詰められていた。

（──お婿さん探しが犠牲？　身売り？　じゃあ、私は、他にどうすればいいの）

心の中で呟き、少しでも心を落ち着けようと目を閉じる。

けれどそれは逆効果だった。瞼の裏に潰れたマメを我慢して、剣を振る幼い自分の姿が思い浮かぶ。害獣退治に参加し、思いきりのよさを褒められて得意になった十の自分。外国のお客様に語学が堪能だと褒められ、はにかんだ十三歳の自分。しかしそれらは全て、四年前弟が生まれたと同時に、嬉しそうに呟いた父親の言葉が、粉々にしてしまった。

──「これでルチアを跡取りにせずに済んだな」

健康な男子。つまりちゃんとした普通の跡継ぎが生まれたことに、屋敷中が喜びに包まれる中、ルチアは次期領主としての立場を失った。けれど明るく希望に満ちた雰囲気に、水を差すようなことを言えるわけがない。浮かんだ言葉は、不安と共に呑み込むしかなかった。

それから床上げもできないまま、母はあっという間に乳飲み子《スターク》を残して儚《はかな》くなってしまった。葬儀は恙《つつが》なく行われ、領主夫人不在の忙しさに身を置いたまま、ルチアは思考を止めた。そうしないと、醜い感情に、生まれてすぐに母を亡くした可哀想なスタークの顔すら見れなくなりそうだった。

「野兎さんは、きっと深く考えないようにしていたんでしょう？　元々嘘は上手じゃない。ほぼ無意識に弟さんやリムンス伯爵、領民の役に立つことで、自分の居場所を確保しようとしていたんじゃないかと思うのですが、どうですか……？」

ルチアは、うっそりとライネリオを見上げた。

——いつ、ルチアがずっと気づかない振りをしてきた感情に、彼は気づいたのだろう。

「……どうして分かったんですか？」

「園遊会の次の日に、第三隊の執務室に来てもらった帰りの馬車の中でしょうか。結婚に夢見る年頃の少女にしては真剣すぎる表情に違和感を覚えて、調査票を見直して弟君との関係を考えれば……なんとなく予想はできました。まぁ私も跡取り問題を抱えている身ですからね。そして今朝、野兎さんの故郷での話を聞かせてもらって確信して。まぁ、決定的だったのは先ほどの野兎さんの痛々しいくらいの必死さ、でしょうか」

全てを丸裸にされてしまったように、ルチアは恥ずかしくなる。そして八つ当たりするようにぽそりと呟いた。

「……ライネリオ様に、私の気持ちなんて分からないですよ……」

しんと馬車の中が静まり返る。ライネリオはくすりと笑うと、ルチアの顔を両手で包み込み、眦に浮かんだ涙を親指で掬い取った。

「当然です。言わなければ伝わりません。私にも、そうやって大事にしている家族にもね」

「……？」

「野兎さん。今の気持ちをちゃんとリムンス伯爵、いえ、父親に伝えたことがありますか？」

ライネリオに静かに問われ、ルチアは首を振る。

至近距離にある蒼海の瞳は、ただ慈しむような優しさがあった。

「ぜひ伝えてあげてください。野兎さんは、少なくとも伯爵には勝手だと怒ってよかったのですよ。正当な怒りだ」

しゃくり上げるルチアの背中に、ライネリオが大きな手を優しく回す。ルチアの頬がライネリオの胸元に押しつけられると、ポン、ポンと撫でられた。ルチアはぐっと唇を噛み、ライネリオの背中に手を回す。肯定された言葉がとても嬉しくて、じわじわと涙が溢れてくる。きっとルチアはこうして自分の味方になってくれる人が、ずっと欲しかった。

ルチアはそっと身体を離そうとするが、ライネリオが手を緩めることはなかった。頭の上に顎を置いて、ますますルチアの身体全部をすっぽりと抱き込んでしまう。

「ねぇ、野兎さん。私には野兎さん自身が、一番自分を過小評価しているように思えます」

「……え？」

「次期領主になるはずだったことは野兎さんの可能性の一つ。貴女の価値がそれだけのはずがないし、ましてやそれが全てじゃないでしょう？」

「私の、価値」

「それに純粋に十年もかけた努力が無駄になるなんてことはありませんよ。剣術は勿論、今日、職人達と話していても、野兎さんはあまり説明を求めなかった。それは野兎さんが知識として知っているからです。土壌や品種改良についても、あの対人恐怖症なエドが饒舌《じょうぜつ》になるくらい、うまく自分の得るべき情報を手に入れていました。あれは……、私にはできませんね、きっと」

最後は少しふざけた様子で肩を竦ませたライネリオは、そっと腕を解きルチアの顔を覗き込んできた。蒼海の眼差しは凪いだ海のように優しい。

「む、無駄、じゃない……？」

「ええ」

真面目な顔で頷いたライネリオに、ルチアは途端に堰《せき》を切ったように涙が止まらなくなった。両手で顔を覆うけれど涙が次々と指の間を伝ってしまう。

「……っふ……っう、あ、……っ」

嗚咽《おえつ》が全く女の子らしくない。ライネリオだって幻滅しているだろう。

もう、見ないで欲しい。最初に馬車に連れ込まれた時のように、端に寄って身体を小さく折り畳もうとすると、腰に何かが触れて一瞬身体が宙に浮いた。

次にルチアが下ろされたのはライネリオの膝の上だった。後頭部に大きな手が回り今度は彼の肩に顔を押しつけられる。密着しているのに色っぽい空気はなく、間に合わず頬を流れた涙の跡を辿るように頬に唇が落ちた。驚いて顔を上げてライネリオを見れば、その表情は優しく、――なぜか、嬉しそうにも見えた。

ルチアは羞恥心も相まって、軽く胸を叩いて抗議する。

「……どうして、嬉しそうなんですか……」

泣いて掠《かす》れた声でそう尋ねれば、ライネリオはルチアの顔を覗き込んできた。

「どうして、ですか？　それはもう……誰にも打ち明けたことのない、意地っ張りな野兎さんの本音を一番先に聞けたから……でしょうか」

よく分からない、と顔に書いてあるようなルチアに、ライネリオはくすりと笑い、頭のてっぺんに頬をすり寄せた。

「私は自分で思うよりも、独占欲が強かったみたいです」

「独占欲って」

……つまりはルチアの身体だけではなく、その中身……正確に言えば、悩みすら最初に聞きたいということだろうか。確かに独占欲が強いとも言えるかもしれないが、深追いするとヤンデ……いや、何か恐ろしいものが出てきそうな感情であるような。

（ううん。違うってば……だけど、ただの『恋人役』に）

そんなことを思うのは普通なのだろうか。それともライネリオはまた自分を揶揄って、遊んでいるのだろうか。

呆れながらも言葉にはできず、溜息をつくと、胸の一番奥にずっと居座っていた、息苦しく重たい感情が、随分軽くなっていることに気がついた。

（全部、吐き出したから？）

不満も鬱憤も心細さも、ずっと言いたくて我慢していたことを全て吐き出して——すっきりしたのだろう。

ライネリオは最初からそれを狙って、結婚という名の身売りだとか、父が婿入りを強要しているのか、などとわざと厳しい言葉を使ったに違いない。ちらりとライネリオを見れば、どうかしましたか？　とばかりに、どんな時でも美しい顔に微笑みが浮かんだ。途端、背中に回った手も、ぴったりとくっついた厚い胸板も、甘くて重たい香りも今更ながら意識してしまう。

感謝しなければならないのだが……この体勢はいただけない。恥ずかしすぎるし、何より馬車のすぐ側を護衛が併走しているのである。

（ベックさんにでも見られたら、絶対ニヤニヤされる……）

いかにもやりそうだと、ゾッとしてから、ふと思い出した。そういえば護衛が本当に第三隊の騎士なのか、ライネリオに尋ねようと思っていたのだ。

「あの、ライネ……」

外からコンコンと窓が叩かれ、ルチアはビクッと身体を震わせた。さすがのライネリオも気の毒に思ってくれたらしく、回した手から力を抜く。慌てて抜け出して、ルチアは元の場所に戻った。

「素早いですね」と笑いながらライネリオがカーテンを開けた。そして併走していた護衛の表情を見ただけで何が起こったのか、把握したらしい。蒼海の瞳を鋭くさせたかと思うと、口早に指示を出した。

「森に入る手前にある、見通しのいいところで馬車を止めてください。カミロ副隊長にも合図を」

（……カミロ副隊長に、合図……？　近くに来てるってことよね？）

肌が粟立つような緊張感にルチアは息を詰める。きっと刺客が現れたのだ。

街歩きした時も、ルチアが暴漢の姿を見ることはなかったし、それ以来特に騒ぎも起こらなかったので、なんだかんだと平和ボケしていたのだろう。領地の見学にばかり頭がいっていて、刺客のことなど、すっかり頭の隅に追いやっていた。

確かに郊外へ恋人を伴っての視察なんて、彼らにとってはいいチャンスだ。人目もなく、また森も近い為に逃げやすい。

「もう少ししたら馬車を停めます。窓も扉も鍵を閉めて、決して出てこないでくださいね」

予想していたのだろう。表情は厳しいながらも素早く指示を送ると、しっかりと窓を閉め、ルチアに視線を向けた。

ルチアは気を引き締めてしっかりと頷く。そもそも自分が『恋人役』に選ばれた理由は、このような状況で騒いだり慌てたりしないからだ。

ライネリオの言葉通り、馬車は次第に速度を緩め、車輪を止めた。カーテンを少し押し上げ、外を窺っていたライネリオは、ふっと息を吐いて馬車の扉に手をかけた。

「――気をつけてくださいね……っ」

思わず声をかけたルチアは、集中を途切れさせてしまったかと後悔する。しかし振り向いたライネリオは、いつもと同じ穏やかな笑みを浮かべていた。

「勿論です」

小さく笑ってルチアにそう言い残し、馬車から降りていった。ライネリオに言われた通り、急いで中から扉の鍵をしっかりとかけた。

それからにわかに外が騒がしくなって——一際、鬨《とき》の声のような大きな怒声が響いた。

ルチアは強張った身体を叱咤《しった》して、そっとカーテンを少し開けて外を覗き見た。上がる土埃に目を凝らせば、至るところで打ち合っているのが分かる。

一番手前にいるのはベックで、鍛錬の時とは人が変わったかのように雰囲気が違った。真剣が重なり合う音は高く澄んで、扉越しでもルチアの耳に届く。どちらもよく手入れされている音なのだが、むしろベックが乱暴に思えるほど、刺客の太刀筋はとても綺麗だった。

(……園遊会で見た暴漢とは全然違う……)

しかも明らかに刺客の方が数が多い。こちらの護衛一人に対して二人が相手をしている状況で、混戦状態になってもうまく統率が取れている。

傭兵めいた個人技ではなく、軍隊の……騎士隊の訓練で見たような、統率された動きであることに、ルチアは違和感と不安を覚えた。

(加勢したいけれど、……足手纏いにしかならないわ)

ルチアは冷静に判断して唇を噛み締めてから深呼吸し、気持ちを落ち着かせた。

そして音を立てないように静かに反対側に回って、再び外を見る。

(……ライネリオ様は……どこ？　……いた！)

艶やかな黒髪を靡かせて、刺客三人と戦うライネリオを発見する。相変わらず動きに無駄のないライネリオの剣技は静かで、土埃すら上がっていない。音もなく呑み込む波のようだ。影を長く残して沈んでいく太陽の最後の光を、剣の刃が受け止め流線を描く。一人、二人と確実に仕留めていったライネリオは最後に残った男の足を払うと、喉元に剣を突きつけた。

（やった……！）

そのまま話し込んでいるようにお互いの動きが止まり、時間が流れていく。当然ながら馬車の中にまで会話が聞こえるはずもない。しかしいつの間にか、周囲も最初の騒がしさからは随分落ち着いていることに気づいた。

（終わった、のかな……）

そっと胸を撫で下ろしたその時、馬の驚いたような短い嘶《いなな》きが響いた。突然ルチアが乗っている馬車が、がくんっと上下に大きく揺れて動き出す。

予想もしていなかったルチアの身体が、ドンと壁に叩きつけられた。

「……っ」

驚いたのは一瞬。ルチアは素早く馬車の座面に手をかけ、向かいの席に移動し、御者台を覗けるように作られた小窓を勢いよく開いた。

そこには今まで操ってくれていた御者とは違う黒ずくめの男が二人。一人は弓を抱えて後ろを気にして中腰になっており、もう一人は手綱を激しく上下に振っていた。悲鳴のような馬の嘶きと軋《きし》むように回転する車輪の音に、ルチアの小さな悲鳴がかき消される。間違いなく刺客である。

（馬車ごと攫われてる！）

そう確信して、ルチアは椅子の座面にしがみつきながら、唇を噛み締めた。

（駄目。人質にされたら足手纏いになる。まだ本格的にスピードに乗っていない今なら……！）

ルチアは揺れる馬車の中で必死に手を伸ばし、指先で扉の鍵を跳ね上げた。途端、扉は風で勢いよく開き、蝶番《ちょうつがい》が今にも壊れそうにガチャガチャと騒ぎ始める。扉の向こうの景色は勢いよく後ろへと流れていて、ぼんやりとした森の輪郭だけが見えていた。すっかり日も落ち、不運なことに月すら出ていない。地面と空との境界線も分からなかった。

開いた扉の端に手をかけて、ルチアは息を呑む。凶暴なほど大きい風の音が恐怖心を煽り、目を眇めてようやく見えた地面は固く乾いていた。激しく回転する車輪の音が軋んで、今にも外れてしまいそうだ。

ぞく、と肌が粟立ち、恐怖に足が竦んだ。飛び出そうとした気持ちは勢いを失い、馬車の縁からはみ出したつま先を異様に冷たく感じた。

（早く、早く、降りなきゃ……！）

ライネリオの足手纏いになんかなりたくない。

「……は……」

心臓がすごい速さで早鐘を打ち、身体は冷えているのに、目の奥が熱い。

荒い息のまま馬車の壁にしがみつき、ぎゅっと瞼を閉じかけたその時、――誰かに、名前を呼ばれた気がした。

「……？」

もうすっかり聞き馴染んだ声に、扉の縁をしっかり摑んで顔を出せば、暗闇の中、単騎で駆けてくるライネリオの姿が見えた。

「ルチア！」

一瞬、音が消えた。あれだけうるさかった風の音も、車輪の音も、蝶番の音も、もう何も聞こえなかった。

「こちらに飛び降りてください！　大丈夫！　必ず受け止めます！」

ライネリオの声だけが鼓膜に残り、ルチアは反射的に足に力を込めて、馬車の外へ身を躍らせた。

「……っ！」

ライネリオの胸をめがけて飛び込めば、鈍い衝撃の後、背中に回った腕がルチアの身体をしっかりと抱き留めた。土埃とすっかり嗅ぎ馴れてしまったライネリオの香りに、ルチアはしがみつく。

駆けていた馬の速度はゆっくりと落ちていき、止まる。落ち着いた景色にようやく呼吸ができた気がした。

「ルチア、大丈夫ですか⁉」

「ラ、ライネリオ様……だ、大丈夫です……っ」

大きく荒らげたライネリオの声をルチアは初めて聞いた。そんな場合でもないのに、少し驚いて心持ち冷静さを取り戻したルチアは、喘《あえ》ぐようにそう答えた。

ぴったりとくっつきながらも上半身を動かして、ルチアの身体を見回すライネリオは、きっとルチアの言葉が本当なのか確認しているのだろう。その顔色は酷く険しく——青白い。本当に心配してくれたのだと分かった。いや、わざわざ単騎で追いかけてきてくれたのだから、心配しなかったわけがない。

ルチアはライネリオの背中に手を回す。今更手が震え出して、自分に呆れてしまう。

「——よかった。もう大丈夫、大丈夫ですよ。ルチア」

大きな手で背中を優しく撫でられ、強張った身体から力が抜けていく。

「一旦、降ろします。怪我がないか確かめましょう」

もっと側でライネリオの鼓動を聞いて安心したい、離れがたい——そんな気持ちがルチアの動きを緩慢にさせた。気づいたライネリオが、一度体勢を整え直そうとしたのか、手を伸ばしたその時、突然、馬の手綱ごと身体を捻った。

馬の嘶きと共にシュッと風を引き裂く音が、ルチアの耳のすぐ近くで聞こえた。それから、ゾクッとするような肉を叩くような微かな音も。一瞬、ライネリオの身体が強張ったことに気づいたのは、ぴったりとくっついていたからだろう。

振り向けば、遠ざかっていく馬車の御者台に乗っていた男が、銀の弓を構えているのが見えた。おそらくルチアの誘拐は諦めて、そのまま逃げようとしているのだろう。弓を放ったのは意趣返しだったのかもしれない。すぐに引っ込んだ身体と共に、馬車は暗闇の中へ消えていく。

「ライネリオ様っ、今、弓が」

矢を放たれたのだと気づいたルチアが、ライネリオから身体を離す。ライネリオの左腕に深々と長い矢が刺さっているのを見つけて、小さく悲鳴を上げた。

「っライネリオ様！」

「――大丈夫。筋は痛めていないようです」

短く返事をしたライネリオは、ルチアを抱いたまま、僅かに目を細めて矢を抜き取ると、鏃《やじり》部分だけを折り、ポケットにしまい込んだ。そして衣装の飾りリボンを無造作に引き千切り、片手で器用に傷口を押さえるように結んだ。

淡い色のジャケットにじわじわと滲んでいく赤は、痛々しく恐ろしい。

直前に身体を捻ったことを考えれば、ライネリオがルチアを庇ったことは明白だった。

「……っすみませ……っ」

ルチアはライネリオから身体を離し、少しでも負担を減らそうと、返事を聞くよりも先に馬から飛び降りた。ルチアの突然の行動に反応したライネリオも、追いかけるように馬から降りる。左手は下ろしたまま、改めてルチアを頭のてっぺんから足元に至るまで慎重に見回し、そして――。

「ルチア、怪我はありませんか」

問われた言葉に、ルチアは取り乱した。

「っあるわけないです！　むしろ自分のことを心配してください！」

怒鳴ったルチアは、その場で屈み込み、ライネリオの腕の傷口を確かめようとする。同じタイミングで、後ろからいくつもの馬の蹄《ひづめ》の音が聞こえてきた。一瞬身を強張らせたルチアだったが、先頭にベックを見つけて力を抜いた。ベックも無事だったルチアを認めると、ほっとしたように表情を緩め、あっという間に二人のもとまで来て、馬から飛び降りた。

「ルチア様、無事でよかった」

「私は大丈夫です！　それよりライネリオ様が」

ルチアの言葉に「隊長……？」と訝《いぶか》しげにライネリオを見たベックだったが、ライネリオの負傷した腕は陰になって見えなかったらしい。ライネリオがいつもの口調で「それよりも報告を」と促すと、若干納得のいかない顔をしつつ状況を説明した。

合計十四名の刺客を拘束したこと、死者はおらず命に関わらない重傷の騎士が数人。周囲も探索中であること。そして付け足すようにして、馬車が消えていった方向を流し見た。

「逃げた馬車ですが、こちらからも数名追いかけさせましょうか？」

「いいえ。この先は崖です。おそらく地理に詳しくない者なのでしょう。拘束部隊は東に待機させていますね？」

「はい」

「なら追わなくて結構。確保した第一隊の騎士を運んでいる間は、薬を飲ませて意識を落としておいてください。くれぐれも自害と、彼らを口封じする刺客には注意するように」

ライネリオはそう命令する。どうやら刺客達が逃げることも予想の範囲内だったらしい。

（……本当に、大丈夫なの？）

ルチアは普段と変わらないライネリオの様子を注意深く窺う。ライネリオの言う通り、危ないところは避けていたとしても、処置は早いに越したことはない。ましてやライネリオは第三隊の騎士隊長という司令塔である。一刻も早い処置をするべきだとルチアは唇を噛む。それなのに。

ピリピリとした空気が未だ続いている上に、ライネリオの指示は明瞭ながら早口でルチアは言葉を挟むタイミングも見つからない。そんなライネリオを注意深く観察していたからか——彼の姿にルチアは小さな違和感を覚えた。心なしか先ほどより顔色が悪くなっているように見えるのは、気のせいだろうか。

「副団長のイルゼ卿に早馬を。それと予備の馬車は、……ああ、来ましたね」

そこまで言って後方を見やり、重傷者と共にルチアも乗るように、と指示し、少し億劫《おっくう》そうに汗で張りついた前髪を乱暴に掻き上げた。汗が端整な顔立ちを辿るように落ちていく。

「ライネリオ様……？」

不安になって呼びかければ、揺れた蒼海はルチアを捉えたままゆっくりと閉ざされていく。

倒れてきた身体を支えきれず、ルチアは咄嗟にライネリオの頭を抱えてそのまま後ろに倒れた。

強《したた》かに打った腰の痛みよりも、腕の中にいるライネリオの色を失った顔に、ぞっとした。驚いたように護衛達が二人を囲む。

「ライネリオ様……ライネリオ様⁉」

呼びかけても、常だった甘い声は返ってこない。蒼海の瞳は固く閉ざされていて、睫毛すら微動だにしなかった。

「……っライネリオ様！」

完全に色を失った顔は生気もなく、精巧な人形のようで、ルチアは込み上げた恐怖に悲鳴すら吐き出すことができなかった。

六、ライネリオの真実

ライネリオが倒れた後――幸運なことにすぐに合流したカミロの案内によって、一団は王都よりも近いミラー家の別邸に取って返すこととなった。

元々今回の視察は、襲撃される可能性が高いと踏んでいたらしく、護衛が負傷する可能性を考え、屋敷には医師が待機していた。その準備のよさに、さすがライネリオだと――いつもなら感心したかもしれない。けれど、顔色を失ったまま騎士に運ばれていくライネリオを前に、そんなことを思う心の余裕はなかった。

屋敷に担架で運び込まれた時から、付き添っていた医師の診断の結果、本人が言っていた通り、傷口は浅く、筋肉や筋には影響がないとのことだったが、面倒なことに鏃に毒が塗られていた。

予感はあったのだろう、ライネリオが自ら行った適切な応急処置のおかげで、幸い毒は手遅れになるほど身体に入り込まず、命に別状はないらしい。毒矢を受けても冷静に自分で対処した彼は、一体いくつの修羅場を潜り抜けてきたのだろうか。

ルチアは邪魔にならないように部屋の壁際に立ち、息を潜めて処置を見守っていた。両手をきつく握り締めて、寝台に横たわるライネリオの真っ白な横顔をじっと見つめる。

医師はライネリオが持ち帰った鏃から毒を特定し、すぐに血清を打った。二十四時間は毒に対抗する為に高い熱を出すということ、敢えて解熱剤は出さないということを医師は説明し、あとは安静にするようにと、いくつかの注意事項も付け加えた。

こまめに汗を拭くことと、熱が上がりすぎないように適度に冷やすこと、水を飲ませること。ルチアは医師の言葉を、一言一句聞き逃さないように耳を澄ませる。

遠目から見ても、ライネリオの顔色はやはりまだ戻らない。命に別条はないと聞いたにもかかわらず、一瞬でも目を離したら、そのまま息をしなくなってしまうのでは、と恐ろしくなってしまう。ルチアはずっと、胃の中のものが喉元までせり上がってくるような気持ち悪さが収まらない。両足に力を込めていないと、自己嫌悪に押し潰されてしまいそうだった。

――例えばあの時、ルチアが馬上でライネリオにしがみついていなければ。あるいはさっさと馬から降りていれば、ライネリオは矢を受けることはなかったのではないだろうか。

今更そんなどうしようもない後悔ばかりが、ルチアの頭の中をぐるぐる回っている。カミロやベックにもライネリオが矢傷を受けたのは自分のせいだと伝えたのだが、二人とも困ったような顔をして「ルチア嬢は悪くない」と逆に労われ――ルチアはもう泣きたくなった。いっそ、お前のせいだと責めて欲しかったのに。

それどころかルチアに怪我はないかと聞き返されて、首を振る。ベックは心配そうにしつつも、他にも出た怪我人の処置の為に「もし痛みが出たら声をかけてください」と言い置き、医師を連れて部屋から出ていった。

ライネリオとカミロとルチア。三人だけになった部屋に、ライネリオの呼吸音が、微かに響く。

重苦しい空気が漂う中で、カミロはルチアに声をかけた。

「聞いた通りライネリオ隊長は大丈夫だから、ルチア嬢も部屋で休んで」

無事だったとはいえ、刺客に襲われ、誘拐までされそうになったルチアを、気遣ってくれたのだろう。しかしルチアは首を振った。

「あの……私、ここにいて、看病してもいいですか」

「え？　でもルチア嬢も疲れたでしょ」

ルチアはカミロの顔を見ないまま、お願いします、と繰り返す。

このまま部屋に戻ったとしても、ライネリオが気になって一睡もできないだろう。それなら少しでもライネリオの側にいたい。幸い医師から聞いた看病ならルチアにだってできる。

「様子がおかしかったら、すぐお医者様を呼びますし、額を冷やして汗を拭いて水を飲ませるだけなら、私にもできますから。お願いします」

今度こそしっかり深く頭を下げたルチアに、カミロは乱暴に頬を掻いた。しかし一向に元の位置に戻らないルチアの旋毛《つむじ》を見下ろすと、苦笑して根負けしたような溜息をついた。

「……分かった。じゃ、隊長のことよろしくね」

「っ有難うございます！」

ルチアはようやくライネリオの枕元に転がるように駆け寄った。少し顔色が赤みがかってきたように見えるのは、おそらく医師の見立て通り、熱が出てきたのだろう。

小さく身体を震わせたライネリオに、ルチアは足元の毛布を手に取る。処置の為に剝き出しだった肩に、傷口に当たらないように慎重に被せた。

ついでに汗で額に張りついたライネリオの髪をそっと指先で払う。指に触れた肌の熱さにきゅっと目の奥が熱くなり、ぎゅっと奥歯を嚙み締めた。用意していた布をきつく絞り額に乗せる。

冷たい感触が気持ちよかったのか、眉間に寄っていた皺が緩まり表情も柔らかくなる。ライネリオの呼吸音が穏やかになったのを見届けてから、ルチアはライネリオ越しにカミロを見た。

カミロの騎士服は薄汚れていて、満身創痍《まんしんそうい》といった感じだったが、先ほどまでのぴりりとした緊張感はすでに抜けている。ルチアもきっとそうだろう。お互い落ち着きを取り戻していた。

（……恋人役を引き受けた以上、私にだって事情を聞く権利はあるはず。……詮索しない、なんて契約条件にはなかったもの）

そうなれば気になることは、たくさん出てくる。

結局タイミングを計ったかのような襲撃のせいで、尋ねることができなかった公爵家の護衛のこと。そしてライネリオが意識を失う直前に口にした「副団長のイルゼ卿に早馬を」の一言。ルチアの記憶が正しければ、イルゼ卿は最近力を持ち始めた新興貴族であり、王立騎士団の現副団長だったはずだ。

「カミロ副隊長、今回の襲撃のことなんですけど」

それだけでルチアの質問が分かったらしい。カミロはライネリオからルチアへと視線を流すと、こくりと頷いた。

「ルチア嬢、聞きたいことがあるならなんでも答えるよ。随分迷惑をかけちゃったし。もしかしたらライネリオ隊長自身が言いたいかな、とは思うけど、この人自分のことだと、面倒な話とか省くトコあって、信用できないから俺で勘弁してね。っていうか、ヘマして眠ってるし、文句言えた義理もないか」

先ほど同様きつい悪態だったが――それでもその瞳は優しいものだった。カミロは寝台の足元に腰を下ろした。寝台はとても広く、大の男がもう一人乗ってもびくともしない。

「今回の騒動は単純にミラー公爵家の跡目争い……だけじゃないんですよね？」

「……どうしてそう思ったの？」

カミロは少し意地悪く口の端を上げて、そう返す。質問に質問で返すのはマナー違反だ。けれど『知らない方が安全な事実』は確かに存在する。カミロはわざとその辺りを見極める為にルチアにそう投げたのだろう。

「暗殺者にしては随分統率された動きでした。まるで騎士団の練習を見学させてもらった時に見た動きによく似てると思ったんです。だから今回の騒動は騎士団全体が関わっているんじゃないかと」

そして一呼吸置いてルチアは続けた。

「……本当はもっと早くに気づかなくてはいけなかったんです。私やライネリオ様についていた護衛はずっと第三隊の騎士さん達だったのでしょう？　今日のベックさんを見て気づきました。今回の視察は公爵家の私的な業務なのに、騎士団が護衛に入っているなんて、職権乱用になるんじゃないかと思ったんです」

ルチアはミラー領に行く前に、護衛の騎士を見て覚えた違和感の正体はこれなのだと気づく。そう、隊長といえども領地の視察という私用で、国の、ひいては王に所有権がある騎士達を使えるはずがない。

「普段の護衛は、ルチア嬢が顔を合わせたことがない騎士達を選出してたんだ。でも今回は本腰を入れた襲撃が予想されたんで、実力のあるベックさんを投入せざるをえなかったんだよね」

そこまで言って、カミロはくるりと首を回してルチアを見た。

「それにしてもベックさんのことは気づいても、戦闘中の動きなんて普通は分かんないよ。さすがルチア嬢。めちゃくちゃ大正解。公爵家の跡取り問題は勿論だけど、それよりも大きな王立騎士団の内部の問題が絡んでるんだよね。……ルチア嬢、現騎士団総団長のグフマン総帥が、ライネリオ隊長の義母グローリア様の父親だという話は知ってる？」

叔母とお茶会に参加した時、噂話の中に騎士団の話が出てきたことがあった。そう確か、そんな複雑な人間関係によって、ライネリオは騎士団では、それほど位が高くもない第三隊の隊長職に追いやられているという話だった。

ルチアは話半分に聞いていた話を、噂話でしたけれど、と前置きしてから、一つずつ挙げていく。

総団長のグフマン総帥と、副団長のイルゼ卿が対立していることも口に出せば、驚いたように目を丸くしたカミロは「貴族の奥方達の情報網も侮れないなー……」と、頬を掻いていた。

「噂話はほぼ真実。付け加えるなら、グフマン総帥は、騎士団で独裁者のように振る舞っていて、城から予算を横領して私的流用までしてる」

「騎士団総団長なのに……？」

騎士団といえば、ルチアのような若い令嬢だけではなく、一般市民の子供達にも人気の、憧れの職業だ。街の警邏《けいら》もしているので、分かりやすく身近な『正義の味方』だから。

それこそ子供ではないルチアは、皆が皆正義の味方ではないと分かってはいるが、やはり困った時には助けてくれる良いイメージは漠然と持っていた。

なのにその代表である総団長が横領なんて。

ルチアの表情からそんな複雑な心情を悟ったのだろう。カミロがどこか申し訳なさそうな顔をしていることに気づいたルチアは、慌てて首を振り話題を変えた。

「だからさっき、イルゼ卿に連絡を取っていたんですね……ということは最初から、ライネリオ様はイルゼ卿と繋がっていたんですか」

「うん、そう。イルゼ卿は、着任当初からそのことに気づいてたんだけど、証拠がなかなか摑めなくてねぇ……。彼は新興貴族の改革派の実力主義者で、元々貴族主義に凝り固まった騎士団を改革したいと思ってたんだ。その仕上げとして、グフマン総帥を失脚させ、罷免に追い込みたかったんだよね」

随分とスケールの大きな話になってきたことに、ルチアは相槌すら打つことができなかった。騎士団は建国王の時代から存在していて、強大な権力を持っている。間違いなく国を揺るがす大騒動になるだろう。

「折しもライネリオ隊長の暗殺を企てているグローリアは、グフマン総帥の娘だからね。ミラー家が持っている老議会の席の確保の為に、自分の直系にあたる孫のアンヘルをミラー家の当主にしたがっているのは間違いない。これまでのいくつかのライネリオ隊長の暗殺騒動に、彼が関わっている痕跡もあったんだ」

「それでライネリオ様が協力した、ということですか？」

カミロは頷き、話を続けた。

「で、ライネリオ隊長は、イルゼ卿と昔からの知り合いだったこともあって、ミラー家の後継者騒動を、グフマン総帥を団長の椅子から引きずり落とすスキャンダルとして利用することを、自ら持ちかけたんだ」

いつも飄々として人を揶揄ってばかりいたライネリオを思い出す。あの裏で彼はこんな、重大な事件の解決に奔走していたのだろうか。

そして今日襲ってきた刺客は、今までのような、グローリアやアンヘルが手配した人物ではなく、半数以上がグフマン総帥の取り巻きである、貴族派の騎士だった。

ライネリオがルチアを連れて領地に出向いたことで、婚約も間近だと思われたのだろう。それで慌てて刺客を送ってきたらしい。

「幸いなことに、刺客の中にグフマン総帥の腹心と呼ばれる人物がいて、現場で捕らえることができたから、これを理由にグフマン総帥を一定期間拘束することが可能になった。その間に家宅捜索できれば、すでに存在が分かっている横領の証拠も確保できる。はぁ……ほんっと長かった……ようやく肩の荷が下りたって感じ」

カミロは最後に呆れ声でそう零した。

ふっと枕元から上がった小さな呻き声に気づいて、慌てて視線を戻す。また熱が上がったのだろうか。短く何度も吐き出される息が苦しそうだ。

ライネリオの額から半分ほど乾いてしまった布を取り、再び盥に沈める。きつく絞ってまた、そっと額に乗せた。

ほんの少しだけ表情が和らいで、ほっとする。

「ライネリオ隊長の怪我だけはいただけないけど、とりあえず計画は成功。イルゼ卿からも、改めてルチア嬢にお詫びとお礼がしたいと伝言を預かってるよ。……ライネリオ隊長と共に、しばらく静養して欲しいっていうのもね。グフマン総帥もグローリアも拘束されたし、あとは弟のアンヘルだけだけど、なんにもできないお坊ちゃんだから、そのうち、捕まると思う。ルチア嬢ももう安心して過ごしてね」

これ以上の危険はない——カミロにそう断言されて、ルチアは顔を上げた。

全て聞いたルチアの感想はただ一つ。

改めてライネリオの賢さに感心してしまった。

自分の後継問題に副団長のイルゼ卿を巻き込むことで、ライネリオの身は騎士達によって守られ、イルゼ卿は、目の上のたんこぶだったグフマン総帥を追い落とすスキャンダルを手に入れることができる。計算違いがあったとしたら、勝手に首を突っ込んできたルチアの存在だろうか。

結局は護衛の手間を増やし、足手纏いになった上に、こうして怪我までさせてしまった。自分が余計な手出しさえしなければ、ライネリオと関わり合いになることも、なかったかもしれない。

ルチアは言葉が見つからず、ただ俯いて黙り込むと、膝の上で組んだ手を白くなるほど握り締めた。ライネリオの寝顔をじっと見つめているカミロは、そんなルチアの様子に気づかず、おもむろに指先で頬を掻いた。

「……ライネリオ隊長は、きっと否定すると思うんだけど」

先ほどとは違う、少しはっきりしない口調に、ルチアは「教えてください」と即座に返した。彼がこんな風に言い澱《よど》む言葉は、ルチアにとっては、大事な話であることが多い。

上司の『内緒話』にあたるのだろうその話は、やはり言葉にしづらいらしく、カミロはライネリオの寝台を回り込んで、ルチアのほぼ真横に陣取った。内緒話をするように今更声を潜ませる。

「隊長が、イルゼ卿に協力を申し出たのは、自分達、第三隊の騎士の為なんだ」

「……第三隊の……」

ルチアは、ライネリオと新人騎士の会話を思い出す。確かルチアと出逢った園遊会も、彼らのフォローの為に、ライネリオが赴いたのではなかっただろうか。

「実力主義のイルゼ卿が副団長に着任してからは、何度も昇進の話があったのに、一度も受けなかった。それは全部、自分達第三隊の身分の低い騎士達を、横暴な貴族騎士から守る為で……イルゼ卿に賛同し、自分の家の後継問題を持ち込んだのも、そんな騎士団の環境を変える為なんだよね」

少し気の毒そうに浮かべた笑みには、カミロの上司に対する信頼が見えた。

「本当はライネリオ隊長って、爵位も継ぎたいわけじゃないんだよ。ああ見えて超面倒臭がりだし。

だけどそれもきっと慕ってくれている昔からの使用人達や領民のことを捨てられなくて、放り出したりもできない。……見た目に反して義理人情に厚い人なんだ」

肩を竦め、カミロは笑い交じりに言い放った。

確かに近寄りがたいほどの美貌で、表情を消すと冷ややかにさえ見えるライネリオには、『義理人情に厚い』なんて表現は到底似合わない。少し前のルチアなら、きっとありえないと笑い飛ばしただろう。

「……カミロ副隊長は、ライネリオ様のことを、よく分かってるんですね」

少し緩んだ空気の中、ふと浮かんだ気持ちがそのまま言葉に出た。嫉妬めいた感情が僅かに言葉に乗ってしまったことに気づいて、咄嗟に口を覆う。

けれどカミロは気にした様子もなく、あるいはそっとしておいてくれたのか、揶揄うことはしなかった。ただ素直にルチアの言葉に首を上下させる。

「一応この人が隊長になってからの付き合いだから、まぁそこそこね。だからこそ最近の――ルチア嬢に出逢ってからのライネリオ隊長にはびっくりしてるけど。プレイボーイなんて言われてるくせに、肝心な時にポンコツだし、めちゃくちゃ態度に出るし、人間味溢れて面白いのなんのって。そういやライネリオ隊長って自分より年下だったなぁ、なんて思い出したよ。全部ルチア嬢のおかげだと思ってる」

どうして、と尋ねた問いにカミロは答えることなく、言葉を続けた。

「だからこの辺りで、もうライネリオ隊長のお世話は、ルチア嬢に任せたいかも。ね？」

黙ったままのルチアにカミロは優しく微笑む。そして「ルチア嬢の分の毛布を持ってくるね」と言うと、そのまま静かに出ていった。

「……」

誰もいないのをいいことに、ルチアはライネリオに向き直ってそっと頬に触れる。

汗ばんだ肌は熱く、熱はまだまだ上がるのだろうか。

今まで顔色と傷ばかりが気になったが、こうしてよくよく見てみれば至るところに傷痕があった。ルチアだって訓練や、野盗の盗伐に行って怪我を負ったことはある。けれどそれはどれも軽いものので、傷痕なんて何一つ残っていない。

それはやはり自分が領主の娘だから、と守られてきた証であって——ライネリオと置かれた環境の違いを思えば、ぐっ、と喉が引き攣った。

——「……ライネリオ様に、私の気持ちなんて分からないですよ……」

どうしてあんなことを言ってしまったのだろう。

……相手の境遇や想い、立場を分かっていなかったのはルチアの方だ。きっとライネリオは呆れただろうに、言い返すことなく、ただただ優しく抱き締めてくれた。

……優しい人。

ルチアの幼い自分勝手な感情だって、弟に向けた汚い感情すら肯定して慰めてくれた。そしてルチアの、居場所が欲しかったという『本当の願い』まで、気づいてくれた。

心を惑わせる艶やかな微笑み、人の悪い笑顔、そして子供みたいな無垢な表情。照れた時に不器用に逸らされる顔と少し赤い耳。

それら全てを独り占めしたいと心から思う。

（だけど私ははただの『恋人役』で……）

カミロはルチアの恋心を察して、最後にああ言って焚《た》きつけてくれたのだろうか。事件が解決したのならもうルチアなんて必要ない。こうして留まって看病しているのだって、もしかしたら彼にしてみれば、煩わしいことかもしれない。

「――早くよくなりますように」

目が覚めたらきっとルチアとライネリオの恋人関係は終わりを告げるだろう。事件が解決し、後継者問題も決着したのだから『恋人役』はもう不要だ。

関係が絶たれれば、伯爵家といっても田舎令嬢のルチアと王家屈指の公爵家跡取りのライネリオとの間に共通点なんて、何一つない。二度と顔を合わせる機会もないかもしれない。

これが最後になるならせめて、と、ルチアは一晩中ライネリオの傍らに寄り添っていた。

＊

夜明けと共にだんだんライネリオの顔色も表情も落ち着いたものに変わり、ルチアもようやく胸を撫で下ろした。途中から一緒に看病についていてくれた、別邸の責任者であるマチルダ夫人と共に喜び合う。

軽い自己紹介を受け、そういえば昨日工場長と話をしていた時に、ライネリオの乳母として聞いていた名前だと思い出し尋ねれば、やはり本人だった。

知っていてもらえて光栄です、と六十代だという年齢の割に若々しい顔を綻ばせ喜んでくれた。勢いのまま自分がライネリオの看病をすると言ったものの、手際のいい彼女がいなければ服を脱がすことすら難しかったかもしれない。

そして今朝、一晩中奔走していたのだろう、疲労の色を濃くさせたカミロが、医師と共に再びライネリオの部屋を訪ねてきた。

医師はいくつかルチアに質問してから、まだ眠りの淵に落ちたままのライネリオを診察していく。脈を取り心音を聞いてから傷口を見て「さすがライネリオ様。回復が早いですね」と感心した声を漏らし、ルチア達を安堵させた。

てきぱきと包帯を取り替え「もう、目を覚まされると思います。ただ完全に熱が下がるまでは安静に」と言い置いて、慌ただしく医師は退室する。ライネリオが一番重傷だったのは確かだが、他にも経過を見なければならない騎士がいるらしい。一晩中ルチアに付き合い、詰めていたマチルダ夫人も、ルチアとカミロに頭を下げ、一旦退室する。この屋敷の責任者である以上、彼女も外せない仕事が多いのだろう。

医師に椅子を譲る為に立ち上がっていたルチアの隣に、カミロが並ぶ。明らかに顔色がよくなったライネリオの顔を見下ろして、表情を和らげた。

「よかった……」

「ホントにね、さっさと起きて仕事代わって欲しいよ。――あ、ルチア嬢も今度こそ休んで。疲れた顔してるよ」

「そうです、ね……」

ルチアは曖昧に頷く。ライネリオを見下ろせば、確かに医師の言った通り、昨日に比べれば呼吸も深くなり、明らかに回復に向かっている。けれど。

「……もう少しだけ。お願いします。お医者様も、もう少ししたら意識も戻るって仰っていたし……お昼までに目を覚まさなかったら、一度部屋で休みますから」

ルチアにもカミロを困らせている自覚はあった。実態はどうあれ自分は伯爵令嬢だ。途中で倒れるようなことがあれば、それこそ今現在責任者である彼が、責められることになるだろう。

けれどルチアは、ライネリオの意識が戻った時に、どうしても側にいたかった。

食い下がるルチアに、カミロは眉間に皺を寄せて唸った後、部屋の時計を仰ぎ見て、独りごちる。

「客室に押し込んでもすぐ戻ってきそうだしなぁ……」

溜息をつくと、くるりと身体を返し、ルチアを見た。

「最後の延長だからね？　――あ、そうだ。その間にルチア嬢の叔母様に手紙でも書かない？」

「あ……」

言われて初めて気づいたルチアは口を覆う。

ミラー家領地の視察は日帰りになる予定だったし、当然叔母にもそう伝えている。

ライネリオが一緒だとしても、危険があるからと後見人の男爵家ごと護衛をしてもらっている状況である。事故や事件が起こったのかもしれないと、不安にさせてしまっているかもしれない。

（どうしよう……私、自分のことばかりで……）

さっと顔色を変えたルチアに、カミロは「心配ないから」と軽く胸を張った。

「一応もしもの時の指示は、ライネリオ隊長から前もってもらってたんだ。だから馬車の車輪が外れちゃって、ルチア嬢を庇ったライネリオ隊長が怪我をしたってことで、すでに連絡がいってる。でもきっと叔母様は心配してるだろうし、直筆の手紙を見たら安心するんじゃないかな。王都に戻るここのメイドに届けてくれるように頼んであげるよ」

「……！　そうなんですか……？」

ライネリオとカミロのフォローの手厚さに、ルチアは複雑な気持ちになる。彼らは一体いくつの結果を予想して、計画を立てたのだろうか。

少ししてから部屋に入ってきたメイドは、ルチアの軽食と共に便箋を持ってきてくれた。出発は手紙が書き上がり次第――というので、ルチアはスープだけいただき、早々に朝食を終える。カミロも一人だと味気ないと思ったのか、同じテーブルで食事を取ってくれた。そして「お昼までですよ！」としっかり念を押して部屋から出ていった。

おそらくそれ以降は、ルチアがどれだけ食い下がっても、部屋に閉じ込められるだろう。

苦笑してカミロを見送り、さっそく用意してもらったペンを手に取る。

時候の挨拶や定型文などは無視し、簡潔に自分は無事であることと、しばらくライネリオの看病をしたいのでここに滞在する、としたため、きっちりと封をした。

ライネリオが自分を庇ったことは伝わっているらしいので、いい顔はされないだろうが、許してくれるだろう。叔母は義理堅い性格をしているし、ライネリオのことをとても気に入っている。

「じゃあ、この手紙を叔母様――ブルクハウス家へお願いします」

「はい！　お任せください！」

ルチアが封をした手紙を差し出せば、ルチアより三、四つ幼いそばかすの可愛い少女はしっかりと頷き、部屋から出ていった。

(戻ったら叔母様にもちゃんと、謝らないと……)

ここのところ心労をかけてばかりだ。

ルチアは気の強い叔母の顔を思い浮かべてから、再び枕元の椅子に陣取った。

*

――頬に触れた何かが遠ざかっていく。

温かなその感触が名残惜しくて、ルチアは追いかけるようにふと目を覚ました。

慌てて顔を上げれば、窓から見える太陽は西に傾こうとしている。

ライネリオが眩しいかもしれない、とぼんやりした頭で思いついたルチアが、立ち上がろうとすると、肩から何かが滑り落ちた。絨毯につく寸前で咄嗟に掴む。

(毛布……？)

一体誰が、と思うよりも先に、視線を感じた。ぱっと顔を上げると蒼海の瞳と目が合い、驚きに目を見開いたルチアの顔を映すと、柔らかく細まった。

「起こしてしまいましたね」

寝起きの掠れた声。ライネリオの顔は、ややややつれてはいたが、柔和な笑みが浮かんでいた。

「ライ……っ」

呼びかけた声は込み上げた嗚咽に溶ける。思わず伸ばしかけた手を、ルチアがはっとして引っ込めるよりも先に、ライネリオが怪我をしていない方の手で掴んだ。そのまま撫で下ろして指が絡まる。ぎゅっと握られた手は、熱すぎず冷たすぎず、温かい。

ルチアもその存在を確かめるように、そっと手に力を込めた。緩んだ涙腺を止めるべく、一旦ぎゅっと目を瞑ってから、ゆっくりと口を開いた。

「……目が覚めてよかったです。どこか痛いところはありませんか？　……あ……もしかして毛布をかけてくれたの……っ」

最初こそ静かに話し出したルチアだが、途中でライネリオがもっと前から意識が戻っていたのだと気づき、恥ずかしくなる。看病をしていたはずなのに、眠り込んでしまった上に気を遣われるなんて情けない。

「……少し手を貸してくださいね」

俯いて黙り込んでしまったルチアに、ライネリオは怪我をした方とは反対方向に少し身体を傾けた。そのまま起き上がろうとする動きに、ルチアは背中を支えて介助し、クッションを背中に当てる。

昨日までの、近づいただけで感じる熱気はなく、ほっとしたけれど、至近距離で様子を窺えば、やはり毒の影響か顔色が悪いのが気になった。

「お医者様とカミロ副隊長を呼んできますね」

そう言って立ち上がろうとしたルチアだったが、摑まれたままだったライネリオの手がそれを押し留めた。他にも頼みごとがあるのだろうか、とライネリオを見れば、彼は少し乾いてかさついた唇を開いた。

「……申し訳ありませんでした」

静かな部屋に響いた突然の謝罪に、ルチアは動きを止める。

「……え？　いえっ、むしろ私が謝らなきゃ……私が、あの時、ライネリオ様にしがみつかずにさっさと馬から降りていたら」

ルチアの言葉が意外だったのだろう。ライネリオは少し驚いたように目を瞠り、首を振った。

「あの状況でそんな判断は誰にもできませんよ。元々刺客の一番の目的は私でしたから結果は一緒です」

「でも……」

「聞いてください。そもそも今回の視察は、潜り込ませた間諜《かんちょう》から、襲撃されると伝えられていたのです。動員された人数や力量を考え、貴女の身の安全を確保するなら視察は中止にするべきだった」

ライネリオの告白にルチアは目を瞬かせる。前半はすでにカミロから聞いていた話なので、新しい驚きはない。しかし。

「……危険なのは、『恋人役』を引き受けた時に聞いていましたよ?」

そう、だからこそ領地の支援の約束までしてくれたのだ。ライネリオがなぜ今更そこまで気にしているのか分からず、ルチアは眉間に皺を寄せた。むしろ謝るなら、やはり足を引っ張ってしまったルチアの方だ。

ライネリオは一旦言葉に迷うように口を閉じてから、視線を傍らに向け、ぽん、と自分の横のシーツを叩いた。

「ここに座ってください」

「え……?」

戸惑って動かないルチアに焦《じ》れたのか、ライネリオは斜めに座ってルチアの手を引き、自分の足の間にルチアを座らせた。腰に手を回し、引き寄せたかと思うと、背中から覆い被さるようにルチアを抱き締めた。

「ライネリオ様……?」

すり、と甘えるように頭のてっぺんに顎を置かれる。ルチアは上を向こうとしたが、またそれも以前と同じように、緩く頭を振られて拒否された。

ルチアのお腹に両手が回り、少し早い鼓動が背中越しに聞こえてくる。

「野兎さんと過ごすのが楽しくて離れがたくて——少しでも一緒にいたくて、迷いつつも、領地の

同行を提案しました。けれどだんだん貴女を危険に晒すのが不安になって、計画の変更を申し出ましたが――元々私が言い出した話です。副団長のイルゼ卿に、もう計画の変更はできない、と言われて決行日を迎え――ならせめて、今回の襲撃のことはきちんと野兎さんに話しておくべきでした。でも話せば……怖がって『恋人役』を降りられてしまうのでは、と考えてしまったんです」

「一度約束したんですから、そんな簡単に反故《ほご》にしませんよ」

「ええ。貴女はそういう人でしょう。信じきれなかったのは、貴女と過ごしているうちに、だんだん憶病になっていった私の恋心のせいだ」

淡々と続けられた言葉に、ルチアは一瞬固まる。……『恋心』？　誰が誰に？

「いや、待って。今、なんか空耳が聞こえ……」

「……駄目ですよ。誤魔化さないでルチア、私は貴女が好きなんです。愛している」

耳元で囁かれた告白はそのままルチアの鼓膜を通り抜け、直接脳に届いたらしい。

（……好き……？　ライネリオ様が私を？）

丘の上で交わしたキスを思い出して、胸が熱くなって視界が緩んだ。自分だけがライネリオを意識していたわけではなかったことにほっとしたのかもしれない。安堵とときめきと、不安。ルチアは、本人が申告するよりも先にライネリオが女好きでもプレイボーイでもないことを知っていた。真摯で気遣い屋で時々不器用で可愛くて。そんな人からキスされて……分不相応だと思いつつも、心のどこかで期待していた。だからこんなに嬉しいのだ。

けれどすぐにどろりとした不安が溢れてくる。家格も自分自身の価値だって釣り合うところなんてない。ルチアはしどろもどろに、ようやく言葉を絞り出した。

「……なんで私なんか」

身体が先に動くような子供で、そもそも女性らしくもない。顔は母親のおかげでそれなりかもしれないが、ライネリオに比べたら国宝級の蝶と蟻《あり》である。その上、礼儀作法も刺繍も女性らしいことはおおむね苦手だし、剣が唯一の取り柄だというお転婆で、貧乏伯爵家の娘だ。そんなことはライネリオが一番知っているはずなのに。

小さな声でそう言えば、いっそう身を屈めたライネリオが首元にすりっと頬を押しつけてきた。

「昨日も言いましたよね？　貴女は自己肯定感が低すぎます。私の好きな人を貶《おとし》めないでください。――今思えば一目惚れだったんでしょうね。最初に暴漢に襲われた時に、まっすぐ私を見たでしょう？　その瞳が生命力に溢れていて、撃ち抜かれたように感じたのです。それからずっと目が離せなくなって」

「……え？」

ルチアは、一瞬固まる。それは確実にライネリオに剣先を向けた時のことではないだろうか。あの時の自分がライネリオに向けた目なんて、必死だったことしか覚えていないし、ましてや一般的に惚れられるような場面ではない。

納得いかないまま、首を傾げていると、ライネリオはルチアの心の中などお見通しだったらしく、「それだけじゃないですよ」と言葉を続けた。

「野兎さんは、自分のことにも他人のことにも、いつも一所懸命で、くるくる表情が変わって、ずっと見ていたいと思うほど愛らしい。あまりにも自分と違って、嬉しくなったり戸惑ったり、一緒にいると楽しくて、自分の立場を忘れるくらいでした」

もうルチアは恥ずかしさに、呻き声のような声しか出なかった。一所懸命なのは、ただルチアが不器用なだけで、どちらかというとライネリオの器用さの方が羨ましいのに。

甘やかな言葉が、ルチアの心の柔らかい場所に染み込む。

（え、あ………こんな、こんな展開は考えてなかった……！）

名前のつかない温かい感情が込み上げてきて、ルチアはお腹に回された手をぎゅうっと握り締めた。すぐに上から大きな節ばった硬い手が重なる。硬い皮膚も、膨らんだまま固まったマメも努力の証。人間味が溢れ、温かなライネリオの体温に親近感と——それから愛しさが募った。

「野兎さん、私はね。幼い頃から義母に疎まれ、悪意に晒されてきました。生まれ持った身分と、こんな顔ですから……ひっきりなしに人が寄ってきました。色々手痛い経験も痛みも積み重ねて……成人前には、人と深く関わらない方が楽だと思うようになったんです。人を介して、利用して、自分の心は傷つかないように遠くに置いて、そんな自分に擦り寄ってくる人達も似たような人間だ。薄っぺらな人間関係の上澄みだけを浚うように流されてきた人生でした。でも貴女は——ルチアだけは鮮明に眩しく見えた。こちらを見据える目もくるくる変わる表情も全て眩しくて目を離すことすらもったいなくて、ずっと見ていたいと思ったんです」

淡々と話す内容は、想像できないくらい痛い。

ルチアはお腹に回っているライネリオの腕を、そっと撫で続ける。僅かに強張っていた力は抜け、応えるように、そろりとルチアの指をくすぐり返してきた。

「熱で魘《うな》されている間、ずっと過去の夢を見ていました。そんな時に、野兎になったルチアが夢に出てきたんです。光に向かっていくルチアを、なりふり構わずずっとずっと追いかけて、なかなか追いつけなくて……ようやく指先が触れた瞬間、目が覚めた」

ライネリオの固い指がルチアの左の薬指をより分けて持ち上げ、口づけた。

「──現実のルチアは捕まってくれますか？」

蕩けるほど甘やかに口説かれているのに、お腹に回された手には力が籠っていた。……もう、とっくに捕まっているというのに。

お腹の上で組まれた手を、そっと撫でる。

恋人役から恋人に昇格ということなのだろう。ワンシーズンの恋？　社交界ではよくある話だ。ルチアは寂しくなって、でもやっぱり嬉しかった。少しでもライネリオと過ごしたいから。

こくりと頷けば、ライネリオは身体ごと横にずれて首を傾けると、ルチアの顔を覗き込んできた。居心地が悪くなるほど見つめられた後、なぜかじとっとした目で睨まれる。

「……ルチア。貴女、勘違いしているでしょう」

「え？」

「結婚しましょう、ということです」

「？　……はい。……え、……!?　結婚!?」

うっかり頷いてしまった後に、ルチアは叫んだ。

「何言ってるんですか⁉」

婚約を通り越して結婚なんて、ワンシーズンの恋人とは訳が全く違う。一体どういうつもりなのだとライネリオを見れば、少し拗ねたように口角が片方だけ下がった。

「ええ。どうせルチアは、ワンシーズンで逃げるつもりで返事をしたでしょう？　駄目ですよ。もう、逃がしません」

ルチアを責めるように、ライネリオはきゅっと眉間に皺を寄せる。かぷ、と鼻を噛まれてルチアは今度こそ飛び上がった。

「うちは……っ支度金もないし家格も違います……！」

「そんなことでルチアを諦められないし、やりようはいくらでもあるのは、私が生き証人だと思いませんか？」

「……え？　あ……」

確かにライネリオの母親は男爵令嬢だったと聞いている。苦労は大いにあったとは思うが、不可能でないことは確かだった。何よりライネリオの瞳は、春の海のごとく恐ろしいほど輝いていて、不可能なんて藻屑《もくず》にしてしまいそうなほど、自信に溢れていた。

「ルチア」

ライネリオは耳朶に唇を当てると、ルチアの名を呼んだ。そういえば先ほどから『野兎』でも『貴女』でもない。少しの違和感と、それから甘やかなくすぐったいような気持ちをルチアはもう知っている。

けれどあまりにも早い展開に頭がついていかない。

（公爵家の嫁？　リムンス領は？　叔母様にはなんて言う？　お父様には？）

ここは頭を冷やした方がいい。ルチアは一旦思考を放り投げた。勿論嬉しくないわけがない。しかしここで感情に任せて答えるには、問題が大きすぎる。

「とりあえず、離れ……」

「駄目です。逃がさない、と決めましたから。求婚を受け入れてくれるまで追いかけます。存外自分は執念深い性質だったみたいです。新しい発見ですね」

カミロが聞けばおそらく「激重……っ」と顔を引き攣らせただろう。

ぐっと体重をかけられ、いかにも逃がしはしないとばかりに押さえ込まれたルチアは、戸惑ったままライネリオを見上げる。一晩中熱に浮かされていたせいか、いつもとは違うどこか退廃的な色気がルチアに牙を剥いた。過剰供給だ。正しく容量を守って摂取するべきシロモノである。そんな危険物をこれでもかと突きつけられ、ルチアは息も絶え絶えに、とうとう白旗を揚げた。

「……っよ、よろしくお願い……します」

「それは、私と結婚してくれるということですね？」

首筋をなぞっていた唇は、ルチアの火照った頬を辿り、いたずらに耳朶を噛む。

甘い吐息と共に何度も確認されて、ルチアはぶんぶん首を上下に振った。

「そう。嬉しいですよ。……ルチア愛してます」

トドメの甘く蕩けた愛の言葉に、とうとう顔を赤くさせて突っ伏したルチアに、ライネリオはくすくす笑う。駄目押しとばかりに「可愛いですね」と囁かれ、余計に熱くなる顔を自覚して、ルチアはもう涙目だった。

「〰〰〰っ‼　私も、愛して、ますっ！」

悔しまぎれにそう返せば、ライネリオは蕩けそうな笑顔でもう一度同じ言葉を繰り返した。

そして、ルチアの頤《おとがい》を摑むと、優しく唇を啄んだ。絡んだ指先にどちらのものか分からない力が籠もる。

「……！」

甘く、軽く、何度も重なる唇はルチアの不安ごと思考を取り払ってしまう。上顎まで丁寧になぞられて、絡まった舌に、ルチアはピクリと身体を震わせた。ちゅっと音を立てて離れていくライネリオの唇から目が離せず、赤い舌が唇を舐めるその仕草まで見てしまったルチアは、思わず呻いた。

「……や、やら……」

しい、と呟いてしまったのは、最後の抵抗だったのだが、ライネリオはきょとんとした珍しい顔をした後、楽しそうに口の端を吊り上げた。後頭部に手が回り、押し留めようとした両手を片手で悠々と摑んでしまう。今度は深く唇を貪られ、苦しい息が鼻から抜けた。

「ふ、……」

ぞわ、と腰に響くような甘い刺激に、声が漏れる。

「これ以上はまずいですね……」

ふっと離れたライネリオの親指が、ルチアの唇に触れ、半開きだった唇をきゅっと持ち上げられる。

「カミロ副隊長や他の騎士に見せたくないですから、また二人きりの時に続きをしましょうね」

滴るような色気と共に添えられたあからさまなお誘いに、くらくらと目眩《めまい》までしてきた。自分が一体どんな顔をしているのか想像もしたくない。とりあえず尋常ではないほど、身体が熱いのは確かだ。

早く医師とカミロを呼びに行かなければならないのに、顔の赤みがどうにも取れない。

どうにもできずじっとしていると、ライネリオが肩の上に顔を埋めてきた。居心地の良いところを探すように、何度か動物めいた動きをして落ち着き先を定め、きゅうっと抱き締めてくる。

(もう……可愛いからやめて欲しい)

ライネリオはどうやらこんな風に、ルチアを背中から抱き込むのが気に入ったらしい。

そういえば弟のスタークも眠くてむずがる時は、同じように額を擦りつけていたな、と思い出す。

ほわんと思い出せば、いつもどこかに感じていた後ろめたさはない。

「ふふ……ライネリオ様、スタークみたいですよ」

「……弟君、でしたよね?」

ぽそりと尋ねる声に、ルチアは頷いて、後ろ手にライネリオの頭を撫でてみた。少しだけ寝癖のついた髪は柔らかい。

するとライネリオはくぐもった呻き声を上げて、ずるずると身体を倒してきた。もしやまた気分が悪くなったのかとルチアは心配したが、そうではないようで、ぽすんとルチアの腰を抱えたまま寝台に突っ伏した。

「ライネリオ様？」

勿論ルチアもそのまま巻き込まれて、横になってしまったのだが、その顔が見えないのは残念だ。きっと、可愛い顔をしているに違いない。ピンときたルチアが上半身を起こし、うつ伏せになったライネリオの顔を覗き込もうとした時、ノックの音が響いた。

「！」

心臓が痛いくらい跳ねて、ルチアは弾けるように恥ずかしくなって寝台から飛び降りる。するとその慌ただしさが面白かったらしく、ライネリオは俯いたまま「……っ野兎そのものですね……」と、シーツに突っ伏してくぐもった笑いを漏らしていた。

……誰のせいだと物申したいが、今は返事をするのが先だ。

ルチアは乱れてしまった髪を、急いで手櫛《てぐし》で整えて返事をした。入ってきたのはカミロで、その後に二人の騎士が続いた。

「……失礼しまーす。って、ライネリオ隊長！」

「起きてる！」

カミロの叫び声に後ろの騎士が顔を出すと、ぱあっと顔を輝かせた。騎士同士で顔を合わせて大きく頷くと、一人は「隊長の目が覚めたぞーっ！」と叫びながら廊下を駆け抜けていった。おそらく他の騎士に知らせて回るのだろう。

それから数分も経たないうちに、すごい足音がしてたくさんの騎士達が部屋にやってくると、寝台をぐるりと囲んだ。一周では足らず重なって鈴なりになる。

ルチアは早々に、カミロに腕を引かれて壁際に避難済みである。

「目がざめでよがっだぁあ……！　これからまた第二隊の連中に虐められる日々が戻ってくるかと思うと、夜しか眠れませんでしたよ……！」

「も〰〰！　無茶しないでください！　前に顔にちょっと掠り傷がついた程度で、俺ら街のオバチャン達から袋叩きに遭ったのに、矢傷受けるとか俺らが丸焼きにされちまうでしょうが！」

かなり一方的で自己中心的な発言だが、嬉しさと照れくささが混じっているらしく、そのうちの何人かは涙目になっている。皆が皆、あれほどの戦いをこなしていた猛者ばかりだというのに、今はライネリオを前にしてまるで幼い子供のようだ。けれど皆、喜んでいることは間違いない。

（――こんなに慕われてるじゃない）

薄っぺらな人間関係、なんて先ほどのライネリオの言葉を思い出して、ルチアは苦笑する。案外自分自身のことは見えていないということなのかもしれない。ライネリオしかりルチアしかり、きっと。

おそらくルチアは邪魔だろう。こういう男同士の場に異性はいない方がいいこともある。

――それに何より、このふわふわした気持ちをどうにか落ち着かせなければいけない。ライネリオの告白と決意表明、求婚……と今更ながら、考えなければいけないことがもりだくさんだ。一度一人で頭の中を整理したい。

ちょうど水差しの水が少なくなっていることに気づいたルチアは、残りをコップに注ぎきり、空っぽの器を手にして、カミロに「少し出てくる」と声をかける。

医師はとっくにカミロが呼んでいたらしく、もう少ししたら来るとのことだった。

（お水を取りに行くついでに、誰か捕まえてお湯の用意をしてもらおうかしら）

一度マチルダ夫人と協力して上半身のみ汗は拭ったものの、あれだけ汗を掻けば、きっと気持ち悪いはずだ。

ライネリオは騎士達に囲まれていて、その頭のてっぺんすら見ることもできない。けれど言葉数こそ少ないものの返す言葉は、明るい穏やかなものだ。いい年をしたむさくるしい騎士達が集まっているこの部屋には、親しみと信頼と、温かな空気が詰まっていた。

ルチアは音を立てないように、そっと扉を閉めて厨房に向かう。お水くらいならメイドに頼まずともルチアだって取りに行けるだろう。幸いなことに別邸はそれほど大きくもなく、男爵家やルチアの故郷の屋敷とほぼ同じ造りで、厨房はすぐに分かった。

すっかり日の落ちた廊下を進んでいると、前から外出着を纏った少女がやってきた。ルチアを見つけるなり、駆け寄ってくる。

「ルチア様！」

よくよく見れば今朝男爵家への手紙を頼んだメイドだった。髪型が違ったので少し分かりづらかったが、愛嬌のあるそばかすが印象に残っていた。

急いでくれたのだろうか、窓から差し込む夕焼けに晒された表情は、なぜか少し強張っているようにも見えた。

「ルチア様、ブルクハウス男爵夫人からお荷物を預かっているんです」

「叔母様から荷物？」

「はい。まだ荷物は荷馬車に乗ったままなのですが、中身は下着を含んだ着替えだと思います。

……あの、騎士様に検《あらた》められる前にお嬢様が直接確認されますか？」

「え？　ああ！　そうね。有難う」

おそらく、看病すると書いたルチアの為に、預けてくれたのだろう。やはり何日も逗留《とうりゅう》するのなら、サイズの合ったドレスの方が過ごしやすい。

（叔母様、びっくりしただろうなぁ。……でも、荷物を送ってきてくれたってことは、ここに留まって看病するのを認めてくれたってことよね）

案内を頼むと、どこかほっとしたように少女は表情を緩めた。そこで少し違和感を覚える――が、自分に恥を掻かせない為に、こうしてわざわざ駆けてまで探してくれたことを思えば、尋ねることはできなかった。騎士の職務内だと分かってはいても、下着を見られたいわけがない。

「こちらへ――」

厩舎《きゅうしゃ》に向かうと、周囲はしんと静まり返っていた。抱えたままだった水差しに今更気づいて、置いてくればよかったと後悔する。そうすれば下着と着替えのいくつかは、自分でそのまま部屋まで持ち帰ることができただろうに。

（嫌だわ。きっと、浮き足立ってるのね）

自分自身に呆れて溜息をつけば、先導していたメイドがぴくっと肩を震わせた。メイドからすればルチアはあくまで『お客様』なので、不興を買ったと思ったのだろう。ルチアは慌てて「思い出したことがあって」と言い訳を続けたが、メイドの表情は固いままだった。

「ごめんなさい。本当に個人的なことだから、気にしないでね」

繰り返しそう言うと、メイドがこくりと小さく頷いてくれて少しほっとする。到着したばかりなのだろう。未だ開門したままの外門のすぐ近くにあった馬車を指さす。

「こちらになります」

メイドに示された衣装箱は大きく、確かに小柄な方だろう少女が、一人で運べる大きさではない。

……こんなものに詰めるほどドレスなんてあったかしら、と一瞬首を傾げて扉に手を伸ばしたその時、馬車の陰から小柄な白髪交じりの男が飛び出してきた。口に布を当てられ、ふっと意識が遠のく。手にしていた水差しが足元で割れる音が、近いのに遠い。落ちていく意識の中で、メイドが顔を青白くさせて両手で口許を覆っているのが見えた。

「お許しください！　本邸のアンヘル様に、母が人質に取られているのです！」

そうしてルチアが最後に聞いたのは、悲痛に震える声が紡ぐ謝罪の言葉だった。

七、攫われたルチア

「ホントよかったです。もう俺、ライネリオ隊長以外の上司なんて考えられませんからね」

「ライネリオ隊長は第三隊騎士の救世主ですから！」

「――私も貴方達のような部下を持てて幸せ者ですよ」

微笑んでそう返せば、詰め寄っていた騎士の数人が胸を押さえ、ングゥと喉から奇妙な音を鳴らした。

「ッア……今っ恋に落ちた……っ」

「っマジでそーゆうとこォ……俺は小柄な天然小悪魔系女子が好きなんですからぁ！　気軽に修羅の道に引き込まないでくださいよぉ……！」

彼ら恒例の悪ふざけだが、今日は特に振り切れていて、なかなかしつこい。しかしそれだけ心配させてしまった自覚はあるので、ライネリオは苦笑するだけに留め、好きにさせていた。

毒矢など受けたのは久しぶりだったが、鼻に残った苦い香りに、念の為に行った処置が功を奏したらしく、軽い症状で済んだようで、今や倦怠感《けんたいかん》も少ない。

部屋を見回すとルチアの姿がなく、枕元にあった水差しも同様で、コップに注がれた水だけが残っている。おそらく新しく水をもらいに厨房に向かったのだろう。

（自分も疲れているだろうに）

昨夜、何度か意識が浮上することがあり、その度に枕元にはルチアの姿があった。繋がれた手は温かく、優しい声はライネリオの体調を気遣うものばかりで、ルチアには申し訳ないが、ライネリオにとっては苦しいばかりの時間ではなかった。

サイドボードのコップを取ろうとすれば、気づいたカミロが手渡してくれ、唇を濡らしながら、ゆっくりと飲み込む。水差しの替えなんて、部屋にいる騎士にでも頼めば、喜んで引き受けただろうに、ライネリオの意識が戻ったことを喜ぶ彼らに、気を遣ったに違いない。そっと誰にも気づかれずに部屋から出ていったルチアに、申し訳ないと思いつつ、少しだけ安堵した。部下達に心配される上司は、あまり格好良くはないだろうから。見栄っぱりで、プライドばかりが高い。とどのつまり自分はルチアに、これ以上格好悪いところを見せたくないのだ。

（……でもまぁ今更、ですね）

彼女と関わると、いつもの取り繕った自分のままではいられない。なのに彼女を想えば自然と胸が熱くなる。痛み止めが切れ始め、じくじく熱を持つ腕の痛みすら気にならないほどに。

――「〰〰〰っ‼　私も愛してますっ！」

きゅうっと眉尻を下げ、真っ赤な顔でそう言い放ったルチアの表情を思い出して、幸せに浸る。

嫌がっているにもかかわらず囲い込んで捕えた可愛い野兎は、自らライネリオの腕の中に留まることを選んでくれたのだ。

気を抜けば緩んでしまう顔を引き締める。ここ最近、自分を揶揄うことを生き甲斐にしているカミロに気づかれたら、面倒臭いことになるに違いないが、それくらい許容すべきか。

目覚めた時以外は、終始落ち着いていたルチアの態度から察するに、ライネリオが眠っている間に、カミロが騎士団内部、そしてミラー公爵家の事情を説明してくれたのだろう。きっとライネリオに花を持たせてくれるような形で。

落ち着いたら彼にも何か礼をすべきか、と苦笑して視線を向けると、何やら勘違いしたらしく、「痛みますか?」と尋ねてきた。ライネリオが首を振る前に、張りついている騎士達の首根っこを掴む。

「ハイハイ！　とりあえず、一旦離れて離れて！　怪我人なんだからね！」

「ええっもうちょっと……！　ライネリオだいぢょう……！」

少々強引に腰に縋りついていた騎士をカミロが引き剝がすも、また新しい騎士が取って替わる。さすがに怪我をした左手に触れてくることはないが、それ以外の腕や体、足先にびっしりとむさ苦しい男達が全盛期の夏の蟬のように張りついていた。熱が下がったばかりのせいか、かなり息苦しい。

ライネリオが諦めて遠い目をしたその時、「お前ら暑苦しすぎるわ！」とベックが怒鳴り、力任せに彼らの背中のシャツを摑んで投げ飛ばした。さすがに指導役は遠慮がない。そして部屋の隅へと追いやると、パンパンと両手を叩く。おお～と感心していたカミロが、すっきりした寝台に近づいてきた。

「今、医者を呼びに行かせてますけど、身体は大丈夫そうですね」

「ええ、勿論」

疼《うず》くような痛みはあるが、時間が経てば治まるだろう。利き腕でもないので、一週間もあれば通常業務に戻ることができるはずだ。

「それで、ルチア嬢とはうまくいったんですか?」

さもついでのように淡々と尋ねられて、ライネリオは一瞬頷きかけ、固まった。すっと顔を上げてカミロを見れば、わざわざ寝台に肘をついて、ライネリオの顔をニヤニヤしながら見つめている。僅かな表情すら見逃さないとでもいうような、完全に揶揄う顔つきだった。

実はこの場にいる騎士達は、対グフマン総帥の選抜チームのメンバーであるがゆえに、全員がルチアがライネリオの『恋人役』を演じていることを知っていた。そのうちの聡《さと》い者は、器用そうに見えて本命にはとことん不器用な上司の片想いにも気づいていた。先ほどからニヤニヤ笑っているベックなんかはその筆頭である。だからこそカミロは敢えて今、そう尋ねたのだが、聡くなかった者……特に独身の騎士達はカミロの問いに「は?」と真顔になった。

業務が厳しく多忙であり、任務中、つまり警邏中の私語は厳禁。かつ出逢いも少ない。となると第三隊騎士達に女っ気などあるわけもなく。ゆえに伯爵令嬢という身分で、美人であるにもかかわらず、顔を合わせれば明るく挨拶し、差し入れまでしてくれるルチアは、密かに彼らの間で人気者だった。

ルチアが第三隊の敷地にやってきた日も、その日の夕方の食堂は彼女の話で大盛り上がりで、新人達の鍛錬にも交じったという肝の太さに感心し、親近感も抱いていた。

ある意味、ルチアの当初の思惑通り、ライネリオの『恋人役』が終わったら「声をかけてみようかなぁ」なんて思っていた騎士も少なからず存在していたのである。

「ちょおおおっと待った！　『恋人役』じゃなかったんですか……っ!?」

この場にいる中で一番若い騎士が、カミロの背中越しにそう叫んだ。そう、彼は以前ルチアに差し入れのクッキーをもらい、毎日一枚ずつ大事に食べていた純真な騎士である。

ライネリオは子犬のようなウルウルした瞳を向けられ、小さく考え込む。しかし後に続いたじっとりとした数多の視線に、とうとう溜息をついた。意外に多い人数をぐるりと見回してから、ここでしっかり釘を刺しておく方が得策か、と即座に照れくささを捨て、作戦を切り替えた。

「恋人というかプロポーズして受け入れていただきましたから、今は婚約者になりますね」

にっこり笑ってそう言ったライネリオに、年若い彼は、ふらりと仲間達の方へ倒れ込んだ。目こそ開いているが、どこも見ていない。

「即座に恋敵潰すとかえげつねぇな、隊長」

若い騎士を気の毒そうに見ていたベックがそうぼやくが、すでに彼の仇《かたき》を取らんと仲間の騎士達が「鬼！」「選び放題のくせに！」「人でなし！」と一斉に口撃を始め、かき消された。ちなみにカミロも、声には出さないものの深く同意していた。

「ライネリオ隊長はめちゃくちゃモテるけど、不思議と恋人いないキャラ枠でしょ！　顔良くて金持ちの貴族で、可愛い恋人がいるとか、めちゃくちゃ感じ悪いじゃないですか！」

「俺のいたいけなルチア嬢が、ライネリオ隊長の毒牙に……！」

「羨ましい！　もげろ！　ライネリオ隊長を絶対に赦《ゆる》すな！」

「ライネリオ隊長の裏切者！　一生独身でいましょうねって桃園で誓い合ったのに！」

最後は特に捏造《ねつぞう》が酷い。ライネリオはそんな誓いなどしたこともないし、この国の気候では桃は育たない。

「ホラ、お前達も持ち場に戻れ。詳しい話は全部終わってから、飲み会でたっぷり聞かせてもらおうな？」

このままでは興奮するばかりと思ったのか、ベックが騒ぐ騎士達の背中を叩いて諌《いさ》めていく。「ルチア嬢が戻るまでいたい〜」などと、子供のように駄々を捏ねる騎士を笑顔で引きずり、部屋から追い出すと、自身も「俺も楽しみにしてますね」とニヒルな笑いを残して出ていった。

「ベックさんに助けられましたねぇ」

「……どうでしょうかね」

ベックも大概性質の悪い、第三隊の男だ。傷が落ち着いたら、おそらく根掘り葉掘り聞かれることになるのだろう。

ライネリオは用意してあった真新しいシャツに着替えながら、自分が倒れた後の報告を聞く。部屋は先ほどの騒ぎが嘘のように静まり返っていた。

「——とまぁ、そんな感じでほぼ予定通りです。全員捕縛できた上に、潜んでいた総団長の腹心を捕まえられたのは、僥倖でしたね」

「彼が出てくるなんて随分焦ったものですね」

「だってライネリオ隊長、総団長派を駆逐する勢いで制裁してたじゃないですか。上からも下からも突き上げられれば、そりゃあ焦るってモンですよ」

カミロはその時の様子を思い出したのか、苦笑いする。

「まっ、イルゼ卿からの指示もしばらく休めとのことですから、もうお任せしときましょ。騎士団の件にある程度目処がついたら、次は公爵家のことで忙しくなるだろうし。今くらいルチア嬢と新婚さん気分で過ごせばいいんじゃないですかね」

「……そうさせてもらいましょうか」

嫌みだろう言葉に素直に頷いたライネリオに、カミロはじっと彼の顔を見つめた後、はぁっと大袈裟に溜息をついた。

「あー……もうすっかり開き直って、可愛げがなくなっちゃったなぁ。ああ……あの初恋に戸惑って挙動不審になってた、可愛いライネリオ隊長はどこにいっちゃったんだろう」

「そんなもの過去も現在も存在していませんね」

心当たりは両手で足りないくらいあるが、これ以上カミロの茶番に付き合う気はない。

「ここ最近で一番面白かったのに」

と、未だ名残惜しげに呟くカミロを無視し、ライネリオは残っていたコップの水を飲み干す。

イルゼ卿からもらった正式な休暇は、有意義に使うべきだろう。ルチアとの結婚に向けて根回ししなくてはいけないことも多く、忙しくなるのは間違いない。ならば今回の休みを使い、ルチアの実家であるリムンス伯爵家とも連絡を取り、後見人候補にも目星をつけておかねばならないだろう。

……それ以外の時間はルチアとゆっくり過ごせるだろうか。我ながら勢いだけで追い込み、囲い込んだ自覚はある。だからこそこの休暇の間に彼女に信頼してもらえるように最善を尽くそう。自らの意思でずっとライネリオの側に留まってもらえるように。

全て飲みきったコップを手の中で遊ばせる。姿が見えないだけで、もうルチアが恋しい。そんなことを思いながら、コップをサイドボードに置いた。

（そういえば……）

そのまま時計の針を流し見て、ルチアが出ていってから随分経っていることに気づいた。

自分の部屋に戻って休んでいるのならいい。一晩中看病してくれていたから疲れているだろうし、ゆっくり休んでもらいたい。しかし、それならばきっとルチアは、一旦こちらに戻り、新しい水差しを置いてから休むか、あるいは誰かに持っていくように頼むだろう。

胸のざわめきは一気に大きくなって、ライネリオは、すぐにカミロに声をかけた。

「すみませんが、ルチアの様子を見てきてくれませんか？」

「あれ？　そういえば遅いですね。じゃあちょっと探して――」

カミロが部屋を出るべく背中を返したのと同時に、ばだばたと慌ただしく近づいてきた足音に、言葉が途切れる。叩きつけるようなノックの後、入ってきた騎士は、先ほどまでの緩んでいた顔を嘘のように引き締めて、叫んだ。

「大変です！　ルチア嬢がどこにもいません！」

一瞬、ライネリオの息が止まった。

――なぜ。まさか一人で屋敷の外に出たのだろうか？　少し離れたところには昨日訪れた工場や畑があるが、ルチアだって疲労が激しいはずで、誰にも何も言わずに一人で向かうとは思えない。

――ならば誰かに攫われた？

「ライネリオ隊長！」

自然と負傷した腕を強く摑んでいたらしく、じくじくした痛みに我に返る。そして傍らから飛んだカミロの叱責に、ライネリオは詰めていた息を吐いた。

目の前には顔色を失った自分の部下が、黙り込むライネリオに不安げな顔を向けている。自分の未熟さに、心の中で舌打ちした。

「状況を」

「外門の厩舎近くの地面に、割れた水差しが残っていました。マチルダ夫人が隊長が使っていた水差しだったと証言しています。今は、動ける騎士総出で周囲を捜索し、目撃者を洗っています」

――やはり誘拐である可能性が高い。

今回の騒ぎの主要人物はすでに捕縛され、余計な貴族派の横やりが入らぬように、早々に裁判にかけられる手はずとなっている。情報が公開されれば、きっと社交界を騒がせるに違いなく、何かと落ち着かない王都より、こちらの方が安全だったはずだ。その状況で誘拐など、よほど屋敷に詳しい身内が手引きしたとしか考えられない。――そもそもルチアが攫われる理由はなんだ。

「申し訳ありません。……少し、動揺しました」

少し、なんかであるはずがない。仮にも求婚したばかりの愛しい女性が、行方不明なのだ。

考えろ。まずイルゼ卿に連絡を取って、実行犯と共に関係者の取り零しがないか洗うべきだろう。

ライネリオは再び時計の針を睨み、口早に尋ねる。

「置き手紙やメッセージは残っていませんでしたか？　ルチアがこの部屋から出て一時間です。日が落ちたばかりですから、目立たないように荷物に偽装させて運ばれた可能性が高いでしょう。まだ遠くへは行っていないはず。使用人一人一人の出入りと馬車の車輪の跡、それから屋敷の関係者を調べてください」

ライネリオの指示にカミロは頷くと、報告に来た騎士に役割を振る。

書き置きも犯人側からのコンタクトもない。ということは、ルチア自身が目的の誘拐だとも考えられる。

割った水差しをそのままにしておくなどと、何かのメッセージでもなければ、隠密行動としてはありえない。ただの詰めの甘さだと考えるとすれば――心当たりはあった。ここ数年、何度もそんな中途半端な行動を起こし、その度に辛酸を舐めさせられた人物は一人しかいない。

――そして案の定。

夕方に王都の屋敷から戻ってきたメイドが、騎士に呼び出された時点で、顔を真っ白にし、アンヘルの名前を吐いた。

計画ではアンヘルも今頃、拘置所の中だったはずだ。小物すぎて監視が甘かったのか、まだ捕まっていなかったらしい。何かアクシデントがあったのか詳細は分からないが、元々そんな妙な悪運の強さをアンヘルは持っていた。

「王都に向かいます」

何より華美と享楽を愛するアンヘルは不便を好まない。数年前に、まだライネリオ名義ではなかったこの別邸に訪れた時ですら、田舎すぎると一日経たずに帰ったほどだ。たとえ身を隠すしかない状況であっても、彼が田舎や下町に隠れているとは考えられなかった。つまり確実に、まだ王都の中心部にいる。

カミロから報告を受けたライネリオは、上着を羽織る。医師は勿論止めたが、カミロは首を振り、医師が伸ばした手をやんわりと引き止めた。そして「痛み止めだけ処方してください」と肩を竦めてライネリオを見やった。

いつもなら気が利く優秀な副隊長を褒めただろうが、言葉を忘れたように何一つ出てこない。けれど、カミロは何もかも分かっているかのように、深く頷いた。——謝罪も感謝も全ては最後。今は一秒でも早くルチアのもとへ向かうべきだ。

上着と握った剣の重さに傷が痛むが、今ならまだ王都に向かう途中の道で捕まえることができるかもしれない。そんな少しの希望に縋って、ライネリオは屋敷を飛び出した。

*

馬車で四時間ほどかかる距離を、休憩も取らず一気に駆け抜けたライネリオ達は、王都の南に位置する歓楽街に到着した。日が沈むと共に賑やかになる歓楽街は、密談をするにも人を隠すにももょうどよく、王都中の情報が集まる場所でもあった。

街の外れにある宿屋兼酒屋の一角で、奥まった目立たない席に座ったカミロは、ちらりと隣のライネリオを見やる。門を潜った後に、情報屋と接触する為に別れたベックを待っているところだった。

ライネリオが王都に戻ってから会ったのは二人。裏町を仕切る代表者と、公爵家に潜ませている執事である。

執事からの情報により、アンヘルの消息はすぐに明らかになった。彼は驚くことに未だミラー公爵家の、本来ならば当主しか知らないはずの隠し部屋に身を潜めているらしい。おそらくすでに捕縛されている義母グローリアの最後の悪足掻《わるあが》きだろう。次期公爵であるライネリオは当然その場所を知っているが、すぐに捕まえに行かないのは、未だルチアの居場所が摑めていないからだ。先にアンヘルを捕まえてしまえば、今現在ルチアと共にいるだろう実行犯によって、証拠隠滅の為に消される可能性が高い。

（……そういやこの人、目が覚めてから何も食べてないよな……）

カミロは今更そんなことを思い出して、適当に消化のよさそうなものを注文し、とりあえずぎしぎし鳴る背凭れに体重を預け、一息ついた。郊外の別邸から王都までの強行軍、そしてすぐ各所に連絡と、息つく暇さえなかったのだ。

薄暗い店内を見回せば、酒を出す店には付き物である、華やかな衣装を身につけた娼婦《しょうふ》や踊り子が、行儀悪くテーブルに腰を下ろして客を吟味していた。くすくす、と甘ったるい香りと笑い声、惜しげもなく晒された足が、耳と視界を刺激してくるが、今はそんな気になれるはずもない。

ライネリオは勿論カミロも目深にフードを被っているものの、僅かに見える口許、そして裾や袖元で上客になりえることに気づいたのだろう。その中で一番若くて派手な二人が、カミロ達の方を見て、分かりやすく値踏みし始めた。

（頼むから、声かけてくんなよ……）

遠慮のない視線を送る彼女達が、静かにキレるのを通り越して無になっている自分の上司の逆鱗《げきりん》に触れそうで、気が気ではない。大衆食堂らしく、すぐにやってきた食事に、「ちょっとくらい腹に入れてください」とスープをライネリオに寄せるが反応はなかった。少しでも食べなきゃ、ルチア嬢が心配しますよ――なんて、簡単に言える雰囲気でもない。でも彼女がいたらきっとそう言ったはずで。

「……」

（あー今頃、ほんとならライネリオ隊長の回復祝いで盛り上がってたはずなのになぁ）

騎士達のヤケクソのお祝いを受け、ライネリオの隣で笑って、律儀にお礼を言ってトドメを刺してそうなルチアを思い浮かべて、カミロもフォークを置いて俯いた。勿論そんな彼女にぴったりとくっついたライネリオが甘く蕩けそうな笑顔でルチアを抱き締め、周囲を牽制《けんせい》するのだ。自分はそんな二人を見て、ベックと共に揶揄い倒して……。

（想い合った直後に誘拐とか、マジで神様、性格悪いわ）

想像の中とは正反対の、触れれば切れそうなライネリオを改めて見つめて嘆息する。――が、ようやく顔を上げたかと思うと、「ベック」と、いつの間にかカミロの後ろに立っていた男の名前を呼んだ。

——結論だけ言えば、戻ってきたベックの情報によって、ルチアが囚われている場所は判明した。

そこは貴族街近くにある食事処も兼ねた高級宿。いわゆる貴族同士の人目を避けねばならない恋人同士や、あまり表に出せない商談に利用されている場所だった。表向きは高級食事処ということもあり、強制捜査するには手続きに時間がかかる。カミロも、短くはない騎士生活の中で、何度か訪れたことがある、いわくつきの場所だった。

メイドが供述した通りの馬車が少し前にその宿の前に停まり、大きな衣装箱が運び込まれたらしい。

「また面倒臭いところに逃げ込んだもんですね……」

ベックと裏町を仕切る代表者との話を合わせて出た結論に、カミロは後ろ頭を掻いた。

騒ぎになれば、偶然そこを利用している貴族達の口から騎士団総団長のグフマン総帥の失脚、ミラー公爵家の跡取り暗殺事件が漏れる可能性もある。それに場所が場所なだけに、未婚の伯爵令嬢であるルチアの世間体を考えれば、人海戦術で派手に助け出すこともできない。

「……潜入しかないみたいですね」

長年、第三隊に所属していて、この辺りに詳しいベックがそう結論づける。

それからずっと無言のまま二人の話を聞いているライネリオを見やり、気遣いながらも、きっぱりと言い切った。

「気持ちは分かりますが、貴方は待機しててくださいよ。正直ルチア嬢よりライネリオ隊長の方が目立つ。複数の裏口やら隠し通路やら、俺らが把握してないこともいっぱいあるんですから、逃げられたら一巻の終わりでしょ」

「じゃあ俺ともう一人、細身のヤツで下男に変装して裏口から入りましょうかね」

ライネリオが反論する前に、カミロは早口で続ける。

正直、場所の特殊性から店の護衛は強者揃《つわもの》いである。かつ訪ねている客によっては、護衛の数はいつもの倍に増えることもあるのだ。建物は二階建てで、超上客しか使えない地下もあり、一つ一つ開けて全て確かめたりすれば、すぐに用心棒が駆けつけてくるだろう。騒ぎになれば相手に逃げられる可能性もある以上、ベックの言う通り目立たないに越したことはない。

(まぁ人一人入るくらいの衣装箱なら、一階だろうし)

建物の中は複雑な構造で、わざと一人しか通れないように階段も廊下も狭い造りになっているので、おそらくそれは間違いない。

アンヘルが屋敷から抜け出した時に後をつければ、ルチアが捕まっている部屋まで辿り着くことができるだろう。

問題はどう目立たずに、宿の中でアンヘルの後を追うかである。

「バレなきゃいーんですけどねぇ……」

下男に扮《ふん》するとは言ったものの、なかなか厳しそうだ。カミロは今日何十回吐き出したか分からない溜息を呑み込み、ライネリオを盗み見る。静かすぎるライネリオは、微動だにせず、醸し出す雰囲気が物騒すぎて、強者揃いの下町の娼婦ですら、近寄れないほどだった。

ライネリオがふと顔を上げる。

何かいい案が浮かんだのかと思いきや、冷めた視線はそのままに薄く笑った。骨の髄までゾッとするような、そんな微笑みだった。

「……派手なら派手なりにやりようがありましたね」

小さく呟くと、ライネリオは静かに席を立つ。そして値踏みするようにこちらを見ていた娼婦のもとへつま先を向けた。カミロは「は⁉」と、椅子から滑り落ち、とうとう自分の上司はトチ狂ったのかと戦慄《せんりつ》したのである。

八、王子様とお姫様

何かを誤魔化すような強い香り。

ルチアは嗅ぎ馴れない匂いに重たい瞼を押し上げると、いやに光沢のある緑色のシーツが目に飛び込んできた。見覚えのない部屋の内装に、一瞬驚いて身体を強張らせる。柱や壁の色に原色を使った派手な部屋には、窓もなく、時計もないので時間すら分からない。

（……っ）

嫌な予感に身動きしようとしたところで、初めて自分の両腕が後ろ手に縛られていることに気づいた。渇いていく口の中。冷たい汗がどっと噴き出す。ルチアは上げそうになった悲鳴を必死で呑み込むと、息を潜め、これまでの記憶を手繰り寄せた。

（……ライネリオ様が目覚めて、カミロ副隊長やみんながやってきて……私は水差しを……）

――「お許しください！　本邸のアンヘル様に、母が人質に取られているのです！」

悲痛なメイドの声が耳に蘇って、ルチアはぎゅっと目を瞑った。

『アンヘル』――勿論その名前には聞き覚えがある。そこに『本邸』がつけば、ライネリオの弟しかありえないだろう。

思い返せば、明らかにメイドの様子はおかしかった。なぜやすやすと外にまでついていってしまったのだろう。やはり自分はライネリオの求婚に浮かれて注意力散漫で、すっかり全てが解決したような気持ちになっていた。間の悪いことにちょうどライネリオが目覚めたところで、騎士達はそちらに集まっており、警備も手薄だったのかもしれない。

（……ああもう！　私の馬鹿！　信じられない。どうして学ばないのよ！）

ライネリオが手傷を負ってまで阻止してくれたというのに、結局まんまと攫われてしまった。込み上げる後悔に唇を噛み締めたのは一瞬。ルチアは静かに深呼吸して、動揺と緊張に跳ねている心臓を落ち着かせる。

後悔も反省もここから脱出してからだ。今ここでうだうだ悩んだって、事態は解決しない。

（意識を失った時に、落とした水差しが割れる音がしたから……破片が残っているだろうし、きっと私が攫われたことに、すぐ気づいてくれるはず）

戻ってきたばかりの馬車がすぐに出ていくというのも不自然だ。車輪の跡を辿れば、ある程度の方向は分かるだろう。……あとはルチアが捕まっているこの場所がどこか、というところか。

（内装の趣味はおいといて、柱もしっかりしているし立派な建物よね。外は騒がしい……雑踏の声がするし……きっと郊外じゃない。……もしかして王都なのかしら）

視線だけを動かして部屋の中を確認するが、室内には誰もおらず、気配もない。目の前には扉が一つあって、豪華な天蓋付きの寝台以外は何もなく、宿の一室のような場所だった。

手の拘束以外は口も足も自由。おそらくルチアが何もできないと思っているのだろうが、それにしたって随分不用心である。もしくはルチアがどれだけ暴れても叫んでも、抑えられる自信があるのかもしれない。

（手がなんとかなれば……）

ぐっと拳を握り締めてから開く動きを何度か繰り返す。すると手首の間にほんの少し隙間ができた。何度も手の開閉を繰り返して縄が緩むのを待つ。

これも幼い頃、領主教育の――というよりは、誘拐対策の為に学んだことの一つだ。筋肉の収縮を使って縄を緩めるのである。

（……意外にいけそう……。……本当に無駄にはならなかったわね……）

そう思うと、なんだか奇妙な笑いが込み上げてきた。本当だ。ライネリオの言った通り、人生において無駄なことなどないのかもしれない。

手を動かし続けていると、扉の向こうで誰かが話している声が聞こえてきた。おそらく扉の前に見張りがいたのだろう。ノックもなく目の前の扉が開いた。

突然だったことと、高めの寝台のせいで、そのまま目が合ってしまう。

入ってきたのはあの時、馬車の陰から飛び出してきた白髪交じりの男ではなかった。

ルチアとそう変わらない年頃の美しい青年だった。よく手入れされていることが分かる長い金髪は艶やかで、瞳は青く切れ長で上品な顔立ちをしていた。金糸を織り交ぜた刺繍が入ったジャケットは、いかにも高位の貴族が身に着けるものであり、腰元にはサーベルを下げていた。

整った容姿に、どことなく誰かに似ていると思ってすぐに気づいた。

(この人……！　きっとライネリオ様の弟だわ！)

青年——アンヘルは、驚いているルチアを見下ろすと、端整な顔を歪め、鼻で笑った。

「目が覚めたのか？　薬はあまり効かなかったみたいだな」

(効かなかったってことは、攫われてからそれほど時間は経ってないっていうことよね？　じゃあ、今はまだ夜……？)

暗闇に乗じるか、人混みに紛れるか、時間によって逃亡方法も変わる。賑やかな周囲の環境から察するに、夜の街か繁華街だろうか。

「……今、何時でしょうか」

勿論答えてもらえると思ったわけではない。少しでも会話を引き延ばす為の質問だったが、アンヘルは自分の言葉への返事だと思ったらしく、あっさりと真夜中よりは早い時間を告げた。疑問も警戒も持っていない様子に、存外口が軽そうだと拍子抜けする。

(そういえば……ライネリオ様、この人のこと、いっそ閉じ込めておいてくれればいいのにと思うくらい愚かって辛辣に言ってたっけ……)

ならばうまく誘導すれば、ライネリオが助けに来てくれるまで、——最悪、この腕の縄が解けるまで時間稼ぎができるだろうか。

縛られた手が男の死角になるように、少しだけ身体をずらせば、アンヘルはルチアが寝かされている寝台へ歩み寄ってきた。おもむろに手を伸ばし、ルチアの頬を摑んで持ち上げ、至近距離で凝視してきた。

（……目の色が似てると思ったけれど、全然違うわ）

ライネリオの瞳が蒼海を思わせるのなら、アンヘルは憎しみに支配されて、輝きを失った汚濁したただの青だ。

ぱっと手を離され、その勢いのまま、ルチアはシーツの上に投げ出された。

痛みはないが、正直摑まれた頬が気持ち悪くて、拭いたくなる。

「ふん、つまらん。髪も枯草色、瞳の色も凡庸ではないか。ライネリオはお前なんかのどこがいいのか、理解できぬな」

ちょうど同じタイミングで自分も心の中で辛辣にアンヘルを貶していたので、特に傷つくことはない。それにライネリオと釣り合わないなんて、ルチアはその何倍も実感している事実である。だけどそれでもルチアがいいと、ライネリオは言ったのだ。こんな薄っぺらい顔だけの男に何を言われたって傷つかない。

（嫌ね。私、王都に来てから図太くなってるわ）

余裕を保っていられるのは、思いのほかアンヘルの手が柔らかかったからかもしれない。整えられた爪も女子のように細い指も、普段剣を握っている手ではないし、どこもかしこも薄く柔らかかった。サーベルだってただの飾りだろう。

年齢の割に大仰な言い回しは、芝居じみたわざとらしさを感じさせ、虚飾と威嚇の域を出ない。

しかし、アンヘルが戦えないとしても、扉の向こうにはルチアを攫ってきた人間が確実にいる。

見張りが一人とも限らない。

（縄が解けたら、まず毛布で相手の顔を覆って、その上から縛れば声は漏れないはず）

「ここはどこですか」

そう尋ねたルチアに、アンヘルは目を細めてから、にたっと笑った。

その時、突然雑多な音と、先ほどまで気づかなかったが、いわゆる女性の喘ぎ声が僅かに聞こえてきた。寝台、窓のない部屋、連想して思いついたのはまず娼館《しょうかん》だった。ルチアはかっと顔を赤くさせて、アンヘルを睨む。

年頃の少女らしい反応はアンヘルを愉快な気持ちにさせたらしい。先ほどまでの不機嫌さがどこにいったのかと思うような弾んだ声で笑い、ルチアが横たえられている寝台に膝を乗り上げた。

「ここは貴族様御用達《ごようたし》の高級宿屋でね。王族が秘密裡《ひみつり》にお気に入りの娼婦を呼び寄せたり、宰相クラスが密談に使うような特殊な場所だ。叫んだって暴れたって、何をしても金さえ積めば不問っていう都合のいい場所なんだよ」

ルチアからすれば、なくなってしまえばいいとさえ思うような場所だが、必要悪というものだろうか。王族さえ利用する、なんてことが本当ならば、騎士団の中では一番低い地位にある第三騎士隊の隊長という肩書では、ここに入るのも不可能かもしれない。しかし、いいことを聞いた。――王族や国の重鎮がほいほい遠くまで城を離れるわけがない。つまり、ここは王都なのだ。

（……この建物から出れば、助かる可能性はあるってことよね？　もしくはアンヘルを気絶させて立て籠る方がいいかしら）

「――か？」

武器になりそうなものを探そうと、注意力が散漫になってしまっていたらしい。何か尋ねたらしいアンヘルに、ルチアははっとして視線を上げる。何を、と返事をするよりも先に、アンヘルはルチアの肩を突き飛ばした。

「――おい！　ちゃんと返事をしろ！」

急に激高したアンヘルにルチアはぎょっとした。話している間も絶えず続けていた動きのおかげで、腕の拘束は緩んでいたが、下敷きになってしまい、手首に自分の体重がかかり、小さく悲鳴を上げる。なんとか腕の位置を動かし、改めてアンヘルを見上げると、彼は人が変わったように、ルチアを憎々しげに睨んでいた。ルチアが返事をしそこなっただけにしては、尋常ではない怒りに満ちた形相にぞっとする。

「無視するんじゃない！　僕は無視されるのが一番嫌いなんだ！」

左手で神経質そうに爪を噛み、反対側の手でルチアの髪を引っ張って持ち上げた。

「っいた……！」

いくつか抜けた髪がシーツの上に散らばり、痛みに呻いたルチアを見てアンヘルはにたりと笑った。まさに情緒不安定も極まった行動と表情だ。そして笑っていたかと思えば、次の瞬間にはまるでルチアが恐ろしいものであるかのように飛び退き、部屋の中をうろうろと歩き回る。

「母様はまだか」と呟き、長い金の髪を指先で掻き毟った。掠れた声で「っああ」とがなり立てて、クッションに八つ当たりする。

子供が癇癪《かんしゃく》を起こしたような行動に、ルチアが身体をずらして距離を取ろうとすると、アンヘルの濁った目がこちらに向けられた。

「お前はライネリオと違って芋虫みたいだ。みっともない……ああ、あの見た目だけの男にはぴったりだ……」

扉近くの姿見に自分を映して、割れんばかりの勢いでその両端に手をつく。

うっとりするように映り込んだ鏡の中の自分を撫でると、「……ほら……やはり、あいつよりも優れている僕の方が、公爵家に相応しいというのに」と、ぶつぶつと呟いた。

五分、十分、飽きもせずそんな妄言を繰り返すアンヘルに、ルチアは異常性を感じながらも、思わず顔を顰めてしまった。最初こそどうでもいいが、後半部分――「自分の方が公爵家に相応しい」と呟かれた言葉が、ルチアの胸に深く刺さったのだ。

「……」

もしどこかで間違えていたら、ルチア自身が誰かに――否、弟に言っていたかもしれない言葉だった。みっともなくうろうろしているアンヘルに、空回りしている自分が重なってしまい、思わず目を背けた。

(やっぱり嫌だ。自分はこうなりたくない――……ならなくてよかった)

もう少しで腕の縄が抜けそうだと感じたその瞬間、アンヘルはまたふらりと、薄っぺらい身体を揺らして、再びルチアに近づき頬を強く摑んだ。首の痛みに歯を食いしばる。

「お前、また無視したな⁉　なんだその目は⁉　お前だって僕が当主に相応しいと思うだろう⁉」

話しかけられてすらいないのに、返事なんてできるわけがない。アンヘルは言葉を叩きつけるように捲《まく》し立てた。目は血走り、言葉はいっそう不明瞭になっていったが、繋ぎ合わせていけば、およその意味は理解できる。

「どいつもこいつもライネリオ、ライネリオってうるさいんだよ！　あの顔がいいだけの男と、どれだけ比べられたかっ！」

つまりはただの嫉妬だ。アンヘルは跡取りとしての優秀さも、その美しさも、ライネリオに何一つ敵わなかったのだろう。なのに随分と甘やかされて育ったと聞いている。自己愛が肥大化してライネリオを殺すことだけに目が眩《くら》んでいる。ただただライネリオの上に立ちたいと願うだけの彼からは、領地や領民の未来への想いなんて何一つ感じられない。

「もういい！　お前をめちゃくちゃに犯して、切り刻んで、ライネリオの前に晒してやろう！　ボロボロになったお前を見たアイツは、どんな顔をするんだろうなぁ！」

完全に逆上したアンヘルは、ルチアの肩を突き飛ばすと仰向けにした。

状況的にいえば彼が部屋に入ってからよく持った方だろう。宿屋だと聞いた時から、そういった可能性は考えていた。シーツとの間に挟まれてしまった腕が痛むが、おかげで大きく縄が緩んだ。

(もうちょっと様子を窺って――時間稼ぎを)

アンヘルはルチアを犯すと言った。勿論、身体の芯が凍っていくような嫌悪感はある。

酷く恐ろしいのに、心は冴え冴えとして伸びてきた手が太股《ふともも》をなぞっても、ルチアは黙って様子を窺っていた。

「……っ」

しゅる、と縄が解ける感触がした。

（いける！）

ばっと手近にあった毛布を素早く掴むと、アンヘルの顔に叩きつけてそのまま抱え込み、後ろに倒す。ぎりぎり寝台の上だったので衣擦れの音だけが響いた。肘を折って急所の鼻に向かって、そのまま振り下ろした。

くぐもった悲鳴と共にアンヘルは大きく身体を反らす。間髪容《い》れずルチアは、胸の上に乗り、動けないように押さえ込んだ。赤い血が毛布に滲んで広がっていく。おそらく折れた鼻から出血したのだろう。

「……っは……ぁ」

心臓が痛いほど鳴っている。ルチアはアンヘルの腰元からサーベルを抜き、首元に当てた。冷えた感触に刃先だと分かったのだろう。押さえた毛布のせいで表情こそ分からないが、抵抗はやみ、パタリと腕が真横に落ちた。

（油断するな……！）

自分に言い聞かせて、首に沿わせた刃をしっかりと固定して、ルチアは口を開いた。

「扉の前に見張りは？　いるなら右手を上げて、いないなら左手」

すぐに左手を上げたアンヘルに、ルチアはほんの少し――皮一枚分、刃を喰い込ませた。

大きく震えたアンヘルに鋭く「動かないで」と命令してから、「いるわね？」と念を押す。真実だとしたら、迷いなく答えるのはおかしいからだ。

今度こそアンヘルは右手を上げた。人数を聞けば指が三本立てられる。

（どの程度の実力なのかしら）

ルチアが攫われた時の手際のよさを考えれば、こういったことに慣れた人間の犯行だろう。しかし何かと詰めの甘いアンヘルの仕事を受けるくらいには危機感が薄く、情報にも疎そうだ。

そもそもアンヘルの母であるグローリアもグフマン総帥も、すでに拘束されたと聞いている。そんな中、彼が使えるのは、金にものを言わせて仕事を受けるような破落戸である可能性も高い。

（でも確信は持てない。……やっぱり時間を稼いで、ここで待っている方がいい気がする。でも……来ない可能性も）

そんな迷いを衝かれたのか――突然、ルチアの背中に鈍い衝撃が走った。おそらく膝をぶつけられたのだろう。咄嗟にアンヘルの首から刃を遠ざけてしまったのは、ルチアの弱さだった。

ルチアは寝台から飛び降りて絨毯の床に膝をつく。

寝台の上でゆっくりと膝立ちになったアンヘルは、顔に巻きついていた毛布を剝ぐと、曲がった鼻に触れてから、絶叫した。

「きっさまぁぁぁ……僕の美しい顔にぃぃぃ‼」

濁った目は正気を失っている。口からも泡を吹きながら、ルチアへと突進してきた。

うまく避けたかと思ったが、振り回された拳がちょうど腕に当たり、サーベルが滑り落ちた。

あの大声はきっと扉の向こうにまで聞こえただろう。応援を呼ばれて、一気に形成逆転――。そんな最悪なシナリオが頭を過《よぎ》る。

そして案の定、慌ただしくノックされ、扉の向こうから「おい！」「何かあったのか⁉」と声がかけられた。

「お前達、早く入ってこい‼」

鼻を手で押さえたままアンヘルが叫ぶ。するとすぐに男が三人飛び込んできた。しかし三人が三人ともルチアとアンヘルの惨状を見て、笑いを堪えるように頬を引き攣らせた。小娘一人押さえられないアンヘルに呆れたのだろう。

「じっと突っ立ってるんじゃない！　早く医者を呼んでこい！」

「あ、ああ」

こくりと頷き、動いたのは、ルチアを攫った白髪の男だった。他の二人と比べれば明らかに体格がそれほどでもないその男が、すぐに部屋から出ていく。破落戸らしい風体の三人は元々仲間で、彼らの中でも上下関係があるのだろう。

「こんなクソ女、わざわざ僕が相手をする価値などない！　甚振《いたぶ》って殺せ！　お前達が知ってる一番残酷な方法でな！」

鼻を押さえながらそう言ったアンヘルの命令に、男達は顔を合わせると、それまでの態度を変えて、あからさまに機嫌よく笑った。

「貴族のお嬢さんとヤれるなんて幸運だなァ」

「なんか面倒臭そうな仕事だったが、受けた甲斐があったぜ」

にやにや笑いながら、絨毯にしゃがみ込むルチアへと距離を詰める。怖気《おぞけ》が立ち、ルチアは後ずさる。明らかにアンヘルとは体格が違う。一人ならともかく二人、しかもルチアは武器さえ手放してしまった。

（どうしよう……）

駄目、かもしれない。でも、なんでもいい。少しでも時間を稼げたら、とルチアが口を開きかけたその時、扉がノックされた。

「医者か⁉」

アンヘルは勢いよく立ち上がり、扉に近づくと、よほど急いでいたのだろう、確認することなく扉を開けた。そこにいたのは身なりのいい男女のカップル――否、華やかだが、些か派手すぎる衣装は娼婦とその客らしい。不幸にも部屋を間違えてしまったのだろうか。

ルチアは男達の間から覗く女性のひらひらした長い裾を見てそう思ったが、――アンヘルの様子がおかしい。ルチアを取り囲んでいた男達が、無言のままのアンヘルを訝しんで振り向いたことで、ルチアも女性の全貌を見ることができた。

煌びやかな宝石に飾られた美しく艶のある長い金髪が、廊下から吹き込んできた風に煽られて広がっていた。上品な顔に赤く塗られた目尻と口紅が、なんとも艶めかしく、ルチアは一瞬状況を忘れて、その美貌に見惚れてしまった。これを真正面から見てしまったアンヘルが固まるのも無理はない。しかし部屋にいた全ての人間の時間を止めた美女は、一人優雅に微笑み、アンヘルの腕をそっと摑んだ。そのまま捻り上げ、ダンッと盛大に床に叩き伏せた。華奢だといってもアンヘルは背が高く、体重もそれなりにあることは、のしかかられたルチアがよく知っている。床に沈んだアンヘルはピクリともしない。受け身さえ取る暇もなく頭を打ち、そのまま気を失ってしまったのだろう。だらりと横たわった背中を美女の足が思いきり踏みつけ、部屋の中へと入ってくる。

――「失礼。足癖が悪いもので」

その姿に、なぜかルチアは、園遊会のあの日、暴漢に襲われてにこやかにそう言ったライネリオを思い出した。

(え……まさか)

顔を上げて、まじまじと美女を見つめる。金髪ではあるが――蒼海の瞳。傾国の美女もかくや、というような見目麗しいこの人は、おそらく――。

「……ライネリオ様?」

そう呼びかければ、美女はぱっと勢いよく顔を上げた。アンヘルを拘束しつつも、ルチアを見つけると、安堵を通り越した泣きそうな表情で微笑む。初めて見る彼の弱さの滲んだ表情に、胸の一部が抉り取られたように痛んだ。こんなにも心配させてしまったのだと、ルチアは思い知った。

「ああっ、ちょっと! せめて扉を閉めてからにしてくださいって!」

そう言って、男を一人引きずって入ってきたのはカップルの片割れである貴族の青年――ではなく、カミロだった。ライネリオ同様すぐに分からなかったのは、いつもまっすぐに下ろしている髪を後ろに流し、仕立てのよい礼服を身に着けていたからだろう。羽振りのよさそうな貴族にしか見えない。そして引きずられていたのは、アンヘルに言われて医師を呼びに行った白髪の男だった。おそらく途中で捕まえることができたのだろう。

カミロは言葉通り、後ろ手できちんと扉を閉めて、すっかり意識が落ちている男を床に転がした。

ライネリオ同様、部屋の中にいるルチアを見つけると、ほっとしたように表情を緩めたが、暴漢二人を見て、すぐに顔を引き締める。

「おい！　起きろ！」

「お前ら、何者だ！」

男達は突然現れた美女と貴族らしき男、そして捕らえられた仲間にようやく我に返り、怒鳴った。

依頼者であるアンヘルはすでに気を失っており、すぐに状況の不利を悟ったのだろう。彼らは腰元の剣を抜くと、ライネリオやカミロには向かわず、後ろを——つまりルチアを振り返った。

（——人質に取られる……！）

伸ばされた手を避け、ルチアが後ろに下がったその時。ライネリオの剣が男に向かって一閃《いっせん》された。

「ぎゃあああ！」

伸ばした腕、腹と、一直線に引かれた線が滲むように男の服から血が広がる。傷は浅かったのだろうが、男の動きを止めるには十分だった。

もう一人の暴漢も、ライネリオに気を取られた隙に後ろに回り込んでいたカミロが薙ぎ払った。男が避け、隙間が空くと、カミロは素早くルチアの腕を摑んで扉の近くへ押しやり、背中に庇う。

そしてその前に立ったのはライネリオだった。

暴漢は荒い息のまま、赤く滲んだベルトをきつく締め直すと、ライネリオに向き直った。

「女……じゃねぇな。もしかしてライネリオか？」

アンヘルからある程度聞いていたのか、それともルチアの呟きが聞こえたのか、男は自らの怪我に大した頓着も見せず、淡々と尋ねた。

男が絨毯に吐き出した痰《たん》は赤い。それに気づいたのか、カミロの攻撃を避けたもう一人の男は、くいっと顎を上げた。

「お前はちょっと休んどけ。――なぁ、ライネリオさんよぉ。お前が第三隊の隊長になってから、俺達も随分仕事がしづらくなっちまったんだ。いつかぶっ殺してやろうと思ってたが……そっちから『お洒落《しゃれ》』までしてやってくるとは思わなかったなぁ」

リーダーらしい男は、くくっと低く笑ったが、その瞳は憎悪にぎらぎらと輝いていた。どうやら一方的に恨みを募らせているらしい。しかしライネリオは慣れているのだろうか、ピクリとも表情を動かすことなく、同じように構えた。

「おいおい、お喋りを楽しむ余裕もないのかよ」

言葉の終わりには、男はもうすでにライネリオの眼前に迫っていた。キィンと剣同士がぶつかる高い音が部屋に響く。しかし、その余韻も消えないうちに次の一手が脇から突き出された。

怪我をした方の暴漢が、途中で加わったのである。

「ははっ！　さすがに引っかからねぇか」

リーダーがにぃっと歯を見せて笑う。

「汚なっ……！」

カミロが慌てて加勢しようとしたところで、もう一人のナイフを小手で防いだライネリオは「ルチアを」と声を荒らげることなく命令を下した。

どうやら、一人で二人を相手にするらしい。タイミングよく白髪の男が呻き、目覚めそうな気配を察したカミロは、忌々しそうに眉間の皺を深くさせた。

「無理しないでくださいよ！」

そう言うと腰から捕縛縄を引き抜き、手早く男を縛り上げる。ついでに転がっていたアンヘルに手を伸ばしたところで、ルチアは慌てて声をかけた。

「私が縛っておきます！」

「マジ？　じゃ、お願い！」

そう言うと新しい縄をルチアに投げる。綺麗にキャッチしたルチアは、転がっていたアンヘルを後ろにひっくり返し、後ろ手に縛った。こちらは全く意識が戻る様子はない。

それでもしっかりと結び目を確認してから、ルチアはライネリオに視線を戻した。ライネリオは傷を負わせた暴漢を叩き伏せたところで、その襟元を摑み、カミロに向かって「任せます」と投げたのだが——すでに男は意識を失っていた。

「もう、やっつけてんじゃないですか！」

カミロはそう怒鳴ったが、ライネリオは、もう一人の男から視線を逸らさない。男は切り傷を重ねながらも、身体に似合わない俊敏さでライネリオの剣を避けていた。

（汚い手を使うから、弱いのかと思ったけど……）

決してそうではない。実力から言えば、ライネリオが昨日戦っていたグフマン総帥の腹心だという騎士と、同等の力があるのではないだろうか。

剣がぶつかり合い、そして部屋の中のあらゆるものが武器として使われる。投げられた椅子を盾にして剣を受けたライネリオの脇に、暴漢の蹴りが綺麗に入った。顔を歪めたライネリオにルチアは小さな悲鳴を上げる。その隙を狙って暴漢がライネリオの足元にシーツを投げ、避けたものの長い絨毯に足を取られた。

「危な……っ」

ライネリオの身体が傾き、男はチャンスとばかりに首を狙い、剣を突きつけた。——が、ライネリオは、わざとそうした隙を作ったらしい。しっかりと絨毯に足を置き、素早くしゃがみ込むと、空いた男の胸に剣を構えたまま飛び込んだ。

ライネリオの美しい顔に鮮やかな血が僅かに飛んだ。つんざくような悲鳴の後、静かに男の身体が沈んでいき、部屋が静まり返った。

一瞬殺してしまったのかと思ったが、胸が僅かに上下している。戦意は完全に喪失しているらしく、男はぼんやりと天井を見ていた。

(終わった……?)

そして、男達のマントで剣の血を拭い、ライネリオはシーツを剝ぎ、男の身体を乱暴に包んだ。止血にもなっているのだろうが、その手つきは男の生死を気遣うものではない。そのことに静かな怒りを感じ、先ほどから動かないライネリオの表情に、ルチアは不安を覚える。途中で——ルチアはライネリオの名前を呼ぼうとしてやめた。

ライネリオが最後に向かったのは、ルチアが縛ったまま転がっているアンヘルの前。胸倉を乱暴に摑むと引きずり上げ、壁に凭れかけさせた。その真正面でライネリオは片膝を床につき、顔を向き合わせる。

とうとうこの後継者争いが決着するらしい。カミロも同じ想いなのだろう。共に黙って二人を見守る。

「――アンヘル、起きてください」

パンッと頰を叩く派手な音が響き、ルチアは思わず片目を閉じる。おそらくルチアが負傷させた鼻にも触れたのだろう。派手な悲鳴と共に、アンヘルの意識が戻った。

しかし――何を思ったのか至近距離にある女装したライネリオの顔をぼんやりと見つめていたアンヘルは、ただでさえ腫れ上がった顔をめいっぱい赤くさせた。乾いてこびりついた鼻血と相まって、それはもう恐ろしい形相となっている。が、「綺麗だ……」と潤んだ夢見心地の瞳で呟いた。

「……」

思わずルチアとカミロは、顔を見合わせた。

数秒後。カミロは「ふはっ……っ」と笑って口を押さえた。そして、軽いステップでアンヘルに歩み寄り、その前にしゃがみ込むと、膝に頰杖を突いて顔を覗き込んだ。

「アンヘル坊ちゃん、この美女、貴方が殺したいほどだぁい好きなお兄様ですよ～?」

楽しそうに、そう通告したのである。

ルチアも視線を逸らしつつ、口を押さえて笑いを我慢する。確かにアンヘルは愚か——というか、おめでたい性格をしているのだろう。なんだかこの一幕でライネリオの苦労を察してしまった。

「……まだ目が覚めていないようですね？」

少し間を空けた、ライネリオの静かな声が今までで一番冷たい。

煌めく金のラメが美しい瞼を細め、片手でアンヘルの首元を締め上げると、もう一方の拳で手加減なく腹を殴った。

全く身構えていなかったのだろう。ライネリオの拳はアンヘルの鳩尾に綺麗に入ったらしく、何度か咳き込むと絨毯に血を吐いた。そしておそるおそるといったように顔を上げた。

「ライ、……あ、兄、上……!?」

「ええ。お久しぶりです。今回こそ貴方が起こした馬鹿な騒ぎの中でも、一番最悪でした。ここまで腸《はらわた》が煮えくりかえるような思いを抱いたのは初めてですよ」

アンヘルは腹が痛むのか、何か怒鳴りかけたが、声にならず顔を歪ませた。しかしどうしても言いたいらしく、囁くような小さな声ながら、恨み言を繰り返した。

「お前……っ僕にこんなことをして、分かってるんだろうな!?　お祖父様が黙っていないぞ！」

「そろそろ気づいていない振りはやめましょうか。貴方の祖父であるグフマン総帥も母親のグローリアもすでに捕縛され、投獄されています。グローリアの機転で、貴方は隠し部屋に逃れたようですが、それでも状況は聞こえてきたでしょう？　最後の悪足掻きでルチアを攫うなどと、随分愚かなことをしたものですね」

「母様まで……そんなっ！　まさか⁉」

本当に知らなかったのか茫然自失とするアンヘルに、ライネリオは腰元に佩《は》いていた剣を、自然な仕草で引き抜いた。

「ミラー公爵家次期当主殺害疑惑、横領、格下の貴族や使用人への陰湿ないじめ……等々、まだたくさんあるようですが、グフマン総帥と話した内容を証言するなら、生かして差し上げましょう。できないならそれはそれで結構ですよ。喜んでここで『不慮の事故』として処分させていただきます」

抜き身の剣を首に添えて脅され、アンヘルはライネリオの冷たい蒼海の瞳に息を呑み、「証言します……！」とすぐに約束した。その後、再び昏倒《こんとう》させられ、時間差で入ってきた第三隊騎士達によって、彼らは速やかに運ばれていった。

部屋にはライネリオとルチア、そして今後の為にと部屋の構造を調べているカミロだけが残る。しかしいつまで経ってもライネリオはルチアを見ない。最初は戦っている途中だからと思っていたが、明らかにルチアを避けているのが分かった。

「ライネリオ様……？」

そっと呼びかけてみれば、ようやく反応があった。ゆっくりと振り返ったライネリオは、やはりすぐにルチアから視線を逸らしてしまう。

「……貴女を守ると、あれだけ言っておいて、また危険な目に遭わせてしまいました」

……弱っている人がいると、逆に自分はしっかりしなければと強気になれるものだ。

「何言ってるんですか。ちゃんとこうして助けに来てくれたじゃないですか」

それに実際、ルチアは攫われたにもかかわらず、最後はともかく、それなりに落ち着いて行動できていたと思う。ライネリオが無駄じゃないと言ってくれた『ルチアの過去の努力』のおかげで拘束を解き、時間を稼ぐことができた。

（それもライネリオ様のおかげだったりするんだけど……）

ルチアは何も言わず、思いきってライネリオの胸に飛び込んだ。突然だったのに、ライネリオがすぐに両手を広げルチアを受け止めてくれてほっとする。纏う香水は女物だが、頭を抱え込むように撫でる大きな手は、確かにライネリオのものだ。

顔を上げれば、ライネリオの蒼海の瞳が不安げに揺れていた。化粧を施した目元は赤が強調されているせいか、長い睫毛の影のせいか、その蒼海の瞳はいつもよりも昏《くら》い。

ぎゅっと力を込めていた手を外して、そっと背中を撫でてみる。緩やかにライネリオの手からも力が抜け、ぽそり、と小さな呟きが落ちてきた。

「挽回《ばんかい》のチャンスをいただけませんか。それとも、もう私の側にいるのは嫌になりましたか……？」

幼い子供のような心細さが声に現れていて、やはり相当心労をかけたのだとルチアは反省する。今回のことは声をかけてきたメイドに違和感を覚えていたのに、簡単についていってしまった自分にも落ち度がある。

ルチアはゆっくりと身体を離すと、高い位置にあるライネリオを見上げた。酷く打ちひしがれて立ち尽くしているようにも見える。ルチアはライネリオの頬に手を伸ばし、両手でそっと包み込んだ。白粉《おしろい》が僅かに崩れ、親指が唇の紅に触れて滲む。それでもライネリオは美しかった。なんだか胸が温かくなって、小さな笑いがルチアの喉から漏れた。

「ふふっ。女装してまで助けに来てくれる素敵な人を、嫌になるわけないじゃないですか」

「……ルチア」

「助けに来てくれて有難うございます」

今度こそじっくりと観察する。女神もかくやという仕上がりなので、しっかり観察しないともったいない。

(ライネリオ様の隣に並ぶのは気後れしてたけど……むしろこの人の横に並べる顔のレベルの人間なんて、存在しないいんじゃない？　なら誰が並んでも一緒じゃないの)

アンヘルに言われた嫌みは、ルチアだって分かっていたことだ。けれど目の前の絶世の美女に変身した彼を見て、ルチアは考えを百八十度変えた。

「むしろ惚れ直しました」

助かった高揚感からか、ルチアは思いのほか素直にそんな言葉を口に出していた。ライネリオは長い睫毛を瞬かせて、信じられないものを見るようにルチアの瞳をじっと見下ろしてから、くしゃりと顔を歪めた。

「――私の方が、もっと」

続く言葉は愛の告白だったのかもしれない。けれど部屋の隅にいるカミロの存在を思い出したのか、ライネリオはそこで一旦言葉を切った。……ルチアとしても助かった。自分が勢いで言うならともかく、ライネリオの言葉は破壊力が大きすぎて、冷静でいられなくなってしまう。

ライネリオは一旦深呼吸すると、それから小さく笑った。

「ルチアといると今までの自分なんて忘れてしまいそうです。こんな格好までしてしまいましたしね」

「肩幅だけは気になるけど、すごく似合ってますよ。どこかのお姫様みたいです」

ルチアも軽口に乗る。そう、場所と派手すぎる衣装のせいで高級娼婦に見えたのだか、こうしてきちんと見れば、美しさは当然として、一国のお姫様のような気品があった。

「まぁ、確かに王族って言われてもおかしくないですよねぇ」

珍しく途中で茶々を入れなかったカミロが、ライネリオに歩み寄る。

「金のウィッグもよくお似合いですしね。それにルチア嬢は、ヒーローの救出を待つお姫様っていうよりは、確実に悪役をやっつける王子様じゃないですかね？」

カミロは垂れた目を細めて愉快そうに笑う。

確かに、ライネリオよりルチアの方が派手な外傷を負わせた自覚もある。カミロもライネリオと一緒に現れたのだから、最初にアンヘルを血塗れにしたのは、ルチアだと気づいていたのだろう。

ルチアもライネリオもおそらく同じような複雑な心境に陥る。

しかし、それもまた自分達らしいのではないか。――そんな結論を出し、お互い顔を見合わせて笑い合ったのだった。

九、そして結婚

――その後、グフマン総帥の数々の問題と、公爵家の後継スキャンダルは全て明るみに出て、かつてないほど社交界を賑わせた。

建国時に創立された王立騎士団の代表者による不祥事である。本来ならば国外にまで広がるような大醜聞なのだが、すでに解決済みであることから、国内の一部の貴族の間だけで話を留まらせたのは、グフマン総帥の後を継ぎ、新たな総団長となったイルゼ卿の手腕によるものだった。

グフマン総帥は、ライネリオ暗殺の重要参考人として拘束され、即日行われた家宅探索で、横領の証拠が発見された。その結果、すぐに裁判にかけられ、有罪となると、その日のうちに服毒自殺を試みたらしい。一命はとりとめたものの意識は未だ戻っておらず、領地没収、爵位剝奪《はくだつ》と当主不在のまま着々と進み、騎士塔地下の隔離部屋にて、最後の時を過ごしている。

ライネリオの義母グローリアは犯罪者の更生施設にある教会で生涯社会奉仕。アンヘルは強制労働の刑が科され、離島の開拓に従事することになった。それを聞いた一部のミラー領の領民は大喜びしたそうだ。執事の力が及ばないところで、グローリアはこの二年の間に、かなりの重税を領民に強いていたらしかった。

そしてあらかた事件が片づき――ライネリオは、速やかに行動を開始した。

ルチアの父であるリムンス辺境伯に何度も手紙を送り、結婚の許可が下りると、今回の騒動のお詫びとお礼だと自ら申し出てくれたイルゼ卿に、ルチアの後見人になってもらった。そして、異例ともいえる三か月という準備期間で、公爵位継承式と共に結婚式を執り行う許可を王からもぎ取ったのである。


そんなわけで結婚式まであと一週間。

紅葉した木々が、庭に色を添え始めた頃に、リムンス伯爵と、スタークが王都へとやってきた。

すでに花嫁修行の一環としてルチアが公爵家に移り住んでいたこともあり、彼らの滞在先も当然公爵家になった。ルチア同様、スタークも可愛がっている叔母はがっかりしていたが、なんだかんだとルチアの母親代わりとして公爵家を訪れることも多く、こまめに会えるのならばと諦めたらしい。

ついでに来年の夏には、避暑を兼ねて遊びに行く約束もちゃっかり取りつけていた。

「あねうえ！」

家族とは実に数か月ぶりとなる再会だ。

馬車から飛び出したスタークは、ルチアに向かって一直線に駆けてきて、スカートにしがみついた。

「スターク」

もうすぐ五歳になるスタークは、数か月前に別れた時よりも随分大きくなっていた。顔つきもふくふくとした丸いものから少年めいたものへと変わり、会えなかった期間の長さを改めて実感した。

「あねうえぇ……あいたかったぁ」

そう言ってひんひん泣き出したスタークを抱き上げ、その重さにも驚く。少しよろけたルチアを支えたのは、リムンス伯爵と挨拶をしていたライネリオだった。

「全くスタークはいつまで経っても子供だな。ルチアがこの年齢の時には、もう剣を振り回していたというのに」

言葉は諌めるものだったが、スタークを見つめる瞳には愛情が浮かんでいる。ルチアも微笑んで未だ泣きやまないスタークの背中を撫でてあやした。

領地を出る前は、スタークと並べられてどうこう言われるのは苦手だった。けれど今は不思議と気にならず、それどころか笑って「お転婆でしたから」と返す余裕すらあることに、ルチアは自分のことながら少し驚いていた。

ライネリオは、再びリムンス伯爵に向き直り、早々に外出する非礼を詫びた。爵位継承式に騎士団の内部改革、加えて自分の結婚式と、ライネリオは多忙を極めている。この時間すら、せめて到着の挨拶を、と捻出したものであり、それをルチアから手紙で聞かされていたリムンス伯爵は、むしろ申し訳なさそうに首を振った。

見送りはここで、と気を遣ったライネリオの足音が遠ざかるのを聞いたリムンス伯爵は、眉尻を下げてルチアを見た。

「彼には悪いことをしたね」

「無理をしてでも挨拶はしたいって仰ってくださったから、お父様が断っても、きっとお迎えしてくれましたよ」

そう言ったルチアは、未だしがみついているスタークを間に挟みつつ、リムンス伯爵と改めて向き合い、抱き合ってお互いを労る。ずっと気になっていた置手紙だけで家を出たことを謝ると、「猪突猛進《ちょとつもうしん》なところは子供の頃からだな」と苦笑しながら許してくれた。

そして最後に、ルチアはスタークの子守として同行していたメイドに歩み寄った。

彼女はルチアより十歳以上年上だが、付き合いは長く、家族同然の関係だった。久しぶりの再会にお互い喜び、近況を報告し合う。

彼女曰く、ライネリオがリムンス領の留守を守る為に手配した執事と使用人達は、とても優秀で、すでに、屋敷の剝がれかかった壁も雨漏りしていた屋根も全て補修済み。開かずの間ばかりだった部屋も全て埃が落とされ、見違えるほど綺麗になったらしい。

冬の備蓄も薪も領民の分まで用意され、今年の冬の準備は万端です、と断言されて、ルチアはほっと胸を撫で下ろした。長年生まれ育った大事な領地なのだ。複雑な想いを持っていたとしても、家族も領民も健やかで過ごせることは喜ばしい。

その日は旅の疲れを癒やしてもらうべく、ライネリオのいない内輪だけの夕食を取り、ルチアは父親に早めの就寝を勧めた。リムンス伯爵は高齢であり、幼子を伴う馬車の長旅は、きつかったはずだから。

そして、ライネリオが帰宅したのは深夜。

眠らずに待っていたルチアが、家族を屋敷に快く受け入れてくれたこと、そして領地に人材を派遣してくれたことに改めてお礼を言うと、ライネリオは柔らかな笑みで答えた。

「ルチア。結婚式の前に、きちんとリムンス伯爵と話し合ってみてはどうですか」

「え……」

どうやら、今朝ルチアと伯爵との再会の様子を見た時には、もう決めていたらしい。

「自分も同席できるように、明日の予定を調整してきましたから」などと言われてしまえば、もうルチアも覚悟を決めるしかない。

ライネリオのたっての希望で、騒動後もずっと領地に戻ることなく王都に滞在していたルチアは、いつかはと思いながらも、以前馬車の中でライネリオが吐き出させてくれた本音を、未だ父親であるリムンス伯爵に伝えられずにいるのである。

勿論会えないならば手紙という手段もあったのだが、文字にするとどうしても格式ばった文章になってしまい、思うように書けずにいたのを、ライネリオは知っていたらしい。

「……うまくいかなかったら、慰めてくださいね……」

いつになく弱気にルチアがそう言えば、ライネリオは苦笑してからルチアを抱き寄せ、頭のてっぺんに口づけを落とした。

「大丈夫ですよ」——そう言った声は力強く、ルチアは一世一代の勇気を出すことを決めたのである。

翌日。昼食を終え、明るい陽射しが降り注ぐサンルームで、リムンス伯爵とルチアは対峙していた。無論、ライネリオも同席しており、ルチアの隣に寄り添うように座っていた。

「それでルチア、改めて話とはなんだい？」

伯爵も昨日よりはいくらかリラックスした様子で、さっそく切り出してきた。

子供らしく騒がしいスタークのお昼寝の時間を狙ったのだが、こうやって父親と向き合って話すのは、本当に久しぶりだった。意識していなかったが、幼い子供がいるからこそ、空気が和む場面も多かったのだと、改めて思い知った。

「あの……」

ルチアは何度か口を開いて閉じることを繰り返す。あれだけ色々考えてきたというのに、なかなか話し出すことができず言い淀《よど》んでいると、リムンス伯爵は眉間に皺を寄せて、ルチアからライネリオへ視線を向けた。

「もしや、ライネリオ様がいない方が、いい話なのではないのかい？　それならば場所を変えても構わないが」

「え？　いえ……あの、むしろライネリオ様に頼んで、ここにいてもらっているんです……！」

ルチアは慌てて首を振る。聞きようによっては、リムンス伯爵の言葉はとても失礼だった。まるでルチアが結婚を嫌がっているような響きだ。

「あの……、お父様。急な話で随分心配をかけていると分かってます。でもこうしてライネリオ様と出逢えて、とても幸せなの。だから安心してください」

必死な様子のルチアの言葉に嘘はないと分かったのだろう。「……そうか」と安堵したような少しだけ落胆したような、複雑な表情を浮かべたリムンス伯爵は、浮かしていた腰を再びソファの座面に沈めた。

それから前屈みになり膝の上で両肘を組む。何か言いたいのだと察したルチアは、そのまま黙って次の言葉を待った。

ややあってから、振り絞るような声が部屋に響いた。

「ではルチア、話というのは、私の身勝手さを憎く思っていることか？」

咄嗟のことにルチアは一瞬言葉に詰まった。それが答えだと思ったのだろう、リムンス伯爵は顔を俯かせて話を続けた。

「当然だ。幼い頃から跡取りの為の教育ばかりで、女の子らしいことの一つもさせてやれなかった。養子に迎えられるような子供が親戚にいないせいで、女の子なのに剣や勉強ばかり押しつけて……。まだまだ数が少なく、苦労が見えている女領主としての重圧をルチアに与えてしまっていたな」

リムンス伯爵の頭は、言葉を追うごとに低くなってくる。もう少しで組んだ拳に頭をぶつけかけたところで、顔を上げた。

浮かんでいるのは後悔と悲哀。ルチアとそっくりの茶色い瞳には、涙さえ浮かんでいるように見えた。

「……四年前にスタークが生まれてくれて、ようやくお前に普通の女の子の幸せを与えてやれると思ったんだ。けれど私は年頃の娘が欲しいものや、やりたいことが分からなくて……嫌だっただろう勉強や剣術の代わりに、刺繍や礼儀作法の講師を雇ったのだが……やっぱり遅かったのだろう？母親が亡くなってから、いや、ここ一年は特に、お前が私を避けていることには気づいていた。やはり男親だけでは駄目だったんだな」

「え？　お父様、ちょっと待って。刺繍や礼儀作法の先生って――」

「メリーすまない。病床でルチアのことをちゃんと考えるようにと頼まれていたのに……っ父親として不甲斐ないっ」

再び項垂《うなだ》れたリムンス伯爵は、亡き妻の愛称を口にして懺悔《ざんげ》をする。

確かに母が亡くなり、ルチアはメイドと乳母と共に家政や子育てに時間を取られ、リムンス伯爵も年々下がる領地の麦の収穫高に頭を悩ませて奔走していた。

スタークが三歳になるまでは、本当にゆっくりとお茶をする時間すらなく、ルチアも淑女の為の礼儀作法や基本の刺繍を覚えるだけで精一杯で、話す暇もなかった。そしてスタークが三歳になり、跡取り教育を始めた時からは特に、掃除の行き届いていない屋敷の部屋や畑、領地を回って、わざとリムンス伯爵と顔を合わせないようにしていた。

しかしなんだかさっきの話を聞く限り、大きな誤解がありそうだ。ルチアは息を吐き心を落ち着かせた。

「……避けていたのは本当です。けれどそれはお父様のせいじゃないの。自分の心の汚さを認めたくなかったからなんです」

え、とリムンス伯爵の——瞳が大きく瞬いた。

そう、彼はとてつもなく大きな勘違いをしている。もしや母親もそうだったのだろうか。もう確かめる術《すべ》はないけれど。

「私、跡取り教育の経営学や語学といった勉強も、剣術だって、楽しかったんです」

ルチアの言葉に、リムンス伯爵はばっと顔を上げて、くしゃりと顔を歪ませた。

「またお前はそんな優しい嘘を……！　やはり野盗の討伐に連れていったり、害獣駆除に連れていくなんてやりすぎだったんだな……後から雇いの傭兵に『女の子に解体作業させるとか、あれはナイっすわー』なんて、責められて反省したんだ。そう……反省したのに、お前は何をやらせても優秀で、もっとちゃんとできるようになりたい、なんて健気なことを言うからつい……！」

リムンス伯爵は完全にルチアの言葉が耳に入っていない。頭上に暗雲を乗せ、背中を丸めた伯爵は、遠い過去を悔いるように声を湿らせた。

戦いも狩猟も、リムンス領では大事な領主の仕事である。勿論最初こそびっくりして足手纏いにならないようにし、大人しく見学することしかできなかったが、父親に言った言葉は本音だった。そこに嫌悪などあるわけがない。そして余談だが、見るからに豪胆な傭兵達が心配してくれていたらしいことにも驚いた。師匠といい、なんだかんだと人の好い人間が多かったのかもしれない。

「あの、本当に」

「リムンス伯爵。ルチアの言っていることは本当ですよ。彼女は剣の才能もあるし、豊富な知識もある。領地の経営についても自分なりに考えて取り入れようとしていて、幼い頃から無理やりやらされていたとは思っていないのです」

　凛とした声はそれほど大きかったわけではないのに、厳かに部屋に響いた。

　しかしその内容をすぐには理解できず、ぽかんと口を開けたリムンス伯爵に、ルチアは今しかない、と一気に切り出した。

「昔から私は体を動かすのが好きな子供だったでしょう？　だから立派な領主になるつもりで、剣術もお勉強も頑張っていました。何より立派な領主になることが夢だったんです」

「そうなのか……？」

「ええ。けれど、男の子のスタークが生まれた時に、自分がもう跡取りでなくなったことに――自分の居場所がなくなったように感じてしまって、……そんな自分がすごく嫌で――せめて家の為になるようなお婿さんを探しに王都に来たんです」

　ルチアの告白に、リムンス伯爵はすんっと表情を消した。そして震える手で顔を覆った後、綺麗にセットしてあった、ここ数年で目立ち始めた白髪の交じった亜麻色の髪を、ぐしゃぐしゃにかき混ぜた。

「つまりは……私は、お前の幸せを願ったつもりが――、幼き頃から目指していた領主の地位を取り上げ、好きでもない刺繍や礼儀作法を無理やり押しつけたのか。……その上やっぱりルチアも年頃らしく王都で過ごしたいのだな、なんて呑気《のんき》に思い込んで、自分勝手にも寂しがっていたということか……!?」

　そう言ったリムンス伯爵はすでに真っ青だ。勝手に王都に行ったのはルチアだし、リムンス伯爵にとってはほぼ事後承諾だっただろうに、まさかそんなことを思っているなんて知らなかった。

ルチアは首を振ったが、リムンス伯爵は、はっと何かに気づいたように頭を抱えていた手を慄かせた。

「ああ、違う、違うんだ。私のことはいい。でもお前の母は本当に違う。お前のことを愛していた。だからこそ苦労させたくないと無理を押して、スタークを生んだんだ。……ああ、でもそうか。ルチア。それも全て私の思い込みと勘違いだ。メリーは本当にお前のことを、最期までずっと心配していた。苦しげな息の下から『ルチアをよく見て』と言われていたのに……！　思えば野盗討伐だって害獣の駆逐だって、ルチアを連れていっても、メリーは何も言わなかったんだ。――私だけが、お前を分かっていなかった。私が『女の子』の幸せは、メリーのように、綺麗なドレスを着て大人しく部屋で刺繍をして読書を楽しむものだと思い込んでいたから……」

胸の内を全て吐き出したリムンス伯爵は、頭を抱えた。その様子に、ルチアは立ち上がって駆け寄ると、記憶よりも随分小さくなった背中をそっと撫でた。

「お父様、何も言わなかった私も悪かったんです！」

本当に簡単な話だった。

母親が亡くなって、新しい礼儀作法の先生が来た時に――ルチアがちゃんと、リムンス伯爵に自分の気持ちを伝えればよかったのだ。だけどルチアは周囲の人間に、まだ乳飲み子である弟に嫉妬していると思われるのが恥ずかしくて、口を噤んでしまった。そうして自分の居場所を自分でなくしていった。

ルチアの瞳からぽろっと涙が落ちた。その時。

「お坊ちゃま！　そちらはいけません！」

小さな足音と聞き覚えのあるメイドの声が響くと、突然扉が開いた。

「あねうえ　ちちうえ！　こんなところにいた！」

母にそっくりの金の髪と水色の瞳が目に飛び込み、思わず抱き留める。

「スターク」

ルチアがスタークを前に感じるのは、ただただ愛しさだった。そのことにルチアは改めて安堵し、さっと涙を拭って笑顔を浮かべた。しかし。

「あねうえ、ないてるの？」

目敏《めざと》くルチアの目元が赤いことに気づいたスタークは、なぜか一番近くにいる父ではなく、少し離れたソファに座るライネリオを睨んだ。

「ライネリオさまが、なかせたんですか！」

「スターク……！」

それまで黙っていたライネリオは立ち上がり、三人に歩み寄る。そしてスタークの脇の下に手を入れ、ルチアの顔をよく見えるように持ち上げた。

「ほら、これは嬉し涙ですよ。二人とも悲しそうな顔ではないでしょう？」

ライネリオの言葉に納得がいかないらしいスタークは、じとりとライネリオを睨んだ。ぷんっとそっぽを向くと、身を捩りすぐ飛び降りた。そしてライネリオと対角線上にいるルチアの陰に隠れる。なんとなく昨日の初対面の時から気づいていたのだが、どうやらスタークはライネリオのことが苦手らしい。ライネリオは「大好きな姉上を取られて悔しいのでしょう」と笑っていたが、公爵相手への態度としてとても失礼なので、ルチアは気が気ではない。

それからリムンス伯爵は泣きながらルチアに謝罪し、それから誤解を解く機会を与えてくれたライネリオにも改めて深く頭を下げた。ライネリオはそれを受け「婚約解消させられるかと、ひやひやしましたよ」と軽口を交わした後、お酒といくつかの軽い料理が運ばれてきた。

「公爵家の領地で採れたワインです。土壌が悪い場所でも実をつける品種で作ったのですが、なかなかこれが濃厚な味わいなんですよ」

「それは興味深いですな」

そこから領地経営の話になり、話に入れず拗ね始めたスタークを連れ、ルチアはこっそりと部屋から退出した。

しかしリムンス伯爵はその晩、すっかり酔っぱらってしまい、あろうことか本人にとっては黒歴史としか言えない幼い頃のルチアのお転婆すぎる冒険譚《ぼうけんたん》を、面白おかしくライネリオに話して聞かせたらしい。

おかげでルチアは次の日、ライネリオに揶揄われ、結婚式五日前にして花嫁が丸一日、実の父親を存在ごと無視するという、不幸な事件が起きたのである。

＊

大聖堂の見どころの一つである大理石でできた大きく長い階段を、ドレスの裾の繊細なレースが撫でていく。秋晴れの空には白い鳩《はと》と色とりどりの花吹雪が舞い散り、若い二人を見守る招待客の顔は皆、明るく笑顔だった。

「これほど美しい花嫁と永遠の約束ができるなんて、私はなんて幸せ者なんでしょう」

大きな扉が開く前、ライネリオがとびっきりの笑顔でそう褒めてくれたからこそ、こんな大舞台でも、ルチアはなんとか歩くことができているのかもしれない。

ライネリオから蕩けそうなほど甘く注がれる視線を、はにかむように受け止めているウエディングドレス姿のルチアは確かに初々しく愛らしく、招待客を魅了した。

式は滞りなく進み、中盤になって扉からベルベットのリングピローを持ち、入場したのは、花嫁と面差しがよく似た金髪の少年だった。たくさんの招待客に見守られながら、ルチア達に向かい、一歩ずつ足を進めている。

明らかに緊張している様子に、ルチアは自分の状況も忘れ、はらはらしながら見守っていたのだが、無事スタークはその大役を成功させ、ルチアは心の中で惜しみない拍手を送った。

（うちのスタークはやっぱりすごいわ！　こんな大勢の前であんなに堂々と歩けるなんて！）

いっそルチアは感動にむせび泣きそうになり、得意げに笑うスタークの頭をそっと撫でた。後でめいっぱい褒めてあげなければ！

そんな心の中をカミロが聞いていたのなら、「ハイハイ」と温い視線をルチアに向けたに違いない。

結局ルチアはただのブラコンだったということなのだから。

そしてその後に行われた爵位継承式には、王の名代として王太子が列席し、勲章を授与されるライネリオの正装姿は、その年で一番売れた大衆画となったそうだ。勿論ルチアも後にメイドに頼んで購入してもらい、机の奥に隠しては時々眺め、「本人を見てください」とライネリオに取り上げられるのだが、それはまた別の話。

その後、全ての儀式は終了し「未だ世間は騒がしいから」という尤もらしい理由をつけ、華美な祝宴は取りやめ、ごくごく小規模な祝宴が公爵家で開かれた。招待客はリムンス伯爵家とブルクハウス男爵家、それからライネリオの友人と第三隊の騎士達である。

何分気の置けない仲間達なので、祝福と悪態が交互に響き、祝宴は最初から賑やかだった。

そんな中「お姉様にも見せたかった！」と、式から終始泣きっぱなしの叔母を慰め、改めて感謝の言葉を贈る。

「叔母様は王都のお母様だから」と伝えれば、少し落ち着いていた叔母の涙腺は再び決壊した。叔父に慰められ、引き離された後にやってきたのは、父に連れられたスタークだった。

ルチアはもう迷いもなく抱き締め、今日の大役を務め上げたことを褒めれば、嬉しそうにルチアの膝に擦り寄ってきた。気を利かせたメイドが椅子を運んできて横に座り、ぽんぽんと背中を撫でていると、ものの数秒で眠ってしまう。彼も初めての長旅と人の多さ、そして衆人環視の中での大役に疲れていたのだろう。愛しくなって、ルチアはスタークを抱き締めたまま、目の前に並べられた軽食を口にする。

何しろ今日は夜が明ける前にサンドイッチを食べただけなので、お腹はぺこぺこだった。それでもまぁ、酒のつまみに出されているような軽い物だけを口にしているのは、これからの予定を考えているわけで……。

「いやぁ、めでたいなぁ！　ライネリオ隊長が結婚するなら、ガッチガチの利権絡みの政略結婚しか思い浮かばなかったわ！　ほら、呑め呑め～」

そう言いながら、ライネリオの隣に陣取り、グラスの底も見えないうちに新しい酒を注ぎ込むのはベックである。本人の顔はすでに赤く、すっかり酔いが回っているようで、いつもよりも口数が多い。

「マジでそれっすよねぇ。似たようなタイプと冷めた結婚生活送るか、手のひらコロコロ系の天然お嬢様をだまくらかして虚しい結婚生活送るんだろうなぁ、って同情してたのに。まさか恋愛小説に出てきそうな、身分差恋愛踏襲してくるとは、もうお手上げっすわー。本にするなら、俺、校正と監修するんで教えてくださいね！」

その斜め前にはカミロがいて、こちらはガラス瓶に入っている大量の蜂蜜漬けのナッツにスプーンを突っ込んで口に放り込んでいた。

「あー俺も結婚したい。激務を癒してくれる可愛い嫁さんがマジで欲しい！」

「え、カミロ副隊長。絶世の金髪美人と連れ込み宿行ったって噂あるじゃないですか。彼女大事にしなきゃ～」

途中で話に入ってきたのは、第三隊騎士でも見覚えのある男だった。襲撃の時に同行していた一人なのだろう。あの時にいたメンバーは、ライネリオが直接指示する実行部隊だということは後から聞いた話だ。つまり彼だってあの時の美女はライネリオだと、当然知っている。そして即行で、報復は行われた。

「いてぇぇ！　呑んでる時に腹殴るとか鬼ですか！」

「キィィィ!!　まだ!?　まだその噂根絶されてないの!?　アーアーアーアーキコエナーイ。俺には黒髪小柄の素朴で可愛い彼女が」

「ハイハイ。強めの妄想は酒で流しとけ」

けけっとベックが笑って、カミロにワイングラスを押しつける。カミロはちょっとだけ舐めて、べ、と舌を出した。どうやら酒は全く呑めないらしい。

ちなみにルチアもライネリオの隣に並んでいるのだが、膝の上にすっかり疲れて眠り込んでしまったスタークがいるので、彼らは絡んでこない。

けれど聞いているだけでも、第三騎士隊の話は面白い。

「てか、式場の控室に並んでた花も多かったな。ライネリオ隊長を狙ってた令嬢やら未亡人やら名だたる名前が揃ってたし」

「そうそう、ライネリオ隊長同担拒否の過激派のお嬢様方でしたけどねぇ。トリカブトとか毒花でも並んでるんだろうなぁと思いきや、ルチア嬢みたいな可愛らしいお花のチョイスと『お似合いの二人へ』なんてカードばかりで、思わず二度見しましたよ」

「あ、ソレ、数か月前にルチア嬢についていったお茶会の『ライネリオ劇場』の方々からなんですけど、それ以外にも、ルチア嬢がアンヘルに攫われた時に返り討ちにしたって噂が広がってて、ルチア嬢自身に憧れる令嬢が増えたらしいっすよ。かつては女領主になるはずだった、っていう過去もかっこいいって」

すっかり絡まれているライネリオも、ひっきりなしに注がれる器に口をつけて、今回ばかりは大人しく相手をしている。ルチアは初耳だったので、詳細を尋ねたい気もしたが、後ろに回り込んできたメイド長のマチルダ夫人から合図があった。

彼女も別邸から本邸に移動し、今や本邸のメイド長だ。ちなみにルチアを陥れることに加担したあの若いメイドは、事情を鑑み、母親とあの別邸で働くことになったそうだ。かなり甘い処罰らしいが、意識が落ちる前に聞いたあの震える声が耳から離れなかったので、ルチア自身はほっとしていた。後日、ライネリオが「一度恩を売っておけば大抵の人間は裏切らないものですよ」と内緒話をするように教えてくれて、甘いだけでは駄目なのだな、と改めて勉強させられた。

「そろそろお支度に入りましょう。弟君《おとうとぎみ》はお部屋に寝かせておきますね」

そう言うと膝下のスタークを慣れた様子で抱き上げ、近くにいた子守に預ける。

「……」

なんとなく横にいるライネリオと改めて顔を合わせることが恥ずかしくて、ルチアは迷ったものの声をかけるのをやめた。一足先に退室する為に、そっと腰を上げて祝宴の席を抜け、大きく鼓動を刻み始める心臓をきゅっと押さえる。

そう、これからルチアが向かうのは、いわゆる初夜の為の準備であった。

あれよあれよという間に浴室に連れていかれて磨き込まれ、甘い果実と花の香りのする香油を身体中に塗られてマッサージされる。

最後にドレープが美しく手触りもいい、薄手の白い寝着を着せられ、ルチアは自分の姿を見下ろす。多少胸と腕は出ているけれど、まぁ許容範囲だろうか。ただ深いスリットが入っているので、動くのは苦労しそうだ。しかし、いかにも初夜です！　というような感じのものも覚悟していたから、少しほっとする。生地が薄いこととスリットさえ気にしなければ、花嫁らしい、可憐で清楚なデザインだ。

まぁ、常識人である叔母とマチルダ夫人が用意したものなので、当然かもしれない。

一緒にライネリオを看病したこともあり、公爵家本邸にやってきたルチアが最初に懐いたのはマチルダ夫人だった。特に改めて挨拶をした時に、話の流れでライネリオが屋敷に女性を連れ込んだことはないと聞いた時の反応は忘れられない。表情だけでルチアが「意外だな」と思ったことが分かったらしく、「ウチのぼっちゃんには、噂のような爛《ただ》れた女性関係なんてありません！　私のこの命を賭けて誓います！　ええっ命を賭けて――っ！」と、それはもう熱く重たい宣誓までしてくれたのである。その辺りの噂は、他のライネリオ派の使用人達も苦々しく思っていたらしく、ルチアがふいにそんな社交界の噂に触れる度に、誰彼ともなく飛んできては否定する。ついでに「ライネリオ様には、こんな優しいところがありますよ！」とばかりに、ポジティブキャンペーンを繰り広げるのである。

（使用人達から好かれてるっていうレベルじゃないくらい愛されてるんだけど……）

別邸でライネリオに告白され、「人との関わりは最小限にして生きてきた」というような言葉を聞いて以来、同じことを思ったのは二度目になる。最小限でもこれなら、普通にしていればどれだけ人に慕われてしまうのだろう。新妻として心配になるくらいだ。

とまぁ、そんな感じで今ではすっかり打ち解けたマチルダ夫人に、にこにこと促され、最終的に放り込まれたのは、勿論夫婦の寝室である。

新婚夫婦の為に急いで整えられた夫婦の寝室は、きちんとルチアの意向を汲《く》み取って好きな淡い水色で纏められているものの、やはり見慣れない部屋は否が応でも緊張感を高めてくる。

(今日からずっとこの部屋で眠るのよね……。待って……ものすごく緊張してきた……!)

ルチアが大きな寝台に腰を下ろし、そわそわと身体を揺らしたところで、扉がノックされ、心臓が胸から飛び出しそうになった。

「はい……!」

びくっと寝台の上で飛び上がったルチアは、慌てて返事をする。

ルチアから発せられた声は掠れたものだった。しかしそれでも相手には届いたらしく、そっと扉を開けて入ってきたのは、ライネリオだった。ルチアと目が合うと、緩やかに蒼海の目が細まる。

「お疲れ様でした」

「……ハイ。あの、ライネリオ様もお疲れ様でした……」

ルチア同様、湯を使ったらしい。長い足ですぐ目の前にやってきたライネリオから、優しい石鹸《せっけん》の香りがした。顔を上げれば、水分の残った髪は、月の光に照らされていっそう艶やかさを増していた。

（新婚初夜の花嫁より色っぽい旦那様なんて、反則だと思うの……）

誰かに助けを求めるように、思わず心の中でそう呟いてしまう。

髪から首筋に流れ落ちた水分すら、なんだか甘そうな気がして、自然と喉が鳴る。

そんなルチアに気づいたのか、ライネリオはその場で身を屈ませて、ルチアの頤を優しく持ち上げ、前髪越しに口づけを落とした。ちゅっと軽く可愛いリップ音が部屋に響く。甘やかされているのを感じさせるそんな優しいキスが、ルチアはとても好きだった。

爽やかな石鹼の香りの中に、少しお酒の匂いが混じる。長く嗅いでいると、あまりお酒に強くないルチアの方が酔ってしまいそうだった。

「ルチア、顔を上げて」

優しくて、とびっきり甘い声に従えば、嬉しそうにすぐ近くにある目尻が下がり、唇が同じもので覆われた。

この数か月で、随分ライネリオの口づけには慣れた……というよりも、慣らされたという方が正しい。口づけは勿論唇だけに留まらず、特に公爵邸に来てからは、いわゆる最後までは致していないものの、口に出せないような——愛撫《あいぶ》を受けて気を失い、そのまま朝を迎えることも多かった。

なにせ王都にいる期間の半分以上は、花嫁修業の一環で同じ屋敷に滞在していたのである。忙しくて全く顔を合わせられない日もあったが、三日に一度は纏まった時間を一緒に過ごしていた。二人で領地経営について議論したり、腕が訛《なま》るからと剣を交わしたり、ゲームを楽しんだりした最後に、「少しずつ慣らしていきましょうね」と、とろりとした甘い声で、誘惑してくるのだ。

最初は唇、首元に、胸。いつもルチアを安心させてくれた大きな手に翻弄され、甘い声を上げるのは常にルチアだけ。

口づけに思考を蕩けさせながら、太股を撫でて下着の中に入り込んできた指にも、最初こそ必死に抵抗したものの、「慣らさないと痛いですよ」と困り顔で諭された。

数日がかりで指を増やされ、その数や形、それから気持ち良いところまで覚え込まされた。何度も指や舌で達した後は、優しくルチアを抱き締めてくれるのである。

お尻に当たる感触の正体に気づいた時は、これが故郷の幼馴染みが酔っ払っていた時に言っていたアレか！　と衝撃を受けたものの、一方的に気持ち良くさせられてばかりだったので、自分にちゃんと反応してくれているのだと、ほっとしたこともあった。しかし、これではライネリオが辛いだけでは？　と悩んだこともあったのだが、ライネリオは「ケジメは大事ですから」と、頑なに、ルチアを貫くどころか、触れることすらさせなかったのである。

それでもと食い下がれば「楽しみは後に取っておくタイプです」と、ふふっと小さく笑って、ルチアの身体を毛布に包み込んで、遠ざけてしまう。その上から緩くお腹を撫でられて、甘い予感に声が漏れた。蜂蜜にどぶどぶ浸かって溺れるような怖さすら生まれるほど、ライネリオは甘く、ルチアはそれに翻弄されてきたのである。

そんな日が続き、今では手袋を外したライネリオの指に触れられ、思わせぶりな視線を受けただけで、お腹の中がきゅうっと疼くようになってしまっていて、危機感を覚えずにはいられない。

そんなわけで、ルチアの心は今、緊張と未知のものへの恐怖、そして甘い期待でいっぱいいっぱいだった。ある意味ひたすら自我と本能を殺し、ルチアの快感だけを引き出したライネリオの作戦勝ちだと言えよう。

そして今日は——緊張を解すように触れるだけの口づけを繰り返したライネリオは、ルチアの腰を両手で持ち上げた。寝台に腰を下ろし場所を入れ替え、自分の足の間にルチアを座らせた。

それからルチアの背中を軽く寄りかからせ、両腕を前に回し、彼女の身体をすっぽりと包み込む。ライネリオのお気に入りの体勢で、分かりやすく言えば、子供がぬいぐるみを胸に抱き込むような形だ。

二人でいる時はこの体勢が多く、一度、理由を尋ねたことがあったのだが、本人にも自覚がなかったらしい。ルチアの頭のてっぺんに顎を置いたまま、小さく唸っていたかと思うと、「逃げられてばかりだったからでしょうね……」と、ルチアの耳が痛くなるようなことを言い出した。

まさに、藪をつついたら蛇が出てきたお手本である。

確かに『野兎さん』と呼ばれていた頃のルチアは、彼から逃げ出すことに精一杯だった。

まぁルチアも体格のいいライネリオに凭れかかるのは楽だし、何より安心感がある。そして今の季節は温かくてとても好ましいので、お互いが気に入っているなら、何も問題はない。

そして今日も今日とて。

首筋に額を置き、ぐりぐりと押しつけられている。少し幼い仕草の後、かつてなく首筋に強く吸いつかれて少し驚いた。珍しい。

（……そういえば随分呑まされていたわね）

「ん……っ、……ライネリオ様、お酒、随分呑まれていたようですけど、大丈夫です……」

言葉の合間に、耳朶に唇が押しつけられる。ライネリオの指が背中の髪を前へと優しく流して、露わになった首筋にねっとりと舌が這った。

「ん、ん……っ」

ひやりとした首筋とライネリオの熱い吐息に、ルチアの身体がピクリと反応する。優しく頤を掴まれ、首を回したライネリオと唇同士が触れた。軽く絡まった舌には、やはりお酒の味が残っている。そしていつもより確実にキスの回数が多い。

（……もしかするとライネリオ様って、酔っ払ったらキス魔になるのかしら）

これは議論せねばならない重大な案件だ。ルチア相手ならともかく、どこかで酔っぱらって、こんな美しい人に冗談でもキスなんて強請られたら、男女共に断れる人間などいない。後に待っているのは修羅場である。

「………酔ってると、思いますか？」

ふっと、唇を離して問われた言葉に、ルチアは戸惑いながらも「わ、分かりません」と正直に首を振った。

「正解は酔ってるのではなく、……柄にもなく浮ついてるんです。ほら」

少し身体をずらしてローブの胸元をはだけさせると、ルチアの耳に近づける。

突然目に飛び込んできた肌色と石鹸の香りにくらくらしながらも、耳をそばだてれば、思いのほか随分速い鼓動が聞こえてきた。

（ドキドキしてる……ライネリオ様も緊張してるってこと？）

ルチアは本気で意外だった。女たらしの噂こそアンヘルが流した性質の悪い嘘だったが、この顔であり、スキンシップというには濃厚すぎるいつもの行為だって、ルチアは翻弄されてばかりなのだ。ライネリオはごくごくたまに熱情をちらつかせるものの、すぐに穏やかな表情に戻ってしまう。だから初夜といっても、ライネリオが緊張するなんて、夢にも思っていなかったのだ。

「おや、でも……ルチアの心臓も速いですね」

そう言われて、はた、と気づく。いつの間にかお腹にあったはずの手が移動していた。薄い寝着越しにルチアの胸に触れている。むに、と沈んだ指に、ひゃっと震えれば、ライネリオは「また速くなりましたね」と、楽しげに喉を震わせた。

「そりゃ、緊張するに決まってます……！」

お腹の辺りで少し撓《たわ》んだローブを引っ張り、ルチアも負けじと思いきり首を回して、ぐりぐりとライネリオの胸元に顔を埋めた。服を着ている時はあまり分からないが、筋肉質な胸は広くて頼もしいし、直接触れ合う肌はとても気持ち良い。すっかり嗅ぎ慣れたライネリオ自身の体臭が合わさって、なんだか緊張感が和らいだ。

（……意外に悪くないわ）

「匂いつけ、ですか？」

「……ライネリオ様だって、しょっちゅうやってらっしゃるでしょう」

「野兎さんに返してもらえるなんて感無量です」

もう懐かしい呼び名に唇を尖らせれば、手を握られ指が絡まった。なんとなくぎゅうっと指の力を込めたのに痛がる様子もなく、ライネリオの美しい蒼海の瞳が愛しげに柔らかく細まった。

（……、可愛い……）

下から仰ぎ見たルチアは思わず心の中で呻く。

ここ最近よく見せてくれるようになったライネリオの柔らかな微笑み。これを見せられるとルチアは弱い。まぁいいか、なんて大抵のことは許してしまいたくなるほどの威力があった。ある意味で、カミロが言うところのお芝居中の老若男女構わず籠絡せんと醸し出す色気よりも、ルチアは弱い。現に今も、きゅううっと胸を甘く締めつけられてしまっている。

「っ、ふ、……ん」

仰ぎ見たことで、角度的にぴったりと合ってしまった唇が重なった。

何度か触れるだけの優しい口づけを交わしてから、下唇を軽く噛まれ、啄まれる。中途半端に開いたルチアの口に、舌が入り込み、口内を弄《いじ》られた。熱く絡まる感触に思わず膝が浮いてつま先立ちになってしまう。

胸にずっと触れていた手が少し位置を変え、今度は確実に胸の膨らみを包み込んだ。下から柔らかく捏ねられて、口づけの合間に吐息が漏れる。寝着の上からでも分かるくらい、ぷっくりと膨らんだ胸の先端をきゅっと抓まれた。

「っ……あ」

それだけでルチアの全身から力が抜けた。そのままずるずると、ライネリオの胸に沈み込み、背中を預けてしまう。

「ルチアは本当にココが弱いですね」

「ゃあっ……っ」

くすくす笑いながら硬くなった先端をぐりぐりと押し潰されて、お腹の奥に灯《とも》った快感に身体中が熱くなる。

「ん、ん、っ……」

可愛い、と耳元で甘く囁いたライネリオは、ルチアの胸元のリボンをするりと解いた。

少し冷たいライネリオの手が寝着に入り込み、反対側の胸を支えるように触れる。穏やかに動く手は、優しく膨らみの形を辿るばかりで、今度はなかなか中心には触れてくれない。

物足りなさに身体を捩れば、ライネリオは、喉の奥で小さく笑った。

「っああ！」

きゅっといっぺんに両方の先端を抓まれ、待ち詫びたように、ルチアの身体が跳ねた。その後は指で擦り合わされ、ムズムズした熱がお腹に溜まっていく。ひっきりなしに出る声は甘ったるく、ルチアはまるで強請るように、背中を反らせ胸を突き出していた。

寝着が重力に逆うことなく肩から滑り落ちると、ライネリオの手に包まれた二つの膨らみが露わになった。しかし恥ずかしがる暇もなく、ライネリオは意地悪な囁きを落とす。

「ほら、ルチア。食べ頃のように硬く尖ってますよ。赤く染まって美味しそうだ」

窮屈そうに屈み込み、ルチアの身体を斜めに倒したライネリオは、胸の先端の淡い部分ごと口に含んだ。

「や、ゃあっ……」

舐め回し舌で転がされると、快感に堪えきれなかったルチアの手が上がり、ライネリオの髪をかき乱した。小さな抵抗に構わず、ライネリオは反対の胸も同様に指の間で挟み込み、微かに震わせて愛撫する。

そして空いた手は、ルチアの身体の線を辿るように太股へと伸ばされた。胸の刺激にいっぱいいっぱいになっているルチアは、ライネリオの手が下着に入り込んでいることに、触れられてから気づいた。

足の間からくちゅ、と小さな水音が上がり、ルチアは羞恥心に顔を赤くさせる。なぞるように何度も往復する指は、緩やかで心地好い快感をルチアに与えてくる。

愛撫を重ねるごとに、存在を主張し始める芽に、長い指が触れる。すっかり硬く尖った芽を指二本で挟み込むと、溢れた愛液を纏わせて優しく上下に扱《しご》いた。

「ん、ん、だめ、っ……は、あ、あっ」

最初はゆっくりとした動きだったが、ルチアの声が大きくなる度に、擦るスピードが速まっていく。

「ひゃあ、っだ、め……あ、いッ……ちゃ……ッ！」

快感を追いかけて一番高い場所に導かれたルチアは、大きく身体を痙攣《けいれん》させた後、ライネリオの胸にぐったりと倒れ込んだ。

「……上手に達せましたね」

汗で張りついた髪を額から払い、唇を落とすライネリオの表情は余裕たっぷりだ。愛されていると思う一方で、いつか形勢逆転してやりたいと思うのは、ルチアが意地っ張りだからだろうか。

「ん」

頤を持ち上げられ、また唇が合わさる。達したばかりの余韻でルチアの身体が震え、思わずライネリオの両腕を摑んだ。

ライネリオの手が再び胸を柔らかく揉み、中途半端にずれた下着を取り払う。明らかに色を変えている下着に羞恥心を覚えて、せめて回収しようと手を伸ばしたが、再び芽を抓まれ、そのまま突っ伏してしまう。

シーツに尖った胸の先端が擦れ、重なる快感にルチアはお尻を揺らした。

「ああ、すみません。ルチアの好きな場所を忘れていましたね」

「……あッ、あああ、は……ッ」

言葉通りライネリオは、胸の先端を抓み、緩く引っ張る。そんないやらしい光景をまともに見てしまったルチアは、とうとう固く目を閉じた。けれどそのせいで余計に感覚が過敏になってしまう。

散々苛《いじ》められ硬くなった足の間の芽まで押し潰すように、ゆっくりと捏ね回された。

今度は優しいばかりの動きに、思わず目を開けてライネリオを潤んだ瞳で睨んでしまう。

しかしそれは逆効果だったらしく、ライネリオはこくりと男らしい喉仏を動かし、苦しげに眉間に皺を寄せた。

「そんな可愛い顔をして困らせないでください。……ちゃんと分かっていますよ。もっと強くして欲しいんですよね……？」

とろりとした甘い声でそう尋ねられ、ルチアは、こくこく、と喘ぐように何度も頷く。素直なルチアを「イイ子ですね」と褒めると、前の突起を弄くっていた親指はそのままに、ルチアの太股を片方だけ持ち上げ、寝台に乗せた。

弄りやすくなったその奥の泥濘《ぬかる》んだ場所に、ライネリオの長くて太い指が一本差し入れられた。

「……っ」

圧迫感に息を呑む。けれどソレは最初のうちだけだということを、ルチアの身体は十分に知っていた。

「大丈夫、大丈夫。痛くしませんよ。今日は随分、中も熱く蕩けてますから」

「ふっ……、んん、あ……っ」

浅い場所から押すように丸く撫でていき、少しずつ中を拡《ひろ》げるように指が蠢《うごめ》く。ルチアの腰は疼きを追いかけるように自然に浮いてしまう。縋るように腕を摑めば、ライネリオは「体勢を変えましょうか」と呟き、ルチアの上半身を引き上げて、寝台へと横たえた。

冷たいシーツにヒヤリとしたのは一瞬。ライネリオは体重をかけないように、ルチアに覆い被さると、シーツを引っ張り、その中に潜り込む。

と、同時に腰紐で引っかかっているだけだったローブも粗雑に脱ぎ捨てた。

不安げな顔でもしていたのか、ルチアの唇を嚙むような口づけをし、力の抜けた太股を割り開く。その間に身体を滑り込ませたかと思うと、太股の内側の薄い皮膚に唇が落ちた。その感触にようやく我に返ったルチアは掠れた悲鳴を上げて、太股を閉じようとするが、いかんせん遅い。

「あ、だめ……それ、恥ずかしい、か、らぁ……」

そう。ルチアは、何度もされているこの行為がかなり苦手、というか恥ずかしかった。

普段自分でも見たことのない場所を凝視されているのは勿論だが、ライネリオの顔も見られない上に、いつも意識を失うほど、気持ち良くさせられてしまうのだ。

最後の抵抗とばかりに、ぐ、っと太股に力を入れたルチアだが、押さえられた手はびくともしない。

シーツの中から顔を出したライネリオは、ルチアの立てた膝に緩く歯を立てた。強い刺激にルチアは、「ああっ」と声を上げる。

「コレも、もう少し慣れてくださいね。ルチアが痛い思いをするのは、私が耐えられそうにありませんから」

さらに赤い舌でねっとりと太股から膝を舐めて、ライネリオがルチアへの奉仕を強請る。

「だから、どうか」

我慢してください、と続く言葉はルチアの嬌声《きょうせい》に掻き消された。

先ほどまで指で苛《さいな》まれていた芽が、生温かい柔らかなものに包まれた。何が、というにはルチアはそこへの刺激を知りすぎていた。けれど言葉にするなんて、とてもじゃないけれどできない。しかし、すっかり腫れた芽も強く吸われ、時々歯や舌で扱かれる強烈な刺激に、あっという間に思考ごと羞恥心が飛んでいってしまう。

「あっあ、あっああああっ」

そうなればルチアの喉からは、意味のない言葉しか出なかった。阻止しようと伸ばした手は逆に強請るようにライネリオの肩に乗って、力すら入らずただ撫でるだけに終わってしまう。

その間にも中を探る指は増えていき、今までに散々調べ上げられたルチアのイイところを探っては、何度も執拗に撫でられる。もう声は掠れていた。

「ルチア、指が三本入りましたよ。まだゆっくり慣らしますから、今日は途中で意識を飛ばさないでくださいね……」

先ほどとは違ってゆっくりと蠢く指は、圧迫感こそあるものの痛みはない。けれどやはり執拗に弄られた場所を同時に指で擦り合わせられると、すぐに達してしまいそうになる。ゆるゆると動く指に合わせるように腰を揺らせると、トン、トン……と中を叩いてきた。

「ふっ……ひゃあああっ」

緩やかな絶頂の後、少し落ち着いたルチアから身体を離したライネリオは、ベッドサイドから透明な瓶を取り出した。ぽんっと軽く蓋が開いた音の後に、中から取り出した粘着質な薬を、ライネリオは手のひらで擦り合わせて温め始めた。

ルチアはぼんやりとした瞳で、薄暗い部屋でも琥珀色に輝く小さな瓶を見つめて、ああ、と納得する。

それが何かをルチアは叔母から聞いて知っていた。「本当はお姉様が教えることなのだけど」と、教えてくれたのだ。初夜にはよく使われる潤滑剤と避妊薬を混ぜた薬らしい。

（避妊薬はともかく、潤滑油は使わなくてもいいくらい……、痛く……ないような……）

頼りない両足を絡めて、くち、と鳴った水音にルチアは改めて真っ赤になる。なにせ度重なる『事前準備』のおかげで、ルチアのそこは準備万端というくらいに潤っていた。

一瞬そう言おうとして、気が逸れたのが分かったのか、ライネリオは、くちゃり、と指先を擦り合わせると、ちょっと眉尻を下げ「恥ずかしがらせてますか？」と再びルチアに覆い被さり、口づけしてきた。

（優しい……）

ちゅう、と吸われて、ルチアも唇を寄せれば、食べられるように唇が重ねられる。優しく舌が絡まって口づけに夢中になっていると、ふいに太股の奥に指が触れた。

「む、……っふ、あっ」

ルチアの蜜口に、粘着質な音を纏わせて指が入り込む。最初は浅く入り口をなぞるように揉み込んでいき、時々泥濘みに滑り、中に入り込む指が、ルチアの身体を魚のように跳ねさせた。

「あ、あ……は……」

優しい愛撫に腰が震える。増やされた指が濡れた蜜口へ入り込み、緩く出し入れが繰り返されて中を弄る。先ほどの快感を期待した蜜穴が、自然とライネリオの指を喰い締めた。きゅうっとお腹の奥が疼く。

「気持ち良さそうですね……」

溢れた吐息は熱い。真上から見下ろしてくる蒼海の瞳は、触れたら蕩けそうなほど、どこまでも甘くて、ルチアは漠然と――幸せだと思った。

「少し……強くしますね」

再び今度は大胆に中を擦られる。お腹の裏側を撫でられると、もうルチアの身体も思考も駄目になってしまった。ぴくぴく震える身体を軽く抑えるように、ライネリオが太股を抱え込む。

蜜口に押しつけられたライネリオ自身の熱さと、散々教え込まれた期待に、喉が慄いた。

「……ゆっくり入れますね」

濡れた声でそう言い、ずず、ず、とゆっくりと、ライネリオの腰が進められる。散々時間をかけて慣らしてくれたおかげなのか、引き裂かれるような痛みよりも圧迫感が大きい。ほんの少しだけ、引き攣ったような痛みがあるだけだ。

「は……あ、あ……」

「ゆっくり息をしてください」

そう声をかけられて、途中で躊躇するように止まったライネリオに、ルチアは覚悟を決めて、彼の首に手を回した。

ぐっと喉を詰めるような音を耳のすぐ近くで聞いて、その艶っぽさにきゅうんとお腹が切なくなった。甘さと鈍い痛さで腰が溶けた。一気に圧迫感が限界まで達したと同時に、ルチアの眦から一筋涙が零れ落ちた。

「は……」

初めて聞いたような、掠れた甘い吐息が額にかかる。低い声は欲を孕み、掠れている。けれどライネリオは普段通り、一番先にルチアへの気遣いを口にした。

「大丈夫ですか」

（……は……愛されてる、なぁ……）

今だっていつだって、ライネリオの言葉は、ルチアへの気遣いに溢れている。

そう実感して、ルチアは心地好い安堵の中で、呼吸を落ち着かせる。

確かに圧迫感はあるし痛いけれど、同時にムズムズするような疼きもある。我慢できないほどじゃない。けれどルチアはどうにも甘えたくなって、ライネリオに手を伸ばした。すぐに意図を察したライネリオが、その手が届くように身を屈める。

「……ちょっと痛かったんですけど、……でも嬉しい、です」

「辛いのに頑張ってくださって有難うございます。……痛みが治まるまで……、もう少しこのままでいましょうね」

そう言いながらライネリオはルチアの身体中に口づけを落とし、お互い汗ばんだ肌を擦り合わせる。

そうしているうちに、じわりじわりと疼くような熱が、繋がった部分から広がっていった。

数分、十数分して、先に音を上げたのは意外なことにルチアだった。殊更ルチアが感じる胸の先端を唇で挟まれ、思わず腰を揺らしてしまった。あからさまな嬌声が同時に響く。

「ルチア、いきなり締めないでください……」

弱りきった声はライネリオにしては珍しかった。顔を上げ、ルチアの頬を指の腹で撫でたライネリオは、愛おしそうに彼女を見つめた。長い前髪が影になり、蒼海の瞳が色を変え、は、と苦しげな息が零れる。

ライネリオも興奮しているのかと思えば、もうたまらなかった。

「動いても、構いませんか……」

余裕のない懇願に、きゅんっと、頭よりも中が反応してしまったらしい。

「いけませんよ。ルチア。それは駄目だといったでしょう」

ん、と声を漏らしたライネリオが目を眇める。壮絶な色気を纏ったライネリオは、深呼吸をしてから、ゆっくりと腰を動かし始めた。親指を芽に置き、ルチアの乱れた息に合わせるように小刻みに捏ねる。

「ん、ん、はぁ……あ、あっ」

「たくさん練習したからでしょうか。キツくてうねって柔らかくて、上手に咥《くわ》え込めてますよ」

蒼海の目を熱く凝らせたライネリオは、繋ぎ合った場所をくるりと撫で上げた。

「っひゃ、あっあああ、んんんっ」

「ふふっ……すごい、声でしたね……」

可愛い、とまた囁いたライネリオは、口許を綻ばせてから、ルチアの唇に噛みつく。身長差があるせいで苦しそうだが、舌の根元から扱かれ、苦しいのか気持ちいいのかルチアにはもう分からない。誘うように引っ張られた舌が、自然と絡まり合い、激しい水音がルチアの鼓膜を犯していく。

「は、は、あ、……だめ、だめ、やぁ……っあ」

「ルチア、愛しています」

ルチアの奥に自身を沈めて、ライネリオはルチアを囲うように抱き締めた。

答えようとした言葉は声にならず、ルチアはライネリオに嚙みつくように口づける。

そんなルチアに応えるように、ライネリオは獰猛《どうもう》に笑った。ぐっと奥に突き立てられ、ルチアの背中が浮いた。

「っああっ……！」

「……く、……ン」

身体の深い場所で吐き出された熱が広がり、ぞくぞくと肌の下を駆け上がるようにせり上がってきた快感が一番高いところで爆発する。視界全部が真っ白に弾けたルチアは、いっそう高い声を上げ、今度こそ、そのまま意識を飛ばしたのだった。

十、本当の願い

辺境の地であるリムンス領とは違い、王都の冬は過ごしやすい。

雪はそれなりに降るものの、一日中白い息が零れるような気温ではなく、足元から凍えるような冷えもない。冬の間はほぼ雪に囲まれ、屋敷の中に閉じ込められるように過ごしてきたルチアにとっては、些か気が抜けるような冬越しだった。

一年前、結婚式を挙げてすぐに、以前ミラー家の領地で農作物について相談に乗ってくれたエドが、リムンス領に派遣された。とても不便なことは確かなので、領地に行く前に改めてお礼を言えば、しきりにルチアの隣に立つライネリオを、ちらちら見て顔色を悪くさせていたけれど、別れ際には必ず結果を出しますと、約束してくれた。

その言葉通り、少し前に来た報告書には彼のおかげで土壌改良が進み、来年には農作物の収穫高も増えそうだと書いてあり、ほっとした。

それにライネリオの采配により、森を抜けた海で質の良い真珠が採れることも現地調査で判明し、今やリムンス領は夢の土地として注目を浴びている。そうなると領地争い等、きな臭い騒動が起こりがちなのだが、ルチアが公爵家と縁続きになったことが幸運だったといえよう。ミラー公爵家の名前がいい牽制となっていた。

そんなわけで、今は街道の整備をしている真っ最中である。

おかげさまで雇用も増えたリムンス領の未来は明るく、弟のスタークが当主を継ぐ頃には、立派な特産品ができているだろう。

ミラー公爵家当主の執務室に置いてある二つの机の片方に座り、書類から顔を上げたルチアは、ふと窓の方へ視線を向けた。

故郷とは違うといっても、今日はそれなりに寒く、外気との温度差で白くなった窓の向こうでは、ちらほらと粉雪が舞っている。

最後の雪かしら、と魅入ってしまったルチアに声をかけてきたのは、すぐ隣に座っているライネリオだった。

「雪ですか。今年最後になるかもしれませんね」

同じことを考えていて、ルチアはくすぐったくなって笑みを浮かべる。結婚式を挙げ、一緒にミラー公爵家で過ごすようになってから二回目の冬。ライネリオは、相変わらずの美貌……というよりは、結婚してから、仕事先でも人妻のような妖艶な色気が増量したらしく、取り調べが楽になったと、たまに遊びに来るカミロは喜んでいた。

さすがにルチアは毎日一緒に生活しているので、カミロの言うところの、あまりろくでもなさそうな魅力については正直ピンときていない。カミロや第三隊騎士の表現の仕方は、時々マニアックすぎて分かりづらいのである。

それにルチアは、素敵で心臓が痛くなるほど魅力的なライネリオもいいが、やっぱり柔らかな空気を纏って微笑む彼の方が好きだった。勿論慣れたとはいってもどきどきしないわけではない。未だにライネリオの美しさには見惚れることもあり、夢かな……？　なんて一瞬戸惑うことだってあるのだ。

うっかり返事もせずに考えごとを始めたルチアに、ライネリオはくすりと笑い、執務机の椅子にかけてあったショールを手に取った。丁寧に広げて、ルチアの背後に立つ。しっかり包むように肩にかけると、「可愛い奥さんが風邪を引いてはいけませんからね」と、ようやく顔を上げたルチアの額に口づけを落とした。

「……あ、有難う……」

結婚して一年も経つというのに、相変わらずライネリオは甘い。

やっぱりまだまだライネリオの魅力には慣れてないのかも、と前言撤回したルチアは、蒼海の視線から逃れるように、俯いた。赤くなった顔を見られないように、ふわふわの——これもライネリオからの贈り物であるショールを手繰り寄せて、ぽすっと顔を埋める。

くすくす、と小さく笑う声が耳に届く。きっとあの困ったような楽しそうな笑みを浮かべてルチアを見ているのだろう。拗ねた気持ちで縮こまれば、これ以上は機嫌を損ねると思ったのか、「可愛いですね」と、ぽんと頭に手を置いた。そして自分の席に戻り、一枚の書類を手に取った。

「ルチア。これを翻訳してくれませんか？」

「……いいわ」

なるべく顔を見られないように、ショールをぎゅっと握り締めて俯き、さっと動いて取りに行く。

そろりと伸ばした手で書類を受け取ると、ライネリオは口許に手を当てて緩く笑った。……きっとまた「野兎みたい」なんて失礼なことを思っているに違いない。彼は未だにルチアのことを、そう称するのがとても好きなのである。ううん、と咳払いして、ルチアは目の前の書類を確認する。

さらっと流し見すれば、それは東国の文字で書かれた契約書だった。新しく始めた飲食業で少し変わった穀物を扱うことになったと聞いている。その為の必要書類なのだろう。

そう、実は結婚して早々、ルチアはライネリオに領地の管理の手伝いを頼まれたのである。夫人方との社交や、屋敷内の采配ばかりに気を取られていたルチアは、公爵家の当主の執務室に、全く同じ大きさの執務机が運ばれているのを見て、一瞬気が遠くなった。

いくらルチアが次期領主になる為の勉強をしていたといっても、色んな意味で一等地にある公爵領と辺境の地では、何もかもが違う。最初の半年はライネリオや、これまで取り仕切っていたという執事頭の後をついて回り、ルチアは領地にいた時の数倍は頭を使った。嫌にならなかったのは、ライネリオが三日に一回はルチアを連れ出し、気分転換に剣の相手をしてくれたおかげだろう。

そして今では、騎士団の副団長に任命され多忙なライネリオに代わり、執事頭や補佐に助けられながら、こうして執務を行っている。

事業を起こし人材を派遣し、領地を豊かにする為に頭を捻り、ある時は自ら剣を取る――結局ルチアは、こういった仕事がとても好きなのだろう。

ライネリオがそれを本人以上に知っていて、ルチアに領主業を振ったことは想像に難くない。

そもそも公爵当主業と騎士団副団長の仕事が兼任できるはずもないのだ。いつから企んでいたのか、いずれ聞いてみたいことの一つである。

「急ぎではありませんが、どれくらいでできそうですか?」

「そうね。短いし一時間もあれば」

「さすがルチアですね」

手放しの賞賛をくすぐったく思いつつ読み進めると、いくつか見慣れない単語も二、三か所あった。ライネリオの机の上に常備されている辞書を取りに行けば、ライネリオはルチアの腰を攫った。突然のことに抵抗する暇もなく、気がつけばルチアはライネリオの膝の上に、ちょこんと座っていたのである。

「ちょっと!」

冬の休みに入ってから、騎士団の仕事が落ち着いたせいか、ライネリオは万事この調子だ。しかし、ちょこちょことちょっかいをかけてくるのが憎たらしい。

「辞書でしょう?　持ち運ぶのは重いでしょうから、ここでどうぞ」

ライネリオはルチアの腰に手を回しながら、反対側の手で軽々と辞書を引き抜き、ルチアの前に置いた。

「もう!　じゃあ椅子を持ってきますから!」

「私が貴女を近くに感じたいから却下です。それにルチアの居場所はここですから」

笑いを含んだ声でそう言われて、包み込むように抱き締められる。

もう、とルチアはとうとう観念して首を回し、目を細め口角を上げるライネリオの頬にちゅっと軽い音を立てて口づけした。慣れないことをしたせいかルチアは耳まで真っ赤だが、少し驚いたように目を瞬いたライネリオの表情が、なんだか可愛らしくて満足する。

いつだってこの人は自分の欲しい言葉をくれる。この一年間ずっと。たまにはルチアだって素直になるべきだろう。だから彼がいつも強請る言葉を口にした。

「ライネリオ。愛してるわ」

照れ屋でめったに愛の言葉なんて口にしないルチアからの突然の告白に、ライネリオは、ぱち、と目を瞬かせた。らしくなく強い力でルチアを抱き締め、首元に顔を埋めるその耳はやはり赤い。

「ちょ……っ今！　顔赤いですよね⁉」

未だにしっかり見たことがないライネリオの赤面にはしゃいで指摘すれば、ますます肩が締まった。

「ちょ……っ見たい！　痛い！」

すうーっとえらく長い深呼吸の後、ぱっとライネリオは顔を上げた。

「不意打ちとは卑怯ですね。勿論私も――愛してますよ」

当然ながらもういつもの胡散臭い笑顔であり……名残はうっすら残った耳の赤みのみ。

残念、とがっかりしたルチアに、ライネリオは大好きな故郷を思わせる蒼海の瞳を柔らかく細めて微笑んだ。

コミカライズも
大好評配信中♥
残り物には福がある。
There is luck
in the last helping.
Produced by Sora Hinata
Sora Hinata 日向そら
Illustration 椎名咲月
フェアリーキス
NOW ON SALE
1～3巻
「貴女が望んでくれたのならば
もう逃がしてあげません」
召喚されたナコは国の英雄と言われる齢60オーバーの伯爵に嫁ぐことに。ところが紳士で優しい伯爵を見た瞬間、恋に落ちてしまう。覚悟を決めた伯爵と初めて夜を過ごした翌朝、なんと伯爵が20代の金髪イケメンに若返るという事態が発生！　大騒動の最中、若返りの特殊能力を狙ってナコが誘拐されて⁉
フェアリーキス
ピンク
fairy kiss

しき Shiki Presents
Illustration 漣ミサ
憧れの騎士様は自宅警備隊!?
お見合いしたら相手が色々こじらせていました
あなたが引きこもりでも、
私、きっと振り向かせます！
フェアリーキス
NOW ON SALE
ド田舎住まいの子爵令嬢コリンナに王都の第六騎士団長タジークとの縁談が持ち上がった!?　玉の輿な上に相手は硬派な超イケメン。すっかり一目ぼれしたものの、実は彼の騎士団は変人だらけの問題集団、彼自身の職務も自宅警備という『引きこもり』、結婚にも一切興味ないらしい。それでも持ち前の超ポジティブ思考（&結婚願望）で日参し、全力アプローチするコリンナに、ある重大な秘密故にこじれまくった彼の心も次第に揺れ始め……？
フェアリーキス
ピュア
fairy kiss
Jパブリッシング　https://www.j-publishing.co.jp/fairykiss/　定価：1320円(税込)

いつか陛下に
愛を
Aryou presents
Illustration
氷堂れん
フェアリーキス
NOW ON SALE
1～3巻
三食昼寝付きの後宮ですが、
陛下の言いなりになんて、なりません！
「そなたにはナファフィステアの名を与える。今後はそう名乗るように」異世界に飛ばされ、妃候補として後宮に入れられた黒髪黒い瞳の《黒のお姫様》ナファ。後宮で地味にひっそり生きるつもりが、国王アルフレドの興味を引いてしまう。「今夜はそなたのところで眠りたい」「嫌よ。陛下はそこのソファに寝て」けんもほろろな塩対応をするものの、アルフレドは強い執着心を見せて一人悶々と思いを募らせているようで!?
フェアリーキス
ピンク
F
fairy kiss
Jパブリッシング　https://www.j-publishing.co.jp/fairykiss/　定価：1320円（税込）